JN208203

ゆびさきに
魔法

Shion Miura

三浦しをん

文藝春秋

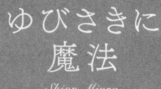

ゆびさきに魔法

1

「ではまた三週間後にお待ちしております。ありがとうございました」

月島美佐《つきしまみさ》は、その日最後の客を店の戸口まで出て見送った。ついでに、戸口の横に置いてある郵便受けがわりの木箱を開ける。「土地の査定いたします」と「貴金属高価買い取り」のチラシが入っていた。あいにく、ここは賃貸だし、仕事で使うのはすべて模造宝石だ。

月島は、築五十五年、職住一体の二階建て長屋で暮らしている。一階の店舗と二階の住居部分を合わせてもお家賃十三万八千円で、おんぼろ長屋にふさわしく、周辺の相場からしても激安価格。チラシの求めには、どこをどうひねっても応じられそうにない。

取りだしたチラシから顔を上げると、いま見送った常連客が、商店街の通りのさきでふと振り返ったところだった。まだ店の戸口に立ったままだった月島に気づき、客は笑顔で手を振った。掌ではなく手の甲を月島のほうに向けて。その指さきは、月島が施《ほどこ》したばかりのネイルアートで彩られている。地色は夜空のような紺色で、そのうえに粒子の細かいゴールドのラメで描いた流水模様。両手をそろえて十個の爪が並んだときに、天の川みたいに見えるようバランスを考えてデザインした。

月島も笑って会釈を返し、商店街を歩み去っていく客の背中をしばし眺めた。高めのヒールをコツコツ鳴らし、いつも姿勢のいい彼女は、アパレル勤務で広報をしているらしい。爪をうつくしく保つと仕事に対する意欲も湧くと言って、月に一度か二度は月島の店に予約を入れてくれる。職業柄、繊細な生地に触れることも多いそうで、万が一にも爪が引っかかってはいけないので、きらきら光る模造宝石《ストーン》などのパーツはあまりつけられない。月島は毎回、彼女の爪をなめらかに整え、立体物を用いずに華やかなデザインに仕上げるよう心がけている。

東京の私鉄沿線、弥生新町《やよいしんまち》駅前の富士見《ふじみ》商店街で、月島がネイルサロン「月と星」を開いたのは四年まえのことだ。施術用の椅子は二つ、ネイリストは現在月島のみという小さな店だが、開店から一年ほどで常連客がそれなりについてくれて、売り上げは安定している。むしろ最近は予約を取りにくいほどで、常連に無用なストレスを与えないためにも、新規顧客を開拓するためにも、もう一人ネイリストを雇いたいと月島は思っている。

そもそも店に椅子が二つあることからわかるように、去年までは一緒に働くネイリストがいた。ただ、彼女は結婚を機に店を辞め、商社マンの夫の赴任地であるベトナムに引っ越してしまった。あちらでもネイルは人気なので、店を開いて楽しく働いているようだ。たまにメールで写真を送ってくれるが、ベトナム語もめきめき上達しているらしく、現地で採用したベトナム人のネイリストと食べ歩きやショッピングを満喫したりなどしている。

穏やかで技術もたしかなひとだったから、月島としてはさびしく残念ではあるのだが、新天地で充実した生活を送っているのはなによりだ。彼女がいなくなって以降、店の引き戸のガラスに「ネイリスト募集中」の紙を貼ったが、これはという人材はなかなか現れない。ネイリストは技術の高さはもちろんのこと、人柄も重要だと月島は思っている。美容師に求められるものと似ているが、美容師の場合、カラーリングやパーマの際には、薬液が浸透するまでの時間を利用してべつの客を掛け持ちしたり、ささっと休憩を取ったりする。ネイリストは、そういう隙間時間は生じない。ジェルネイルを施すには一時間半から二時間はかかる。そのあいだ絶え間なく客の手に触れ、至近距離で相対しつづける。黙って疲れを癒やしたい客もいれば、おしゃべりを楽しみたい客もいるので、ネイリストは着実に施術しながら、客の気持ちにも的確に反応する必要がある。

一年経っても有望な人材にめぐり会えないとなると、こりゃもう諦めて私一人でやってくしかないのかなあ。月島はため息をつき、チラシを手に店内に戻った。三月も終わろうとしているが、夜はまだ冷える。カーディガンを羽織り、床と作業台を掃除して、チラシも含めてゴミをまとめた。店の奥の休憩スペースにある洗濯機にタオル類を入れ、翌朝に洗いあがるようタイマーをセットする。

売り上げを集計し、わずかな小銭だけレジに残して、残りはポーチに収めた。銀行のATMへ行く時間もなかなか取れないため、ポーチには数日ぶんの売り上げ金が滞留している。コンビニのATMだと発生する手数料をケチった結果だ。雑誌の付録だった花柄のポーチは、金庫がわりに使うには少々心もとない。明日こそ、なんとか八時半には起きて銀行へ預け入れにいこう。

月島はポーチを胸に抱き、店の明かりを消して表に出た。掃き出し窓ふうの引き戸に鍵をかける。ネイルサロン「月と星」が入っている長屋は駅から徒歩七分ほど、商店街の半ばぐらいの位置にあるが、夜ともなればあたりは静かなものだ。いまも、住宅街のほうへと家路を急ぐひとがちらほら歩いている程度だった。

富士見商店街は、一方通行の狭い道に沿って庶民的な店が軒を連ねる。とはいえ、さすがに木造長屋はほかにあまり残っていない。だいたいは四階建てぐらいのマンションに建て替え、一階を店舗にしている。二階建ての商家のつくりをした、古株の茶葉屋や煙草屋もある。

月島がこの町に店を開くことにしたのは、家賃に惹かれたのももちろんだが、昼間は自転車や徒歩での買い物客で活気づく、昔ながらの商店街の雰囲気が気に入ったからだ。一方通行で不便なこともあり、車のほうが遠慮して商店街の通りにはさほど入ってこないため、自然と歩行者天国みたいになっている。ここなら暮らしやすそうだし、客も地元のひとが中心だろうから、腰を据えて関係を築けそうだと判断した。

ネイリストは、それぞれの客がどんなデザインを好むかを把握するのも肝心だが、定期的に爪の手入れをすることを通し、客の健康にも気を配るのが重要な役目だ。もし爪が薄くなっていたら、その客は慢性的な貧血の可能性があるし、爪がぼこぼこしたり変色したりしていたら皮膚病の可能性がある。ネイルの施術とコミュニケーションがきっかけで、病院で診察してもらったほうがいいかもと客が気づくことは往々にしてあった。だから、フリの客が多く、一回かぎりの接客になりがちなビジネス街や商業施設に出店するよりも、住宅街と隣接した商店街がいいと思った。そのほうがじっくりと、継続して客とつきあっていくことができる。

富士見商店街にピンと来た月島の勘は当たった。こぢんまりしたおいしいレストランもいくつか見つかり、居心地よく過ごしている。顔見知りの商店街関係者と道で行きあったら挨拶するなど、ご近所づきあいも良好だ。

しかし若干《じゃっかん》の懸念材料がないわけではない。居酒屋「あと一杯」の存在である。

長屋は角地に建っていて、一階に二軒の店舗が入っている。駅寄りが「月と星」、角がわが「あと一杯」で、二階の居住空間には、各店内からは行けないつくりだ。長屋の裏手にまわると合板ドアが二つ並んでおり、開けると極めて狭いたたきからすぐに、それぞれ専用の内階段がのびている。アパートとちがって外廊下や階段を共用することはなく、洒落《しゃれ》た言葉を使えばタウンハウスと呼べなくもないが、部屋の壁は薄くて生活音が筒抜けだし、建築物というより木材に還りつつある外観からしても、まあ二軒長屋というのがふさわしい。

居酒屋「あと一杯」は、五十がらみの松永《まつなが》という男が一人で切り盛りしていて、月島と同じく、店舗のうえの部屋に住んでいる。つまり、仕事上でもプライベートでもお隣さんなのだが、松永はどうも月島を快く思っていないふしがある。ちなみに月島と同様独身のようで、隣室から松永以外のひとの気配を感じたことはない。

月島は、自室ではなるべく静かに暮らそうと心がけているし、毎朝「月と星」のまえを掃き掃除するときには、ついでに「あと一杯」のまえもきれいにしている。健康サンダルを履いて商店街を散歩中の松永と顔を合わせたら、むろんにこやかに挨拶もする。「月と星」のほうがあとから長屋に入ったので、パイセンに対する当然の礼節と心得ている。

にもかかわらず、挨拶をしても松永は、「ん」とか「どうも」などと聞こえるか聞こえないかの声で応えるのみだ。無愛想なひとなのかなと思っていたが、「あと一杯」で接客している様子や、商店街仲間と道端でしゃべっている様子を垣間見《かいまみ》るに、声が大きくて明るい印象だ。それで月島も、なるほどと察するところがあった。思い返せば引っ越しの挨拶に行ったときも、松永は「ふうん、ネイルサロンですか。まあよろしく」と言ったきり、あとは月島を一顧《いっこ》だにせず串に鶏肉を刺しつづけたのだった。開店まえの下ごしらえの時間を邪魔してはいけないと、月島は早々に退散した。

たぶん松永は、ネイルに偏見があるのだろう。うつくしく彩られていたり、パーツをつけてデコラティブだったりする爪を見て、「そんなんで日常生活が送れるの？」と言うひとは多い。実際に口には出さずとも、「チャラついている」「男にモテようと思ってるのかもしんないけど、派手すぎ。逆効果だから」と感じているのであろうと推測されるひとは、性別や年齢を問わず一定数いる。

本当のところ、ネイルアートはチャラついたものなどではなく、ネイリストの職人技と芸術的センスが結晶した作品だし、客もモテを狙っているのではなく、「ネイルアートをしてもらうと楽しいから」「自分の爪がきれいだと気分がいいから」といった理由でネイルサロンを訪れる。化粧やおしゃれは、他者——特に異性——の目を意識してするものにちがいないという考えは、浅薄《せんぱく》だし腹立たしいかぎりだと月島は思っている。人間はモテのためのみに生きるにあらず。ルネッサンス期の天才画家やそのパトロンたちに、「モテるために絵を描いて／描かせてんですか？」と聞くバカはいるまい。心の安定や満足のために美を追求するのは、古来当然のように行われてきたことだ。美の追求にはそれなりの対価が必要なのもまた、当然のことだ。

そういうわけで月島は、「ネイルアートのことなどなにも知らない、知ろうともしない偏見まみれのおっさんめが。おまえが年がら年じゅうモテのことしか考えられない脳だから、ほかのひともそうだと思っちゃうんじゃないのか」と内心で毒づきつつ、近所づきあいはなるべく円滑《えんかつ》に保ちたいので、松永を見かけたら表面上は穏便に挨拶し、「あと一杯」のまえも掃き清めているのだった。

売り上げ入りのポーチを抱え、店から出た月島は、隣の「あと一杯」のまえを通りすぎざま、引き戸のガラス越しになかを覗いてみた。カウンター席はほぼ満席、ひとつだけある二人掛けの小さなテーブル席も埋まっていた。夜の九時を過ぎたところで、どの客も酔いに少々頰を染めながら、機嫌よく飲み食いしているようだ。カウンター内で忙しく調理と接客をこなす松永は、二本の一升瓶を並べ、客に向かって笑顔でなにやら説明していた。

長屋の裏手にまわる途中で、「あと一杯」の換気扇から漂うモツ煮らしきにおいが鼻をくすぐった。くそぅ、松永が無愛想なわからんちんでなければ、きっとおいしいであろう「あと一杯」の料理に屈託《くつたく》なくありつけるのに。仕事上がりに隣の店で夕飯と酒という、至高の住環境を実現できるのに……！

月島は歯噛みしながら合板ドアを開け、サンダルを脱いで階段を上った。自室に戻りはしたものの、まだ終わっていない仕事がある。簡単な夕飯を作って食べたら、季節に合わせた新たなネイルアートの見本を作らなければならない。爪の形をしたチップに本番さながらにネイルを施し、どんなデザインがいいか客が選ぶときの参考にしてもらうのだ。

商店街の通りに面した窓を開けると、ややひんやりした春の夜風とともに、「あと一杯」の客たちの笑い声が聞こえた。一人で店をまわす松永にも、いろんな負担や苦労はあるだろう。私はやっぱり、相棒がほしい。このままワンオペがつづいたら過労で倒れてしまう。ネイリスト募集の貼り紙をひとまわり大きなものに替えようかなと月島は算段した。

月島の忙《せわ》しなくも平穏な日常に多少の変化が生じたのは、三月最後の土曜日のことだった。子どもが急に発熱してしまったと顧客から店に電話があり、予約がキャンセルになった。客の大半が子育て中だったりばりばり働いていたりする年代の女性なので、月島も慣れたものだ。快く予約の取りなおしに応じ、「お大事になさってください」と言って電話を切った。

さて、と考え、空いた時間はこまごまとした作業に当てることにする。キャンセル待ちの客がいるときには、「空きが出ましたが、どうなさいますか」と一報を入れるが、今日の施術を希望しているひとはだれもいなかったし、いよいよ月末が迫って、事務仕事が溜まっていたからだ。

戸口のそばにあるレジ台の丸椅子に腰かけ、ノートパソコンを開く。会計ソフトに前日の売り上げを入力したのち、ネイル用品の問屋のサイトでたりない備品を発注する。だいたいの品は、翌日には宅配便で届く仕組みだ。

店内に風を通すため、引き戸は開けてある。パソコンに向かう月島の背中を、春の午後の日差しがあたためる。散りはじめた桜の花びらが引き戸から入ってきて、月島の足もとに軽やかに着地した。のんびりと昼寝をするか、花見がてらの散歩でも楽しみたい陽気だが、月島は休むまもなく「そうだ」と立ちあがる。春用の見本チップをようやくすべて作り終えたんだった。

客が眺めやすいよう、チップを額縁状のケースにきれいに並べて収める必要がある。月島は壁の棚からケースを下ろし、用意しておいた新しい見本チップも休憩スペースから持ってきて、レジ台に戻った。ペールピンクのジェルにダイヤのように輝く透明なストーンを一粒あしらった、朝露が載った花びらみたいなデザインもあれば、新緑の季節を先取りして、極細の筆《ブラシ》で描く若草の模様もある。繊細な筆さばきが求められる技法だが、正確に素早く、ちまちました作業をするのは月島の得意とするところだ。ただ最近、三十代半ばだというのに老眼気味で、微妙に焦点が合いにくくなってきた。

眼精疲労と肩凝《こ》りはネイリストの職業病なので、こうなる予感はしていたと月島は諦めモードだ。人間の爪は案外小さく、そこに細かいデザインを施したりパーツを載せたりするのは、米に経を書くようなものだった。実際、酔っ払ったノリで米に花を描こうと試みたら、余裕でできた。「おおー」と思い、もうひとつの米にピカチュウを描いてみたら、多少ゆがんではいたが、ちゃんと愛らしき姿が出現した。翌朝、二日酔いによる胸のむかつきで目を覚ました月

島は、畳に落ちていた米粒を這いつくばって眺め、そこに燦然《さんぜん》と輝く花とピカチュウを認めて、

「ゆうべの私、なにしてんだ」と脱力したものだ。

それはともかく、見本チップの入れ替えをしようと、月島がレジ台でケースを開けたとき、表からなにやら言い争う声が聞こえてきた。

「いいんだって、こんなもんほっときゃ治るから！」

「無理ですよ、なんか田んぼのサギみたいな歩きかたになっちゃってるのに！」

おそるおそる振り向くと、通りで「あと一杯」の松永と二十代前半らしい女性が揉みあっている。女性のほうが松永をどこかへ引っぱっていこうとしていて、松永は必死に抵抗しているようだ。しかし踏ん張りが利かないのか、へっぴり腰である。

どういう事情か知らないが、なぜうちの店のまえで諍《いさか》う。触らぬ神に祟《たた》りなしだとレジ台に向きなおりかけた月島は、女性と目が合ってしまったのでしかたなく、

「大丈夫ですか」

と開いた引き戸越しに声をかけた。

「うるさくしてすみませーん」

女性が頭を下げる。パーカーにスカート、足もとはスニーカーとラフな恰好だ。目がくりっとしていて、ショートボブがよく似合っている。

「大将、足の親指が巻き爪になったらしくて、でもお医者さんに行きたがらないから困ってるんですよ」

この隙にとばかりに「あと一杯」のほうへ退散しようとした松永が、女性にシャツの裾をつかまれて引き戻された。

二人はどういう関係なんだろう、松永の部屋に女のひとが出入りしている様子はまるでなかったけど、と月島は内心で首をかしげた。同時に、女性の爪にネイルアートが施されていることに気がついてもいた。水彩画のような淡さで、子どもが絵の具をぶちまけたように奔放に、さまざまな色が重なりあい反発しあいながら、ひとつひとつの爪のうえで躍っている。けれど十本ぶんの指全体で見ると、渾然《こんぜん》とした色づかいが途端に調和し、緻密に統御されたものなのだとわかる。

ネイル用のリキッドを使った、センスのいいデザインだ。どこのネイルサロンに行ってるのかな、とさりげなく女性の爪を観察する。もし近所にこういうデザインをする店ができたのだとしたら、有力なライバルになりそうだ。今度情報収集をしなければと思いつつ、

「お医者さんって、内藤《ないとう》皮膚科のことですか?」

と月島は尋ねた。仕事で使う消毒用エタノールで手が荒れたことがあり、商店街の皮膚科には以前に行ったことがあった。

「だとしたら、土曜の午後は休診だと思います」

「じゃあしょうがないな」

と店に戻りかけた松永のシャツを、「ダメです」と女性が再び引っぱる。

「どっか開いてる病院を探しましょう。足が痛いままで、仕込みはどうすんですか。あたし今

日は絶対、『あと一杯』の煮付けで飲みたい気分なのに」

どうやら居酒屋の常連さんらしい、と月島はあたりをつけた。いつまでも店のまえに居座られても困るし、これを機にお隣との関係が多少改善するといいなという下心もあって、

「巻き爪になってる足、ちょっと見せてもらってもいいですか」

と持ちかける。「ネイルサロンなので治療はできないですが、対処法はなくもないです」

「わー、助かります！　よかったですね、大将」

女性は表情を明るくし、松永の背をぐいぐい押して「月と星」に入ってきた。松永は、「おっさんがこんな店にいたら変だろ！」とかなんとか激しく抵抗していたが、まるでおかまいなしだ。

月島は不織布のマスクを装着し、レジに近いほうの施術椅子に松永を案内した。お役御免と帰るだろうと思ったのに、なぜか女性も、「まえから気になってたんですけど、いいお店ですねえ」と店内を見まわしながらついてくる。

店は月島が自分で床板を張り替え、壁も漆喰《しっくい》ふうに塗って、ウッド調のインテリアにしてある。椅子と椅子を仕切るビーズカーテンはきらきらした星が連なったものだし、観葉植物の鉢もいくつか配置した。客が施術を受けるあいだ、日常のあれこれを少しでも忘れてリラックスできるようにと、開店当時、乏しい資金をやりくりして工夫を凝らした成果だ。

落ち着きときらめきが共存したインテリアに気押《けお》されたのか、松永はすっかりおとなしくなり、うながされるまま施術椅子に腰を下ろした。社長が座っていそうな、背もたれと肘掛《ひじか》けの

ついた合成皮革張りの黒い椅子だ。座り心地を重視し、クッションもちゃんと利いている。

左右の肘掛けの横には、それぞれ作業台が置いてある。手の爪の施術の場合、月島はキャスターつきの丸椅子に座って、左右の作業台を行き来することになる。施術椅子のまえに固定のデスクを置き、対面式で施術するやりかたもあるのだが、月島は振りわけ式が好きだった。このほうが客もしゃちほこばらず、脚をのばしたり背もたれに深く身を預けたりしていられるのではないか、という気がするからだ。ネイルアートの工程は、片手の指の爪にカラージェルを塗ってはLEDライトで固め、ひとつの爪に模様を描いてはまた固めと、少しずつ進めていくものなので、常に両手をそろえてデスクに載せておく必要はなく、振りわけ式でもことはたりるし、客も空いた手で遠慮なくスマホをいじったりしやすい。

しかしいま問題となっているのは足の爪なので、月島は施術椅子に座った松永の正面にごろごろと丸椅子を移動させ、腰を下ろした。常連客らしき女性は月島のかたわらに立ち、心配と興味が入り混じった目で様子を見守っている。

月島は座ったまま背中を丸め、素足に健康サンダルを履いた松永の爪先を眺めた。

「ああ、巻き爪になったのは左足ですね。ではサンダルを脱いで、足をここに載せてください」

身を起こし、黒いエプロン越しに自身の腿《もも》あたりをぽんぽんと叩く。

「はあ!?」

松永が目を剝《む》いた。「そんなずうずうしいこと、できるわけねえだろ」

なに意識してんだ、いいから載せろ。と月島は思ったが、もちろんおくびにも出さず、

「フットネイルのときもみなさんそうするので、お気づかいなく」

と目だけで微笑んだ。松永の左足首をむんずとつかんでサンダルを振り落とし、半ば強引に足を腿に載せさせる。エタノールをコットンに含ませ、足の甲、裏、足指のあいだや爪と指の隙間に至るまで、丁寧に拭いて消毒した。

松永の足の爪はきちんと切りそろえられていた。ちらと手を見ると、そちらの爪も短く、やはり料理人は清潔さに気を配るんだなと少し見直す。

だが気になるのは、巻き爪になった左足の親指の爪だけ、ほかとは長さがちょっとちがうことだ。どの指も、指さきぎりぎりの位置で爪を切っているのに、親指の爪は指さきよりも二ミリは短い。そのせいで、爪の角が指の肉に食いこんでしまったのだと見受けられた。

深爪したというよりも、これは……。月島は顔を上げた。

「もしかして松永さん、この爪、生えかけですか？」

「見ただけで、そんなことがわかるもんなのか」

月島に足を触られ、居心地悪そうに目を泳がせていた松永が、身を乗りだしてきた。「そうなんだ。手入れしてた鉄板を取り落としちまって、『このままじゃ直撃！』と咄嗟《とっさ》に左足をどけた拍子に、どうも棚の角に親指を引っかけたみたいで。爪がばこーんと丸ごと剝《は》げた」

「ひぃー」

と女性が声を上げた。やっぱり帰る気配がない。立たせたままでは悪いかと思った月島は、

「そっちに予備の椅子がありますから」

と手で示した。女性は向かって左がわの作業台の下から丸椅子を引きだし、月島の隣まで転がしてきて座った。

松永はひきつづき、自身を見舞った悲劇を語る。

「この世の終わりかと思うほど痛かった。整形外科でもらった軟膏《なんこう》塗って、ガーゼを当ててたんだが、得体の知れねえ汁がどんどん出てくる」

「ひぃー」と、付き添っている女性。

「でも、しばらくしたら新しい爪がちょっとずつのびてきて、ここまで快復してね。ところが今度は巻き爪になって、これまた痛《いて》えのなんのって」

やっぱり、と月島は思った。話を聞くうち、松永の負傷に関して具体的に思い起こされたことがあった。

半年ほどまえの夕方、隣の居酒屋「あと一杯」から、衝撃音と魂消《たまぎ》えるような男の悲鳴が聞こえてきて、施術中だった月島は思わず客と顔を見あわせたのだ。だが、爪に載せたパーツを素早く硬化しないとならない局面だったし、松永と仲がいいわけでもないからまあいいかと、無視することにしたのだった。むろん、頭に鍋でも落ちて死んでたら後味悪くてやだなと、案じる気持ちもややあったのだが、その晩も「あと一杯」には明かりが灯ってにぎわっていたため、それきりすっかり忘れていた。

きっとあのとき、松永の足の爪が剝げ飛んだのだろう。しかし月島は自身の無慈悲については口をつぐみ、

「災難でしたね。爪が剝がれて、またのびてくるときに、巻き爪になるかたはけっこういらっしゃるんですよ」

とうなずいた。「そうじゃなくても、足の爪はふだんからなるべく直線的に、角が欠けないように切るのが、巻き爪を防ぐポイントのひとつです」

「大将の爪、どうにかなりそうですか？」

女性が隣から、月島の腿に載った松永の足を覗きこんできた。

「はい。巻き爪のレベルとしてはそう深刻なものではないですから、たぶん」

月島は一度松永に足を下ろしてもらい、壁に設《しつら》えた棚から必要なものを取ってきた。二センチほどの長さの薄くて細い透明なプレートと、液状の接着剤が入った小さなボトルだ。フットケアの一環として巻き爪に対応できるよう、店に常備している。巻き爪に悩む女性は多い。職場に服装規定があって、爪先が窮屈になりがちなパンプスを履かねばならないのが一因ではないかと月島はにらんでいた。

再び丸椅子に腰を落ち着け、月島は言った。

「カマボコ板を指、カマボコ本体を爪だと考えてみてください」

「唐突だな」

「指が薄すぎるし爪が大きすぎて、バランス悪いですね」

松永と女性は戸惑っていたが、かまわずに説明をつづける。

「巻き爪は、カマボコ状に爪が湾曲している状態だということです。そのため、爪の両端が指に食いこんで痛むんです。そこで、これを湾曲に沿って貼りつけます」

指でつまんだプレートを二人に見せる。「特殊な樹脂でできていて、平らな状態に戻ろうとする性質を持っているので、巻いた爪を引っぱりあげてくれます」

「なるほどねえ。しかし、だとすると四角いカマボコになっちまうな」

松永が物思わしげな顔をした。「いや、四角いカマボコもあるけども、やっぱりアーチ型じゃねえとカマボコ感が薄れるっつうか」

「そうですか？　あたしは角焼きも好きだけどなあ」

カマボコのたとえがよくなかったのか、話がどんどんそれていく。

「とにかく」

と、月島はさっさとまとめに入ることにした。「爪の湾曲をなるべくゆるやかにし、爪と指が平行な状態に近づくようにするためのプレートです。かなり張力が強いので、貼ってすぐに痛みが軽減したとおっしゃるかたもけっこういます」

「やってもらいましょうよ大将！」

煮付けがかかっているからか、女性は熱心に勧める。月島は急いで注意事項をつけ加えた。

「ただ、専用の接着剤を使うので、自力でははずせません。プレートの張りは徐々に弱まっていくので、貼りっぱなしにしていると、また爪の巻きが戻って、痛みが出てしまいます」

「ひぃー」

「ですから一カ月ほどを目処《めど》に、プレートを付け替えるためにご来店いただくことになります。

ひとによりますが、半年かけても爪の湾曲が改善しなかったら、お医者さんに相談したほうがいいと思います」

これまでの経験と照らしあわせてみるに、松永の巻き爪は軽度だし、見かけるたびに健康サンダルを履いていて爪先がフリーダムなので、プレートで二、三カ月ぐらい湾曲を矯正し、その後は適切な爪の切りかたに努めれば、自然と平らな爪に戻るはずだ。

料金と、施術には三十分ほどかかることを告げると、松永は腕組みしてしばし思案していたが、このままでは痛みが気になって仕事に支障が出ると判断したようだ。

「わかった、プレートとやらを貼っつけてもらおう」

と、今度は率先して健康サンダルから足を抜き、中空に差しだしてきた。腕組みをほどいた両の手は、肘掛けをぎゅっとつかんでいる。「覚悟を決めた生贄《いけにえ》の乙女」みたいになっているのが、おかしくかわいそうで、月島は松永の足をキャッチして腿に載せながら、

「痛みはほとんどありませんから」

と言った。

「ほとんどってなんだ、ほとんどって」

怯えた松永が足を引っこめようとし、どうしても煮付けを食べたいらしい女性が、

「がんばって大将！」

と無責任に励ました。

プレートを貼ること自体に痛みは生じないが、巻き爪だと指と爪の隙間が狭くなっているた

め、事前準備として汚れを除去するときに痛がるひとは多少いる。だが、隙間に汚れが溜まっているせいで、爪がきれいな形でのびないこともあるので、巻き爪を予防するうえでも欠かせない作業だ。

しかしまあ、たいした痛みではないといくら言って聞かせても、松永の不安と怯えを完全に拭うことはできないだろう。実際に体験してもらうのが一番だ。月島は、松永の足に傷や化膿がないかを入念に確認した。親指に視線を浴びた松永が爪先を丸める。

「もうはじまってんのか」

「はじめてます」

月島は、親指の爪全体に軽くファイル《やすり》をかけたのち、作業台のペン立てからセラミックプッシャーを取った。セラミックプッシャーは、柄《え》はプラスチックのペン型で、先端にセラミックがついている。セラミック部分は、新品の口紅のように円柱を斜めに削いだ形状になっていて、この傾斜面と、傾斜の頂点にあたる尖《とが》りをうまく利用し、爪のカーブにフィットさせつつ、甘皮を押しあげる。爪が傷まないよう、あくまでも優しい力加減で行うのがコツだ。

手早く甘皮の下処理を終えるころには、松永の緊張も解けてきたようだった。月島の隣に座った女性は、松永の爪に穴が空きそうなほど真剣な目で作業を覗きこんでいる。ふだん、ネイルアートの施術中に見物人がいることはまずないので、月島としてはなんだか落ち着かなかった。

なるべく女性の存在を意識から遮断し、イングローンファイルという道具に持ち替える。イングローンファイルもやはりペン型で、全体がステンレス製だ。用途に応じて、先端部分の形状にはさまざまな種類がある。今回は、柄の片方の先端が極細の耳かきのような形、もう片方の先端がヘラのような形になっているものを選んだ。

足の指は、風呂で洗っているつもりでも皮脂や角質が溜まりがちなものだ。耳かき状の先端を爪のさきや両脇に浅く差しこみ、隙間に入りこんだ汚れがないか探っていく。松永は職業柄か、やはり清潔を心がけているようで、目立った汚れは残っていなかった。

爪まわりはきれいになったので、今度はヘラ状の先端を使って、指の肉に食いこんだ爪の角を少し持ちあげる。

「いてててて！」

松永が肘掛けをつかんで身を強張らせ、

「ひぃー」

と女性がすくみあがった。

「すみません、我慢してください」

月島は反対側の角もヘラで持ちあげる。「こうしておくと、プレートを貼ってからの効果が出やすいので」

「冷静に説明すんのが怖い！」

「拷問ですよねえ」

松永と女性は嘆きあっていたが、爪が剝げたときの痛みに比べればこんなものは屁《へ》でもなかろうと、月島は淡々となすべきことをした。

ようやく下準備を終え、月島は松永の親指の爪にプレートを当ててみた。プレートはさまざまな長さのものが取りそろえられているので、爪の横幅に合うものを選ぶ。いくつか試したのち、「これが一番フィットする長さだな」と思ったプレートを、再び松永の爪に当てて最終確認した。爪が肉に最も食いこんでいる箇所からして、爪のやや先端寄りに貼るのがよさそうだ。プレートに専用の接着剤をつけ、狙いを定めた位置に押し当てた。イングローンファイルを使ってプレートを押さえつけたまま、接着剤が固まるのをしばらく待つ。

痛い局面はもう去ったと察したのだろう。

「それにしても」

と松永が言った。「爪をごてごて飾るなんて、妙なことが流行《はや》るもんだな。料理とかするのに邪魔じゃないのか」

出た、ネイルに対して偏見のあるひとが口にしがちな疑問。と月島は思ったが、

「慣れれば大丈夫ですねー」

とおざなりに答えた。

月島の爪は現在、ストーンやラメがちりばめられた派手なデザインだ。アクリルスカルプチュアという技法で、地爪よりも長さを出し、先端を尖らせた形状にしている。爪の面積が大きいほうが、いろいろなネイルアートを施せるので、客にデザインの参考にしてもらえる。アクリルを使った付け爪《スカルプ》には技術がいるから、月島の爪のうつくしい仕上がりを見た客に、「この

ネイリストさん、腕がいいみたいだな」と安心してもらうこともできる。

「そんな爪で、たとえば缶詰を開けるときはどうするの」といったことを、月島は明に暗に言われてきたが、そもそも前提がまちがっていると思う。ネイルをしていようと、地爪だろうと、爪は缶詰を開けるための道具ではない。プルタブが固かったら、フォークかなにかを用いてテコの原理で引きあげるべきで、くれぐれも無理をせず、爪を大切にしてほしいと願っている。

だいたい月島は、どれだけ爪が長くてごてごてしていても米にピカチュウを描けるし、現にいまだって、二センチ弱のプレートを精妙に位置取りして松永の足の親指に貼っているところだ。これより細かい作業が求められる料理などあるだろうか。宮中晩餐会に供するニンジンのみじん切りを一粒ずつつまんで皿に載せるとかだろうか。そんな局面があったとしても、たぶん箸でつまむはずだ。長い爪にネイルアートを施していても、まったく問題なく箸を使える。ちゃんと手を洗ってから調理するので、自作の料理が原因で腹を壊したこともない。

第一、「月と星」に来るお客さまの大半は、短い爪に施術することを希望されるんだけどなあ。実状をわかってもらえないむなしさに、月島はため息を飲みくだす。ネイルアートというと西太后の付け爪みたいなものをイメージするひともいるようだが、実際はもっと日常に即した、しかし日常を彩り心躍らせてくれる、楽しくうつくしいものなのだ。

けれど、松永はそもそもネイルアートに興味すらないだろうから、反論するだけ無駄だ。月島はこれまで何百回も同じような疑問や偏見にさらされてきたため、すでに諦めの境地にある。黙々とイングローンファイルでプレートの両端を爪に押し当て、ずれないように貼ることに専心した。

だから隣で女性が不服そうに、

「大将、あたしにもよくそういうふうに言いますけど、やっぱおかしいと思うんですよね」

と表明してみせたのには、ちょっと驚いた。「Ａ＄ＡＰ《エイサップ》　Ｒｏｃｋｙ《ロッキー》に同じこと聞けるんですか」

「どなただ」

松永は面食らったように首をかしげ、

「イケてるラッパーだっていつも言ってるじゃん！」

と女性はヒートアップした。「彼がイケてるのはライムだけじゃない、ファッションもですよ。ネイルアートもばっちりキメてます。でも、彼に向かって『そんな爪で料理できんのか』って聞くバカ、見たことない」

「それはその男がラッパーだからじゃないのか、詳しい事情は知らんけど」

と松永は言った。月島も音楽に詳しくないので、エイサップ・ロッキーとやらが何者なのか皆目見当がつかなかったが、松永の意見に内心で半ば同意しかけた。

「ちがいますね」

と女性は断じ、「このかたは」と月島を手で指した。「ネイリストですし、あたしは無職です。Ａ＄ＡＰ　Ｒｏｃｋｙの職業がラッパーなのと同じく、料理とはなにも関係ない仕事に就いてます」

無職は職業なのだろうかとやや疑問に感じつつ、月島は着々と作業工程をつぎに進めた。段差をなるべくなくし、地爪となじむよう、プレートの厚みをファイルで削る。

「なのに大将が女性のネイルアートを見て、イの一番に料理がどうこうって言うのは、『女は家事をして当然』と思ってるからじゃないですか？　だとしたら頭が昭和。料理するかどうかはそのひとの勝手だし、どんな立場や性別のひとだって、ネイルしたけりゃすればいいんです。あたしは、ネイルしてようとしてまいと料理は苦手だからやりたくないんで、『あと一杯』でおいしくいただくの専門です」

なぜか最後は胸を張っていばった。松永は女性の言いぶんに圧倒されたのか、

「いやほんと、いつも贔屓《ひいき》にしてもらって……」

ともごもご述べた。

月島は噴きだしそうになるのをこらえ、ベースコートを塗るように、爪全体に専用接着剤を塗った。少しでも引っかかりがあると、そこからプレートが剝がれてしまいかねない。なめらかに仕上がっているか、松永の足を持ちあげて至近距離で確認したのち、速乾剤をスプレーして接着剤を固めた。手がふさがっていなかったら、女性の主張に拍手を送りたいところだった。

爪がのびたときに、また角が肉に食いこまないよう、先端の形をファイルで整える。

「このあと、おみ足に蒸しタオルをして、クリームを塗って終わりです」

「クリーム!?　いいよいいよ、おみ足なんてたいそうなもんじゃねえから、そんなの塗らなくて」

松永が固辞したので、刷毛《はけ》で爪の粉を払い、保湿成分の入ったキューティクルオイルだけは爪に塗りこんで、施術は完了となった。

「なんだか親指の爪だけつやつやになって、見慣れねえなあ」

松永は感心と照れくささが入り混じった口調で言い、月島の腿から足を下ろして健康サンダルを履いた。ゆっくり立ちあがり、その場で二、三歩足踏みしてみている。

「プレート貼ってもらったときから、『もしや』と思ってたんだが……。やっぱり痛くない！」

「よかったですね、大将。煮付けお願いします」

松永はぶっきらぼうに、女性は朗らかに、月島に礼を言って、店を出ていった。松永が代金を支払うあいだ、女性は月島がレジ台に置きっぱなしにしていた見本チップに見入っていた。

なんだか小さな台風のようだった。二人を送りだした月島は、両腕をまわして肩甲骨の凝りをほぐした。キャンセルで空いた穴が思いがけず埋まってしまい、つぎの予約客の来店時間が迫っていたが、台風が過ぎたあとの空に似て、どことなく晴れやかな気持ちでもある。

今回のような巻き爪矯正の施術をするには、カリキュラムの受講が必要だ。きちんと学び、理論と技術を習得しておいたおかげで、また一人、巻き爪の痛みから解放することができそうだ。たとえ相手が松永だとしても、巻き爪を見たら放っておけないのがネイリストというもの。

私は十二分に職責をはたした。月島は鼻歌を歌いつつ使ったタオルを交換し、施術椅子と作業台を消毒した。レジ台に戻り、見本のチップを慌ただしく入れ替える。

戸口にひとの気配を感じたので、「いらっしゃいませ」と笑顔で振り返ると、立っていたのは予想に反して予約客ではなく、さきほどまで松永に付き添っていた女性だった。

「あの、すみません」

と女性は言って、B5サイズの茶封筒を両手で差しだしてきた。「あたし、大沢星絵《おおさわほしえ》っていいます。ここで働かせてほしいんです、おなしゃす！」

おなしゃす？　あ、「お願いします」か、と月島は思った。

「それで、雇うことにしたの？」

スマホの向こうから聞こえる星野江利《ほしのえり》の声は笑っている。

「今日の今日で決められるわけないよ」

月島は自室の窓を閉めた。階下から聞こえてきていた、居酒屋「あと一杯」のにぎわいがやや遠ざかる。大沢は念願の煮付けにありついているだろうか。

ネイルサロン「月と星」の二階にある月島の住居は、階段寄りの一部屋が六畳ほどの板の間で、ダイニングキッチンとして使っている。三点ユニットへのドアと洗濯機も、板の間にみちみちに収まっている。

板の間と縦に並ぶ形でもう一部屋、商店街の通りに面した畳敷きの六畳間があり、窓はこちらの部屋にしかないので、板の間との境の襖《ふすま》ははずしてしまった。六畳間にはベッドやテレビを置き、居間兼寝室ということにしている。

古い長屋ではあるが、少しでも住み心地がよくなるよう、家具にはなるべく統一感を持たせた。腰高窓の外に張りだした転落防止用の手すりに鉢を並べ、ちょっとした花や観葉植物を育ててもいる。ちょん切った長ネギの根っこ部分を、豆腐の空きパックで水耕栽培し、にょきにょき葉がのびたところを料理に活用したりもする。

ふだんなら自室でくつろぎ、缶ビールでも開ける頃合いだが、今夜の月島はスピーカーをオンにしたスマホを手に、力なくベッド脇の畳に座りこんだ。

「一応履歴書は受け取って、詳しい話は明日聞くって言ったけど」

「ずっとネイリスト募集してたんだし、ちょうどよかったじゃない」

と、星野は呑気《のんき》な口調だ。「その子、資格持ってるんでしょ?」

月島はベッドのサイドテーブルに載せていた大沢の履歴書を引き寄せ、改めて目を通す。

「うん、ネイリスト検定二級」

「じゃ、一緒に働きながら美佐がいろいろ教えてあげれば、すぐ一級取れるって。なんで迷ってんの」

星野に問われ、月島は一瞬答えに詰まった。

星野は美容専門学校時代からの友人だ。それだけでなく、かつては共同でネイルサロンを経営するビジネスパートナーでもあった。四年まえ、思うところあって月島のほうから、「べつべつにやっていきたい」と切りだし、それぞれの店を持つ身となっても、友情は変わらなかった。毎日のように顔を合わせる関係ではなくなったが、折りに触れて連絡を取りあっている。

月島が自身の店の名を「月と星」としたのはもちろん、別個の道に分かたれたのちも星野の存在を大切に思い、一緒に店をやっていた時間をなかったことにしたくなかったからだ。やや感傷的すぎるだろうかと気恥ずかしかったのだが、星野が一人で新たに開いた店の名は、「天体」だった。命名の意図を詳しく聞いたことはないが、天体のなかには当然「月」も含まれるだろうと月島は勝手に解釈し、安堵するとともに余計気恥ずかしくなった。互いの十代のころも知っているためか、月島は三十代の半ばを過ぎても、星野に対してだけはどうも自意識過剰な態度と距離感を発動してしまいがちなのだった。

いまも月島は思春期的にもじもじしながら、

「大沢さんの名前、『星絵』なんだもん」

と採用を躊躇《ちゅうちょ》する理由を述べた。

「それがなんなのさ」

怪訝《けげん》そうな星野に、

「なんかちょっとコンビ感あるっていうか、『月と星』って店名も大沢さんありきでつけたのかなって思われそうなほどできすぎぎっていうか！」

と畳みかける。

「はあ？　そんなバカな理由で貴重な人材を逃してどうすんの」

「ぐうぅ」

経営というシビアな局面に際し、店名にこめた思春期的物思いは残念ながら忖度《そんたく》してもらえなかった。月島はもうひとつ、より気になっていたことを白状した。

「それに大沢さんのネイルアートのセンス、ちょっと江利に似てるんだよね……」

大沢の履歴書を預かるとき、月島はひとつだけ質問した。「いましてるネイル、どこのお店でやったの？」と。大沢もネイリストだと判明した時点で、半ば予期していたことではあったが、答えは、「あ、これは自分でやりました」だった。大沢はちょっと自信なさそうに、けれど月島の判断材料にしてもらおうと思ったのだろう、手の甲をうえにしてパッと両手を広げてみせた。十個の爪で躍る情熱の色彩。混沌と調和。月島はまばゆさとかすかな痛みを覚え、ただ「そう」とうなずくことしかできなかった。

電話越しに、星野のため息に似た小さな笑い声が聞こえた。

「ほんとバカだねえ、美佐」

これまで二人で味わってきた感情と時間のすべてが包みこまれているような、春の夜そのものみたいにやわらかい口調だった。


翌日の午後七時、約束どおり大沢が「月と星」を訪れた。

前日の様子から、煮付けをあてにすでに一杯きこしめした状態で現れたとしても驚かないぞ、と月島は覚悟を決めていたのだが、大沢は素面《しらふ》だったのみならず、面接のようなものだからということなのか、紺色のスーツを着用していた。明らかに着慣れておらず、専門学校時代に買ったリクルートスーツと思《おぼ》しきペラペラの生地だったが、大沢の意気込みは伝わってきたし、なにがなんでも煮付けを食さなければいられない特異体質というわけでもなさそうだとわかって、月島はちょっと安心した。

「昨日はありがとうございました」

と、大沢は店の戸口で頭を下げた。「おかげさまで大将、絶好調になって、あのあと店に行ったらサトイモの煮付けをサービスしてくれたんですよ」

やはり話題は煮付けのことだった。月島は笑いを噛み殺し、

「それはよかったです」

と、作業用の丸椅子に座るよううながした。本日最後の客を送りだしたばかりだったので、大沢に少し待っていてもらって、施術椅子と作業台を手早く消毒し、タオルを放りこんだ洗濯機のタイマーをかける。

閉店の準備を終え、月島もようやく落ち着いて、もうひとつの丸椅子に腰を下ろした。施術椅子のまえで、大沢と向きあって座る形になる。大沢は緊張の面持ちで掌をスカートの腿部分にこすりつけていた。

そういえばまだ名乗っていなかったなと気づき、

「月島美佐です」

と言った月島は、休憩スペースから取ってきておいた大沢の履歴書を開いた。「ええと、大沢星絵さん」

「はい！」

「どうしてここで働きたいと思ってくれたの？　うちはご覧のとおり地元密着型の小さな店で、

奇抜だったり斬新だったりするネイルアートのご注文はそれほどないから、自分で言うのもなんだけど、仕事内容は地味なものだよ」

「いえ、地味ってことないと思うし、地味だったとしてもいいんです！」

大沢は背筋をのばして答えた。新兵訓練をしてるんだったっけ？　と月島は錯覚しそうになったほどだ。

「あたし、専門学校出てから二年間、美容師をしてて」

「そうみたいね」

月島は履歴書に視線を落とす。

「楽しかったんですけど、腰を痛めちゃってどうしてもつづけられなくて」

大沢は空気が抜けたように背中を丸めた。「在学中にネイリストの資格も取ってたから、これならシャンプーでお客さまの頭を支えることもないしと思って、ショッピングモールのなかに入ってるネイルサロンに転職したんです」

「でも、一年も経たずに辞めてる。どうして？」

「そのお店は回転率重視なところがあって、お客さまのご要望もあまり聞けないまま、とにかく決め打ちのデザインをさくさく塗れって方針で。お客さまもこっちも機械じゃないのになー、なんかちがうなーっていやになって辞めました。いえ、そのお店をディスってるわけじゃないんですけど」

しっかりディスってたような……、と月島は思ったが、大沢の言わんとするところもわかる気がした。

ジェルネイルの場合、ベース、カラー、トップと、何回も塗り重ね、重ねるつどLEDライトで硬化させる必要がある。施術に手間と時間がかかるぶん、客とのコミュニケーションをなるべく短縮し、システマティックに作業を進めようとする店も、残念ながらないわけではない。

「月島さんが作った見本チップは、どれもきれいでかっこいいものばっかりでした」

と、大沢は力説する。「堅いお仕事に就いてるひともできそうなデザインもあれば、遊び心のあるデザインもあって、いろんなひとが日常的に楽しめるネイルアートだなって。それに、大将が納得するまで、根気強く巻き爪の対処方法を説明してたじゃないですか。施術も的確で丁寧だったし、あたしもこういうお店で、お客さまとじっくり向きあって仕事したいと思ったんです」

大沢の思いと意気込みに感銘を受け、月島は「ようし、一緒に働こう！」と言いそうになるも、危ういところで踏みとどまった。私は弟子入り志願者を熱く受け入れるラーメン屋店主ではないのだ、と自身に言い聞かせる。いえ、ラーメン屋さんをディスっているわけではなく、私が求めるのは即戦力なのであるからして、大沢さんのやる気のみを見てほだされている場合ではない。

とはいえ、大沢に見本チップや接客を褒められてうれしかったのは事実で、ついゆるみそうになる口角に力をこめつつ、

「わかりました」

と冷静を装って月島はうなずく。「じゃあちょっと、私の爪に施術してもらえますか」

「実技試験ですね！」

大沢の背筋が再びピンとのびた。

「うんまあ、そこまでたいそうなものではないけど、技術を見ておきたいので」

立ちあがった月島は、休憩スペースから予備のエプロンと不織布のマスクを持ってきて大沢に渡した。実技試験の実験体となるべく、施術椅子に腰を下ろし、両脇にある作業台にそれぞれの手を載せる。マスクとエプロンを装着した大沢が丸椅子ごとゴロゴロと近づいてきて、

「失礼します」とまずは月島の右手を眺めた。

「あ、月島さん、付け爪《スカルプ》をしてらっしゃいますね。あたし、自分の爪で試したりはしてるんですけど、お客さまにスカルプの施術をした経験がなくて……」

大沢の背中がまたシュンと丸まる。

それもそうだろう、と月島は思った。スカルプは、アクリルのパウダーとアクリルリキッドを混ぜたものを使って、地爪に長さをプラスする技法だ。華やかな爪が好まれる職業、たとえばキャバクラで働く女性が顧客に多くいる、新宿や六本木などのネイルサロンならば需要も高いはずだが、「月と星」のように地元密着型の店の場合、スカルプを希望する客はそう頻繁にはいない。どちらかといえば短い地爪のまま、さりげなくネイルアートをして楽しみたいという要望のほうが多いからだ。大沢がかつて働いていたような回転率重視の店では、施術に時間がかかるアクリルスカルプは、そもそも扱っていなかった可能性がある。

しかしスカルプは、ネイリストが体得しておかなければいけない重要な技術なのはまちがいない。スカルプの施術をしたら、責任を持ってアフターケアにも努める。最低でも三週間に一度は必ず来店してもらって、スカルプの状態を確認し、地爪がのびたことによってできる隙間や浮きを修復《リペア》したのち、形を整えてきれいにネイルアートを塗り直す。一度スカルプをしたら、通常三回ぐらいはリペアだけで持ちこたえられるが、それも爪の健康状態や強度次第だ。適切なタイミングを見極めてスカルプをつけかえたり、爪を休めたりすることを勧めるのも、ネイリストの大事な役目だった。

つまりスカルプの場合、地爪に長さを加える技法そのものも重要だが、アフターケアを通して細かい技術や経験を蓄積できるし、客との信頼関係の構築やコミュニケーション能力もより要求される。「やったことないんで」「そこまで需要ないから」と避けていては、ネイリストとして成長するきっかけを失ってしまう。

「何度かリペアしたから、そろそろ爪を短くしようかなと思ってたの。だから今回は、スカルプをはずす《オフする》ことにしましょう」

と、月島は助け船を出した。「スカルプのつけかたやリペアの技術は、追い追い習熟していけばいいと思います」

「追い追い!?」

大沢の背筋がみたびのび、きらめく目が月島を見つめてきた。期待させては悪いので、

「大沢さんをうちで採用するとなったら、ですが」

と月島は急いで言い添える。大沢はみたび、「ですよね……」とかたつむりのように背中を丸めた。それでも真剣な表情で月島の説明を聞き、作業台のどこになにが配置されているのかを飲みこむと、スカルプをオフする作業に取りかかる。

大沢の施術ぶりはなかなか堂に入ったものだった。月島がふだん使っている筆《ブラシ》や《や》ファイル《すり》などの道具一式は、ペン立てにまとめて差してある。大沢は過《あやま》たず目が粗《あら》めなファイルを手にした。リムーバーを使うまえに、ジェルだけ削り落としておく作戦だろう。月島の爪には現在、大ぶりのストーンなどもついているので、コーティングのためにトップジェルもやや厚めに塗ってある。オフする効率を考えると、最初にジェル部分を全体的に削っておいたほうが、リムーバーも浸透しやすく手っ取り早い。

大沢はファイルをかまえ、月島の親指の爪に当ててしゅしゅしゅしゅしゅっと動かしだした。

「あちちちちっ」

月島は思わず悲鳴を上げ、手を引っこめる。摩擦熱が生じ、爪が発火しそうだったからだ。

「すみません！」

と大沢がファイルの動きを止めた。「痛かったですか」

「うん、ちょっと……」

ジェルの下にはスカルプの厚みもあるというのに、この熱と痛み。原始的な火おこしでもあるまいし、いくらなんでもファイルでこする勢いが強すぎる。

「もう少し優しくお願いできるかな」

「はい」

大沢はごくりと唾を飲んで慎重にファイルを動かし、

「あちちちっ」

と月島は再び身もだえた。

「すみません……！」

「いえ、大丈夫です。ファイルを小刻みに動かしすぎですね。もうちょっと動きをゆったりと」

月島は全身を強張らせながら、十個の爪にファイルをかけられるのに耐えた。これまで月島は、自身が摩擦熱に弱いほうだと感じたことはなかった。ファイルを動かす幅のほかに、どこがいけないいんだろう。爪に当てる角度は正しいように見受けられるので、「実技試験に挑んでいる」という大沢の力みのせいだろうか。それとも、もとから異様に力持ちなんだろうか。

なんとかファイルの工程が終わったときには、月島は少々ぐったりしていた。大沢はずいぶん気をつかって、ファイルでジェル表面を削るよう努めていた様子だが、月島としては、いつ爪から狼煙《のろし》が上がるかとびくびく身がまえてしまった。

「あの、大沢さん」

「はい！」

「ファイルに関しては、身近なひとに練習台になってもらうとかして、力のこめ具合を研究してください。お客さまのなかには、熱いのに黙って我慢してしまうかたもいらっしゃるので」

「はい、そうします」

大沢は肩を落とした。「ただあの、練習させてくれるひとがいるかどうか……。専学のころ、友だちとか親とか当時の彼氏とかに施術させてもらったんですけど、『つぎからはほかのひとに頼んでほしい』って軒並み逃げられてしまってですね」

やっぱり私の勘違いじゃなく、摩擦熱がすごいんだ、と月島は思ったが、大沢があまりにもしょんぼりしているので、かろうじてべつの言葉に差しかえた。

「まえのお店ではどうしてたの？」

「マシンだったんです」

「なるほど」

ジェルやスカルプを削り落とす工程を、ファイルを使った手作業ではなく、電動のマシンを使って行う店も多くある。先端に円柱状の小さな金やすりがついた、研磨機のようなものだ。けっこう大きな音がするし、粉塵が広範囲に飛び散るので小型集塵機も常備したほうがいいため、「月と星」では導入していない。

大沢は、マシンでジェルを削るコツはつかんでいるが、ファイルの扱いに慣れる機会がなく、未《いま》だ原始の火おこし状態だということだろう。

「とにかくなんとしても、実験、じゃない、練習台になってくれるひとを見つけてみて。数をこなせば自然と力加減がわかってくるから、大丈夫」

「はい！」

大沢は気を取りなおしたのか、力強くうなずいた。素直で前向きな姿勢に、「若さっていいなあ」と月島はつい婆《ばば》くさい感慨を抱いたが、これから大沢のファイルの餌食になるだれかのことを思うと、爪の安泰を祈らずにはいられなかった。

さてつぎは、アセトン入りのリムーバーを使って、地爪についたスカルプをオフする工程だ。大沢は小さく切ってあるコットンにリムーバーを染みこませ、そのコットンを月島の爪に載せては、八センチ四方ほどのアルミホイルで指さきをくるりと包む。小籠包《ショーロンポー》づくりの職人のような手早さだった。またたくまに、月島の十本の指が銀色で覆われていく。

この工程は安心して委ねられそうだ。そう判断した月島は、指だけロボットになった気分で、作業台のうえでピアノを弾くように銀色の手さきを遊ばせてみた。自分以外のひとにネイルの施術をしてもらうのはひさびさで、心身ともに解放される思いがした。旅館でおいしいご飯をたらふく食べ、「そっか、今日はあとかたづけをしなくていいんだ」と実感するときの気持ちに似ている。アルミホイルを指に巻くのは、コットンを爪に密着させ、密封することで、リムーバーの浸透を早めるためだが、月島はもともと、ひんやりと濡れたコットンの感触を爪で味わうのが好きだった。見た目も機械になったようで、あるいは料理の下ごしらえっぽくて、愉快である。

アルミホイルをちょっと開いてリムーバーの浸透度を確認した大沢は、ペン立てから先端がヘラ状のメタルプッシャーを取った。リムーバーによってやわらかくなったスカルプは、地爪からわずかに浮いてくる。大沢は浮いたスカルプと地爪のあいだに、器用にメタルプッシャーを差しこむようにして、着々とオフを進めた。ストーンはニッパーでつまみ、付着したスカルプごと大胆に切り取る。かといって強引に剝がし取るようなことはなく、リムーバーの浸透がたりなかった部分にはもう一度コットンを載せ、アルミホイルで巻きなおした。

ネイリストが使うニッパーは、家庭用の爪切りとちがい、剪定《せんてい》バサミというか昔の切符を切るハサミのような形をしている。月島がネイリストになるための勉強をしはじめたころは、このニッパーを使いこなすのも一苦労だったが、もちろんいまとなっては自由自在に操れる。大沢もまた、手慣れた様子でニッパーを扱っていた。

すべての作業が迅速なうえに、丁寧だ。なぜファイルだけあんなに不器用なんだろうと、月島は首をかしげざるをえなかった。

すべてのスカルプをきれいにオフした大沢が、

「お爪の長さと形はどうしますか」

と笑顔で尋ねてきた。一仕事やりきったぜ感がある。しかし月島は、

「ぎりぎりまで短く、形は丸くしてください」

とおおいに警戒しつつ言った。爪の形を整える際にも、新たにジェルを塗るまえのサンディングという工程でも、ファイルを使うからだ。

地爪の先端をファイルで削り、短く丸い形に仕上げるのはうまくいった。つぎがサンディングで、ジェルの定着をよくするため、爪の表面にファイルをかけ、艶《つや》を取る。目が細かくやわらかいファイルを使うので、通常だったら摩擦熱は生じないはずなのだが、月島はやっぱり、「あちち」が口から飛びでそうになるのをこらえなければならなかった。触れている手の緊張

具合から察したのだろう、大沢は「すみません！」を連発した。

甘皮を除去し、透明のベースジェルを塗り、ＬＥＤライトに手を入れてベースを硬化と、その後の工程はスムーズに進んだ。使い慣れない他人のブラシだと、毛の流れなどに癖がついていて、どうしても勝手がちがうものだが、大沢はむらなくうつくしくジェルを塗ってみせた。弘法は筆を選ばず。まえの店を辞めて以降も、大沢は主に自身の爪を使ってたゆまず練習し、技術を磨きつづけていたのだろう。たぶん、オフのためのファイル以外は。この子、意欲とセンスがある、と月島はひそかに感心した。

なによりも大沢は、施術するのが楽しくてならない様子だった。

「デザインはどうなさいますか？」

と、にこにこと月島を見あげてくる。月島は腕時計をちらりと確認した。ここまでで六十分ほど。アクリルスカルプをオフするには、慣れていても四十五分はかかる。大沢の経験値を考えれば、いいペースだ。

「そろそろおなかも減ったし、大沢さんが慣れてるデザインにしましょう」

「じゃあ、あたしのネイルへの情熱を迸《ほとばし》らせ、ぶわあっと」

「いえ、迸るとどんな感じなのかは、大沢さんのネイルを見ればわかります」

と、月島はとどめた。大沢の爪は前日と変わらず、水彩絵の具で織りなされるカオスのなかの調和といった風合いのデザインで、強いてタイトルをつけるのならば、「奔放なる精神」とでもするのがふさわしい。無手勝流《むてかつりゅう》な筆づかいに個性のきらめきが宿っているのはひしひしと感じ取れるので、むしろ基本的なデザインの腕前を確認したい。

「フレンチネイルをお願いします」

フレンチは、爪の先端のみにカラージェルを塗るデザインだ。直線的に塗ったり、爪のカーブに沿ってアーチ状に塗ったり、塗る幅も深めにするか浅めにするかといったように、さまざまなバリエーションがある。濃淡のむらやブラシの痕《あと》を生じさせずにカラージェルを塗れるか、透明なベースジェルとの境界部分に、ぶれのないきれいなラインを形成できるかなど、基本であるからこそネイリストの力量がはっきり出る。

「お色はいかがいたしましょう」

と尋ねながら、大沢はあたりを見まわし、色見本のチップが並んだ額縁状のケースを壁際の棚から持ってきた。すでに「月と星」の従業員になったかのような振る舞いだが、月島はとがめる気持ちにはならなかった。大沢が明らかにうきうきしていたからだ。大沢は無手勝流一辺倒ではなく、デザインや色を客と相談しながら決めていく過程を楽しみたいと願っているし、好んでもいるのだとうかがわれた。

この時点で、月島は大沢を採用しようと心に決めた。もしフレンチネイルの腕が壊滅的だったとしても、そんなものは月島が教え、大沢が練習を重ねればいいだけのことだ。でも、ネイルを愛し、客の立場に寄り添って施術しようとする心は、教えられるものではない。大沢はネイリストとして一番大切なことを、すでにちゃんと体得している。充分に即戦力だと言えるだろう。

だがまあ、急に甘い顔をするのもいかがなものかと思われ、月島は鬼教官の仮面を装着しようと努めた。とはいえ月島も、ネイルを愛する気持ちが過剰なほうだ。色見本のケースを差しだされると、つい心が浮き立ち、店に置いてある百を超えるカラージェルの色味と質感はすべて頭に入っているにもかかわらず、

「そうねえ」

などと並んだチップを覗きこんでしまった。「六十番のグリーンはどうかな。フレンチの形はアーチ状にして、幅はやや深め、爪のなかほどぐらいがいいです」

「いいですね、これからの季節にぴったりです」

大沢もチップの列を眺め、朗らかに言う。「あ、でもでも、六十八番のターコイズブルーも捨てがたい気がします。月島さんの肌の色になじむと思いますし、春の晴れた空の色だから」

月島はちらりと視線を上げた。大沢は熱心にチップと月島の指さきを見比べている。大真面目に「空の色」を引き合いに出したのだとわかった。月島もなんだか、お店屋さんごっこをしていた子どものころのように楽しい気分になり、

「自分の爪にはあんまり塗ったことない色だけど……。ターコイズブルーにしてみようかしら」

と、やや芝居がかった調子で大沢の提案を受け入れた。

「はい！　金のラメで境目に極細のラインを引くのはどうですか？」

「そうします」

「かしこまりました」

大沢は勢いこんで立ちあがり、そこで動きを止めた。使用するカラージェルを取りにいこうとして、どこに置いてあるのか知らないことに気がついたのだろう。

「壁際の半透明の収納ボックス、二段目の引き出しです。ラメはその下の段、右の手前のほう」

月島の指示を受け、大沢はフリスビーを追う犬みたいに目当てのものを探して持ってきた。平べったい円柱形の小さな容器に入った、ターコイズブルーのカラージェルを金属のヘラでかきまぜ、毛先が斜めにカットされたアンギュラー筆のさきに少量を含ませて、月島の右手を左掌で軽く支え持つ。

アンギュラー筆の先端の直線と面とをうまく活用しながら、大沢は的確にフレンチネイルを施していった。カーブも均一だし、それぞれの爪の形とのバランスも取れている。「月と星」では基本的に、カラージェルは最低でも二度塗りしていることと、硬化のタイミングと回数を月島が伝えると、大沢は言われたとおりに工程を進めた。

定番のデザインにおいても、大沢の技術には特に問題ないことがわかった。やっと人手不足が解消されると安堵した月島は、施術椅子の背もたれに身を預けた。世間話をする余裕が生まれ、LEDライトに親指だけつっこんでジェルを硬化させながら、

「履歴書の住所からして、この近所に住んでるの？」

と聞いてみる。

「そうです。お店から歩いて十分ぐらい、富士見坂小学校の裏手にあるアパートです」

LEDライトが消えたので、大沢は親指を出すようにうながし、月島の両手を取ってフレンチ

の出来映えとバランスを確認した。「ずっと実家暮らしだったんですけど、『いつまで無職でいるつもりだ』って親がうるさいから、再就職のあてもないのに部屋借りちゃったんですよね。はじめての一人暮らしに悪戦苦闘の一カ月でした」

「えーと、ちょっと待って」

月島は少々頭が混乱した。富士見商店街近辺に住みはじめて一カ月で、もう居酒屋「あと一杯」の常連と化し、大将の松永と仲良くなったということなのか。驚異のコミュニケーション能力だが、しかしもっと気になるというか、よくわからないことがある。

「まえのお店に勤めてたとき、ご実家から通ってたの？」

「はい」

「ご実家、どこなの？」

「池袋です。トキワ通りで代々蕎麦屋《そばや》をやってまして」

「ええ⁉　池袋の、しかも駅前におうちがあるのに、なんでわざわざ同じ都内の、各駅しか停まらない、なんの変哲もない住宅街で一人暮らしすることにしちゃったの」

「月島さん、弥生新町ディスがひどいですよ」

と大沢は笑い、今度は極細の筆で金のラインを引きはじめた。

「ディスじゃなく事実でしょ。あ、もうちょっとラインを細くできますか」

「はい」

大沢は描いたばかりのラインをペーパーで拭き取り、より細い線を慎重に引きなおした。月島がうなずくのを見て、詰めていた息を吐き、つぎの爪のラインに取りかかる。

「それに池袋も、実際はイメージほど大都会って感じでもないです。たしかにビルばっかりになっちゃいましたけど、昔からの個人商店や住民も多くて、ご近所づきあいもけっこう残ってるし。『星絵ちゃん、彼氏と別れたって』とか『星絵ちゃん、仕事辞めたって』とか、筒抜けですよ。まじ困惑です」

「そういうものかなあ。それでも私だったら、池袋に住むと思うけど。どこへ行くにも便利だし、活気があって楽しそうじゃない」

「月島さんはご出身どちらですか」

「秩父です」

「あー」

どういう意味の「あー」だ。なんなのだこの屈辱感は、秩父のどこが悪い。と月島は若干の憤りといわれなき気恥ずかしさにこっそり震えたのだが、大沢に他意はなかったようで、

「埼玉のひとは池袋が好きだって言いますもんね」

と明るく言い放った。

恵まれているがゆえの東京っ子の無邪気な傲慢さ、許しがたし。やっぱり大沢を雇うのやめようかな、と思わなくもなかったが、それも大人げないので、「まあそうかも……ですね」と月島は曖昧《あいまい》に受け流した。

そのあいだにも大沢はすべての爪に無事にラインを引き終え、硬化、トップジェル、また硬

化と、工程は順調に最終段階に突入した。月島と大沢は額を突きあわせるようにして、色むらやジェルのよれがないかチェックする。

「うん、きれいにできてますね。ありがとうございます」

と月島は言った。「では、仕上げにジェルクレンザーで、硬化しきらなかったジェルを拭き取ってください」

専用液を含ませたコットンでひとつずつ爪を拭うと、表面がみるみるうちに艶を増した。金色の細い光のアーチが架かった、春の青空。デザインはシンプルだが、端正なネイルアートの完成だ。ほんのちょっとの引っかかりもなくなるよう、爪の先端に軽くファイルをかけてなめらかにする。

最後に、爪のつけ根に保湿オイルを垂らし、両手を蒸しタオルでくるんだのち、肌に保湿クリームを塗って手指のマッサージだ。大沢はくるくるとよく立ち働き、月島に教えられるがまま、濡らしたタオルを休憩スペースの電子レンジでチンしたり、壁の棚から取ってきたクリームを月島の手に擦りこんだりした。

「大沢さん」

と、月島は大沢のマッサージに手を委ねながら切りだした。「ぜひ、うちの店で働いてくれませんか」

「えっ」

月島の手を揉む大沢の手に力が籠もった。「あたし実技試験合格ですか、やったー！　ありがとうございます！」

「いてててて、落ち着いて。まだお給料やシフトの説明もしてないんだから」

「そんなのいいんです、明日から入れますよ無職なんで！　あ、お家賃払えなくなっちゃうからタダだと困るんですけど」

「いててててて」

　翌日の施術に支障が出そうなほど指の股を揉みほぐされた月島は、とんでもない怪力の持ち主を採用してしまったのではないかと早くも後悔した。

　一緒に作業台のうえを片づけるあいだに、雇用条件などの話はついた。月島が口頭で提示したシフトにも給料にも、一応三カ月間は試用期間とすることにも、大沢は異を唱えなかった。

ただ、

「あと数日で四月だし、出勤はそこからにしたら？」

　という提案にはうなずかなかった。

「いえ、明日からシフトに入らせてもらえませんか」

　早く接客したいし施術の勘を取り戻したいのだとうかがわれ、月島は給料の日割り計算が少々面倒くさいなと思ったが、結局熱意に押し切られた。

「お客さまがいらっしゃるのは十時からですが、明日は九時には出勤してください。雇用契約書を作って持ってくるようにするから、目を通してほしいし、開店準備の段取りも説明したいので。あ、ハンコを忘れずにね」

大沢はふむふむとうなずき、「ちょっと失礼します」とスーツのポケットからスマホを取りだした。「九時、ハンコ」と律儀にメモしているようだ。最前、ジェルなどの収納場所は特にメモするでもなく一発で覚えたのに、なぜだ？　月島は少々疑問に感じつつ、言葉をつづける。

「明後日以降はシフトから逆算して、準備や接客にまにあうように入ってくれればいいです。休憩スペースにタイムカードがあるので、出勤と退勤のときに押してください」

「わかりました」

ポチポチと文字を打ちこんだスマホをポケットにしまい、大沢は姿勢を正した。「明日からよろしくお願いします」

「こちらこそ、よろしくお願いします。じゃあ」

月島はエプロンをはずし、大沢のぶんも受け取って、休憩スペースのほうへ向かいかけた。ところが大沢は辞去する気配もなく、施術椅子のそばでにこにこ立っている。

「えーと、さきに帰って大丈夫ですよ？」

「月島さん、飲みにいきましょう！」

「え、なんで」

「おなかすいたし」

当然のように言った大沢は、急にトーンダウンする。「もしかして月島さん、下戸《げこ》ですか」

「お酒は好きですけど……」

「じゃ、行きましょー！　親睦を深めるための歓迎会ってことで」

歓迎会とは新入社員が持ちかけて開催するものなのだろうか。しかし月島とて、空腹なのも飲酒欲が人後に落ちないのもたしかだし、これからともに働く大沢と仲良くするに越したことはないからまあいいかと、またも熱意に押し切られた。

「うん、行こうか。どこにする？」

「そりゃあ、『あと一杯』ですよ」

「やだよ！」

「えー、どうしてですか」

大沢が無邪気な表情で首をかしげる。店主の松永が無愛想でいけすかないからだとは言いにくい。

「大将、巻き爪が痛まなくなったって、昨日もあのあと、お店ですんごく感激してましたよ。月島さんが顔を出したら、絶対に煮付けをサービスしてくれるはずです！」

つまるところ、大沢はお相伴にあずかれるやもと期待しているらしい。どちらかといえば洋食が好きな月島には理解不能な煮付けへの執念だったが、執念深く粘り強いひとのほうが最終的になにかを成し遂げる傾向にあるのは、どんな事柄においても共通している。月島はあまり気乗りせぬまま、大沢に引きずられて居酒屋「あと一杯」へ行くことになった。

大沢がガラスのはまった引き戸を開けると、カウンター内に立つ大将の松永はすぐに気づいて、「らっしゃい」と声をかけてきた。大沢は「こんばんはー」と朗らかに挨拶しながら、ちょうど空いていたカウンターの端っこの席に腰を下ろした。月島もおずおずとあとにつづく。

はじめて足を踏み入れた「あと一杯」は、ぬくもった空気とおいしそうな料理のにおいに満ちていた。店内はほぼ満席だが、夜の九時をまわったところなので調理は一段落しているようだ。カウンター越しに松永がおしぼりを置いた。ほかほかしていて、ほのかにミントの香りがする。香料ではなく生のミントを使って香りづけをしているのだと察せられた。古ぼけた店のつくりに似合わずおしゃれである。

月島は手を拭きながらさりげなく店のなかを見まわす。ひとつだけある小さなテーブル席では、若い女性客が二人、イカゲソのフライをつまみながら焼酎のお湯割りを飲んでいた。満腹にはなったが話がつきないといった様子だ。カウンター席は八つで、月島たちのほかに三つが埋まっていた。二人連れの中年男性はサラリーマンらしく、脱いだ背広を椅子の背に引っかけ、ネクタイのさきをワイシャツの胸ポケットに収納して、日本酒をちびちびやりながら急な休日出勤の愚痴をこぼしている。月島たちの席とひとつ置いた隣には、三十代ぐらいの男性一人客がいて、空いた皿を活用して器用に文庫のページを押さえつつ、締めのラーメンをすすっていた。小ぶりの器に入っており、鶏がらスープのようだ。

私も締めはあれにしようかな。でも、「本日の炊き込みご飯（鶏ごぼう）」も気になる。カウンターに置いてあったペラ紙一枚の手書きメニューを眺め、月島は思案する。そのあいだに大沢は、「月島さん、ビールでいいですか。大将、生中二つです！」と勝手に話を進めていた。

ジョッキとお通しがそれぞれのまえに置かれる。とりあえずの乾杯ののちジョッキを傾けたら、よく冷えたビールを喉で味わうのが心地よくて、一気に半分ほど飲んでしまった。大沢も同じぐらい飲んだところでジョッキを置き、メニューを覗きこむ。

「美佐さん、なににします？　大将のお料理、なんでもおいしいですけど、ポテトサラダがちょっと変わっててておすすめです」

ジョッキに半量のビールを飲んだ時点で、下の名前呼びに変わっている。距離の詰めかたがすごいなとたじろぐも、ここで譲歩しては負けなのではないかと謎の意地に駆られた月島は、

「いいね」

となるべく平静を保って受け止めた。「大沢さんは？　野菜の煮付けと、お魚の煮付けがあるみたいだけど、どっちか頼もうか」

するとと松永がカウンター内から、

「魚の煮付けにしな」

と言った。「いい金目鯛が入ったんだ。サービスするよ」

「うっそ、金目鯛!?」

大沢が目を輝かせる。

「星絵ちゃんじゃねえよ、月島さんへのサービスだよ」

「あのね、大将。あたし『月と星』に就職決まったんです」

「まじか」

「だからお祝いに、あたしも金目鯛の煮付けを食べていいと思うんですよね」

「一匹しかねえから、わけて食って」

巻き爪処置の代金は受け取っているのに、さらに煮付けまでサービスしてもらうわけにはと月島は思ったが、大沢は金目鯛に多大な期待を寄せているし、痛みがなくなった松永が感謝の気持ちをなんとか表したいと思ってくれているのも伝わってきたので、もう口を挟むのはよしにした。礼を言ってお通しに箸をつける。小鉢に収まっているのは、菜の花のおひたしだった。辛子味噌の黄色と菜の花の緑が目に鮮やかだ。茹で具合も絶妙で、しゃきっとした歯ごたえとほのかな苦みが、かすかに甘い味噌とよく合う。そこに差す辛子の風味が春の雷光のように利いていた。

これはたしかに、このあとの料理にも期待が持てる。悔しいけれど、無愛想な松永の料理の腕前は本物のようだ。ついついビールが進んで、注文を通すまえだというのにジョッキはからになった。大沢も同じタイミングで飲み干し、

「ビールおかわりください」

と言った。

「あ、私も」

「あとポテサラと、金目鯛の煮付けはサービスとして、チーズ揚げ」

「漬物の盛りあわせも」

「うんうん、欲しいですね。あたし菜っ葉よりも肉派なんで、野菜は漬物あったらそれで充分なんですけど、美佐さんは？」

「サラダとか頼む意味がわからないといつも思ってる」

「いや、あたしはそこまでじゃないかな。でもまあ肉系行きましょ。鶏の唐揚げか、牛頬煮込みか、牛タンか」

「牛タン、牛タン、牛タン！」

「わかりました。大将、お願いします」

「はいよ」

松永は新たなジョッキをカウンターにドンと置き、注文を手早くメモして調理に取りかかった。待つほどもなく、春巻きの皮で巻いたチーズ揚げと、ナスとキュウリと大根とニンジンのぬか漬け盛りあわせが供される。狐色になったパリパリの皮と、とろけるチーズ。適度に塩が振られていて、これまたビールが進む。ぬか漬けも昆布やトウガラシの存在を背後にさりげなく感じさせる奥深さで、ぬか床をわけてほしいなと月島は思った。

「そうだ大将。巻き爪がよくなったからって、油断しちゃだめですよ」

小気味よい音を立ててぬか漬けを味わった大沢が、ガスコンロに向かっている松永の背中に話しかける。「ちゃんと様子を見て、プレートを取り替えないと」

「一カ月ぐらいが目安だっけ？　昼間ならいつでもいいから、予約入れといてくれや」

大沢が視線を寄越したので、月島はうなずいた。

「調整して、伝えますね」

と大沢は松永に答え、またポケットからスマホを出した。月島が横目で画面を見ると、「大将予約」と打ちこんでいる。なぜ急にメモ魔になったのか聞いてみようと思ったところで、ポテトサラダがカウンターに置かれた。

「うわあ、きれい」

それは月島が予想したポテトサラダとは少々異なる品だった。円柱状に盛りつけられており、ジャガイモの白さの合間に、桜吹雪のように薄ピンクの欠片《かけら》が散っている。なんだろうと顔を近づけて見てみるに、どうやら鮭の水煮のようだ。春にふさわしい趣向で、崩すのがもったいないぐらいだなと感嘆したつぎの瞬間、大沢が皿に添えられていた取り箸で円柱を真っ二つにぶった切った。

情緒がない。しかし月島も、料理に手をつけるまえにスマホで写真を撮るなどというマメさは持ちあわせていないので、文句は言わずにポテトサラダを取り皿によそう。ジャガイモと鮭のみで構成されていて、とてもなめらかな舌触りだった。マヨネーズはつなぎ程度にしか使われていないようで、鮭の塩気がジャガイモのほんのりとした甘みを引き立てる。

「おいしいねえ」

松永をいい気にさせたくはないが、思わずしみじみと言ってしまった。松永はといえば聞いちゃあおらず、席を立ったサラリーマン二人連れの会計をカウンター越しにし、「ありがとうございました」と威勢のいい挨拶とともに見送っているところだった。

居酒屋「あと一杯」がいい店なのは、もはや疑いようがない。職場の隣かつ自宅の階下で新たに飲食店を開拓できたのだから、松永が多少無愛想だろうと目をつぶればいいし、大沢を採用したのもまちがいではなかったのだと、月島は自身に言い聞かせる。大沢と相談して、締めは炊き込みご飯にすることに決め、日本酒に切りかえた。二合の徳利《とっくり》と二つのお猪口《ちょこ》を、松永がカウンターに置く。大沢と酒を注ぎあい、やや肩を丸めて猪口を手にしたら、

「あの、ご歓談中すみません」

と文庫を読んでいた男が話しかけてきた。月島も大沢も歓談はしていなかった。猪口に吸いつこうと唇をとがらせていたところだったからで、ひょっとこみたいな表情でそろって男へと視線をやった。男はラーメンを食べ終え、あいかわらず皿を文庫の文鎮がわりにしつつ、徳利に残った日本酒をたしなんでいたようだった。

「さきほどちょっと聞こえたのですが、お二人はお医者さんですか」

月島と大沢は酒をちゅるちゅる吸引しながら、またもそろって首を振った。アルコールへの欲望をとりあえず満たし、猪口を置いて男に向きなおる。

「ネイリストです」

と月島は言い、

「美佐さんは、隣の『月と星』ってネイルサロンの店長さんで、あたしはそこの従業員です」

と大沢は営業モードに入った。「もしかして巻き爪でお困りなんですか」

「僕ではなく、妻が」

と男は言い、皿をどかして文庫を閉じた。「そうか、この商店街にもネイルサロンがあるんですね。気づかなかったな」

「男には縁遠いもんですからねえ」

と松永が話に入ってきた。二十センチはある金目鯛の煮付けが載った深皿を大沢に渡す。大沢は歓声を上げ、営業モードを早くも放棄して夢中で金目鯛の背骨を取りはじめた。勝手に二分割してくれそうなので、煮付けは任せることにする。

「あまりひどいようでしたら、病院で治療してもらったほうがいいと思いますが、緊急措置としてネイルサロンで対応できる場合もあります」

「そうそう。俺もこのひとにプレート貼ってもらったら、痛みがなくなってね」

と松永も口添えした。「ぜんっぜん眼中に入ってなかったけど、ネイルサロンってのは女性専用ってわけでもないんだなと知りましたよ」

眼中に入らなかったのは、性別の問題ではなくただ単に松永の頭が固かったからではないのか。松永に悪気はないどころか、「月と星」を応援してくれようとしているのだと推測されたが、それでも月島はいささかむっとし、遠まわしに反論を試みた。

「男性のお客さまも、割合としては少ないですがいらっしゃいます。特に営業のお仕事をしているかたなどは、爪を磨いて形を整えるために、定期的にご来店されますね」

「へええ、そういうもんなのか」

感心したように言った松永は、土鍋に仕込んだ炊き込みご飯の様子を見にガスコンロへ向かった。

「なるほど、ネイルサロンか。妻にも言ってみます」

と文庫の男はうなずいた。「あなたのように、きれいに爪を塗る男性はいないんでしょうか」

なんだか妙な質問だ。

「男性のネイリストももちろんいますよ」

「いえ、そうではなく、客として爪を塗ってもらう男性です」

月島は男の手をちらりと見た。自宅の爪切りでばちばち切ったんだろうなとうかがわれる爪だ。なぜ男がネイルサロンに興味を抱いたのかわからなかったが、

「いらっしゃいます」

と月島は答えた。「パートナーがネイルをしているのを見て、自分も試してみたくなったかたとか、ギタリストで爪の保護も兼ねてというかたとか」

「そうですか。べつに変なことではないんですね」

安心したみたいに男はつぶやいた。

ネイルに関して、なにか気にかかっていることがあるように見受けられ、もっと詳しく事情を聞いてみるべきかと月島は逡巡した。しかし、金目鯛の煮付けが載った取り皿が目のまえに現れ、文庫の男との会話はそれきりになった。視線をおそるおそる大沢に向けてみたら、煮付けを口にして感激にぶるぶる震えている。おいしいですから早く食べて、と目が訴えている。煮付けが好きすぎてこわい。

たしかに、松永作の煮付けは極上の味だった。身はふっくらジューシーで、甘辛い煮汁がよく染みている。かすかなショウガの香りが鼻腔をくすぐり、海のエキスと渾然一体となって眉間から蒸散する感じだ。これなら金目鯛も成仏してくれるのではと思われる一品だった。

煮付けのうまさに月島と大沢が無言で手足をばたつかせているうちに、文庫の男はいなくなっていた。松永が厨房スペースから出て、牛タンの皿と炊き込みご飯の土鍋を運ぶついでに、文庫の男が使った食器を片づけ、カウンターを拭いた。そろそろ閉店時間なのかもしれないが、テーブル席の女性客はまだまだしゃべっているし、大沢も新たな徳利と赤出汁《あかだし》のみそ汁を注文した。断りを入れることもなく、月島のぶんまで頼んでいる。月島としても否やはなかったので、落ち着いて料理を味わうことに専念した。上品な出汁のなかに荒々しいゴボウの滋味がひそむ炊き込みご飯は、これまた言うまでもなく絶品である。牛タンも焼き加減と包丁の入れかたがいいのか、分厚いのにやわらかく、嚙むと肉のうまみが口内に迸る。

「男性のお客さまって、あたしは担当したことないんですよねえ」

お麩《ふ》と三つ葉が浮いた赤出汁のみそ汁を飲み、大沢が言った。やや呂律《ろれつ》がまわっていない。もしや、酒好きだけどそこまで強くはないというタイプか？　月島は松永に水を頼み、徳利よりも手前に配置した。ところが椀を置いた大沢は、水のコップをかいくぐり、過たず徳利のほうを手にする。酒飲みの本能、おそるべし。はらはらと見守る月島をよそに、大沢は話をつづけた。

「施術するとき、なんか気をつけたほうがいいことありますか。ないか、あはは」

月島が口を挟む隙も与えず、自問自答して笑っている。いよいよ酔いが危険な領域に突入したようなので、猪口をもぎ取って水のコップを握らせた。

大沢の言うとおり、男女で爪の性質が異なるわけではないから、施術はべつに変わらない。

ただ、施術環境については配慮が必要なケースもあった。

「うちの店では、ネイルケアだけっていう男性の常連さんが大半で、アートまで希望されるかたはいまのところいないかな」

と月島は言った。「以前、友人と恵比寿でネイルサロンをやってたんだけど、そのときは、ばっちりアートもされる男性が何人かいた」

「へえ、恵比寿にお店？　そっちは閉めちゃったんですか？」

そこはあまりつついてほしくない。べつの道を行きたいと月島が切りだしたときの、驚きと諦めが相半ばしたような星野の表情を思い出すと、いまも性懲りもなく胸が痛む。

「うんまあ、友だちは恵比寿のべつの場所にお店を出してる」

と月島は歯切れ悪く答えた。「とにかく、そのころの経験からわかったのは、ネイルアートを希望する男性のなかには、ほかのお客さまと顔を合わせたくないかたもいらっしゃるってことです」

「えー？　だってネイルアートしてたら、だれの目にも『ネイルアートしてるな』ってことは明らかなのに？　施術されてるとこだけ隠したいって、どういうこと？」

酔いの霧にまかれて思考の迷宮をさまようかに見えた大沢は、

「あ、そうか。そういうお客さまは、フットネイルだけをご希望なんですね」

と、またも自問自答してみせた。

「うん。だれにも気づかれないように、足にだけネイルアートしてる男性は、私たちが想像するよりも多くいるのかもと思った。だからご要望があったら、ほかのお客さまと予約時間がかぶらないように調整しましょう」

「美佐さん、あたしの目標が決まりました！」

と大沢が吼《ほ》えた。「『月と星』に来るすべてのお客さまに、居心地よく過ごしていただけるよう努めることです。そしてゆくゆくは、ネイルしたいひとが、だれにも白い目で見られたりなんかせずネイルできる世の中が到来するよう願います！」

突然の熱き宣言に月島がびっくりしているうちに、

「大将、もう一本！」

と大沢は松永に徳利を突きだした。松永が、「はいよ」と水を入れて返す。

「いつもこうなんですか？」

という月島の問いに、

「だいたい、なんか雄叫び上げて終わるね」

と松永は平然と答えた。

始末が悪い。大沢は中身が水だと気づかぬ様子で勢いよく猪口をあおると、額を打ちつけるようにしてカウンターに突っ伏した。

「星絵ちゃん!?　ちょっと大丈夫、星絵ちゃん！」

咄嗟に下の名前で呼んでしまったのは、月島もそれなりに酔っていたからだろう。なにかに負けた気がした。同時に、こうなることを見越して大沢はスマホにメモしはじめたのかと諒解された。酔っ払い慣れている人間の所業だ。

月島が改めて煮付けの礼を言い、会計をするあいだも、大沢は浜辺に打ちあげられたクラゲのようにカウンターにへばりついていた。松永と二人がかりで引きはがし、店の表へ誘導する。外気に当たった大沢は案外しゃんとして、財布から割り勘ぶんの札を取りだした。自身の歓迎会だったはずなのに支払うつもりらしい。月島はすっかりおごる気でいたから、「いいよ、しまって」と言ったのだが、おかまいなしでぐいぐい押しつけてくる。これはもう、持って帰らせても途中でお札を落とすだけだなと思い、月島はおとなしく受け取ることにした。

「では大沢、失礼いたします！　おやすみなさい！」

「夜だから静かにね。送っていこうか？」

「いえいえ、近いですから！　美佐さん、明日の十時にまたお会いしましょー！」

「九時ね。ほんとに大丈夫？」

「だーいじょうぶですよー。おやすみなさーい」

二度もおやすみを言い、陽気に手を振って、住宅街に通じる脇道へと消えていく。

「いつものことだから」

と松永は軽く肩をすくめ、店内で会計を待つ女性客の応対に向かった。「しかしあの子を雇うなんて、豪胆だねえ月島さん」

できることなら採用を取り消したかったが、そうもいくまい。まあ、酔って暴れるわけでもなく、あくまでも明るい酒のようだからよしとしよう。

無理やり自分を納得させ、「月と星」の店頭に貼られたネイリスト募集の紙を剥がしてから、月島は建物の裏手にまわった。とんでもない相棒を得てしまったなと思って、玄関の鍵を開けながら一人で笑った。

2

スマホにメモした甲斐《かい》あってか、大沢《おおさわ》は朝の九時ちょっとまえに「月と星」に現れた。タイムカードを押し、月島《つきしま》が差しだした新品の黒いエプロンをうれしそうに装着する。顔は少々むくんでいるものの、開店準備の説明をする月島のあとを軽快についてまわった。

「タオル類は朝イチで洗濯乾燥が済んだぶんで、たいがいたりると思う。建物の裏手に物干し竿があって、夏場はそっちに干したほうが早く乾くかも」

「はい」

「掃除道具と備品のストックはここね。手が空く時間があったら、少なくなったジェルやストーンがないかチェックして、問屋さんに発注してください。発注のしかたはわかる?」

「まえのお店でやったことあるから大丈夫です」

「あとは……、そうだ。季節に合わせて見本のチップを入れ替えているので、それもお客さまがいらっしゃらないときに少しずつ作成しましょう」

「え、あたしも作っていいんですか」

「うん、半々ぐらいで分担してもらえると助かる。一人でやるの、時間的にもアイディア的にも限界だったから。星絵《ほしえ》ちゃんのテイストが入れば、お客さまも選択の幅が広がって喜ぶと思う」

大沢は「えへへ」と照れくさそうに笑った。

「やっぱ歓迎会の効果は絶大ですね。なんか距離が縮まってる」

技術とセンスを認められたことではなく、月島に下の名前で呼ばれたことに反応しているらしい。月島としては大沢のひとなつっこさに根負けしたというか、一度は下の名前で呼んだのに、飲み会の翌日にまた名字に戻すのもよそよそしいかと逡巡したすえのなしくずしというか、とにかく「戦略的撤退」と粉飾するも実際は完敗であると認識していたので、休憩スペースの用具入れから黙って掃除機を引っぱりだし、床をぶいんぶいん撫でた。大沢は気にしたふうでもなく、

「ジェルの棚とかには、このハタキをかければいいですか？」

と、率先して掃除に加わる。

観葉植物にも水をやり、ふだんより大幅に短い時間で開店まえの準備が済んだ。人手の大切さを嚙みしめながら、月島は休憩スペースのテーブルに雇用契約書を載せる。向かいあって座った大沢は契約書を眺め、数秒後には署名してハンコを押した。月島のほうが不安になるほど潔い。

「あっさりハンコついてるけど、大丈夫？　なにか気になることとか……」

「あります。あたし昨日、飲みのお代を払いました？」

そういう意味の「気になること」ではない。と思ったが、大沢は真剣な面持ちで月島の返事を待っている。

「ちゃんと払ってくれたよ。覚えてないの？」

「全然。よかったです、ご迷惑かけてなくて。飲むと記憶飛ぶんですよねー」

迷惑は若干《じゃっかん》かけられた気もする。

「そのわりに二日酔いではなさそうだね」

「翌日に残るとかはめったになくて。ただひたすら、飲んでるあいだあたりの記憶が失われます」

「どういう酔いかた？　それ、アルコールが体質に合ってないんじゃないの」

「平気です、平気です。なんか知らないうちに家には帰りつけてるんで」

大沢は呑気《のんき》なものだが、酔いにつけこむおかしな男と一緒に家に帰りついたらどうするのだ。これまでは実家住まいだったから、そういう危機もある程度回避できたのかもしれないが、いまの大沢はアパートで一人暮らしだ。雇用主として大沢の酔っ払い具合にできるだけ気を配り、松永《まつなが》にも協力を要請する必要があるなと月島は脳の片隅にメモした。手がかかる。

こうして大沢は「月と星」で働きだした。

仕事の流れに慣れるまでは、月島の補助につく形でベースジェルを塗ったり、仕上げのマッサージを担当してもらったりすることにした。月島は店を訪れる客に大沢を紹介し、ともに施術しながらさりげなく仕事ぶりを観察する。

大沢の筆《ブラシ》さばきは丁寧かつ素早く、硬化のタイミングと回数もすぐに飲みこんだ。接客面においても申し分なく、客の気持ちを敏感に察して、会話を持ちかけたり黙って施術に専念したりできる。アートに必要なカラージェルやパーツも、月島が指示するまでもなく棚から持ってきて、使いやすいように作業台に並べてくれた。

大沢がアシスタントとして充分に有能なのは、二日も経たずに判明した。月島はつぎのステップに進もうと決めた。補助的な仕事にかぎらず、全工程を大沢と一緒に施術することにしよう。技術がものを言う世界なので、口頭の説明だけではどうしても限界があり、実際の施術を通して「そこはもっとこうしてください」と指導するのが肝心だからだ。

ただそうなると問題は、大沢がジェルをオフするときに発生させる摩擦熱だ。

たとえば手術を受けるとなったら、新米ではなく経験豊富な外科医に執刀してもらいたいと願うのが人情というものだろう。ネイルの施術で生きるか死ぬかに直結する事態が生じるケースはまずないはずだが、それでも、新米ネイリストによって爪を発火させられそうになるのを喜ぶ客はいるまい。

そうは言っても、経験を積まなければ新米はいつまでも新米のままになっちゃうし……。外科医と同じようなジレンマに陥《おちい》りながらも、月島は予約表をもとに検討し、特に気心の知れた常連客をピックアップした。手術とちがって麻酔で意識を失うわけではないので、施術される本人になるべく率直な意見や感想を述べてもらおうという作戦だ。摩擦熱が生じる可能性があることを伏せて、店への信頼を失うよりは、最初から「新人なので」と情報を開示しておいたほうがいい。親しい常連客であれば、新人の育成を手助けしようとはっきり要望を言ってくれるだろうし、技術の改善と向上に役立てられて、大沢のためにも有益だ。

四月に入ってすぐの朝、掃除を済ませたところで、

「今日からすべての工程に、星絵ちゃんにも入ってもらうから」

と月島は宣言した。乾燥が終わった洗濯物を畳んでいた大沢は、

「ひえっ」

と休憩スペースの椅子から尻を浮かし、そのはずみで倒れそうになったタオルの塔を慌てて支えた。一人で暴れてる、と月島はおかしく思い、タオルを棚に収めた。

「なんでそんなに動揺するの」

「施術できるのはうれしいんですけど、あたし大丈夫なのかなーって」

大沢は洗濯したてのエプロンをもぞもぞと装着する。「自分のジェルをオフする練習してるんですが、まだ力加減が完璧じゃないみたいで」

「実践が一番の早道だから、お客さまには申し訳ないけど、ご協力をお願いしよう。オフ以外は安心して任せられるレベルなんだし、自信を持って」

「わかりました、がんばります！」

素直な大沢が予想以上の速度で自信を回復させたので、「しまった、この勢いのままに星絵ちゃんが爪を発火させたらどうしよう」と月島は不安を覚えたが、とにかくやってみるしかない。

来店した常連客に、

「新しくここで働くことになった大沢星絵です」

と大沢がやや緊張の面持ちで挨拶し、一緒に施術する月島が、

「オフのとき、熱かったら『熱い』と遠慮せずおっしゃってください」

と言い添える。客を無駄に緊張させることになってしまうが、大沢に場数を踏ませるためだ。背に腹はかえられない。

案の定、「ちょっ……と熱いです！」と率直に訴える客も、言葉にはしないまでも瞬間的に手を強張らせる客もいた。いずれの場合も大沢はすぐに謝り、ファイル《やすり》を動かす幅と当てる角度、力の入れかたを慎重に調整した。

月島は、「つぎのお客さまは爪が薄めで、特に摩擦熱を苦手としていらっしゃるから、やんわりとファイルをかけて」といったように、あらかじめ大沢に注意点を伝えておくことを心がけた。そのおかげもあってか、「熱い」と言われる頻度は数日のあいだにどんどん低くなっていった。かといって大沢は油断せず、それこそ手術中の外科医もかくやという真剣な眼差しでオフの工程に取り組んでいる。その姿を横目に見て、「うんうん、その調子」と月島は内心でうなずいた。

ジェルに関しては、大沢の施術はスムーズなものだった。カラージェルの一色塗りを任せてみたところ、適度な厚みでむらもない出来映えだ。それではと、今度は仕上げのストーンやパーツの配置を託してみたら、大沢は客の意向をちゃんと確認しつつ、センスよく爪のうえに輝

きをちりばめてみせた。

大沢が「月と星」で勤務しはじめて一週間ほどで、月島は「これはいけるな」と確信を抱くようになった。大沢は邪魔にならぬタイミングで客と月島の会話に参加したり、適宜《てきぎ》相槌を打ちながら聞き役に徹したりと、そつがない。短期間で「あと一杯」の常連に収まったコミュニケーション能力の高さは、仕事においてもいかんなく発揮されていると言えた。施術面でも接客面でも、一人前のネイリストとして、客を任せられる水準にある。

懸案だった摩擦熱についても、大沢の精一杯のがんばりは常連客に伝わったようだ。

「次回までには必ず、オフの腕前を上げておきます」

と大沢が言うと、みんな快く、月島と大沢のどちらが担当してもかまわないと了承してくれた。つまり「月と星」は、単純計算でこれまでの二倍、予約を入れられるようになったのだ。経営的に大変ありがたいし、なによりもひさしぶりに、施術椅子が二台とも埋まっている光景を目にすることができるのだと思い、月島の胸は躍った。

とはいえ、客がつぎにネイルをしに訪れるのは、三週間から四週間後だ。二席ぶんの予約枠が満杯になるのは、早くても一カ月ほどあとからなので、しばらくは一人の客に対して、月島と大沢が協力して施術にあたる日々がつづく。想定していたよりも早く施術が終わるぶん、必然的にどうしても空き時間が生じることになった。

そんなとき、大沢は壁際の棚や引き出しをチェックし、ジェルやパーツの置き場所を覚えるついでに、残り少なくなっている品を問屋に発注した。見本チップの作成もこつこつと進め、

「こういうのはどうですか」と月島の意見を求めにくる。

この子は極めて根が真面目なんだなと気づいた月島は、「ちょっと休憩しない？」となるべく声をかけるようにした。ただでさえ細かい作業の連続なのに、客足が途切れたときまで根を詰めていたら疲れてしまう。隙間の時間に適度にリフレッシュするのは大切だ。

商店街の通りは、眠気を誘うような春の午後の光に包まれている。その日も月島は、「お茶にしよう」

と、二人ぶんのコーヒーを休憩スペースのテーブルに置いた。椅子に座ってちまちまと手を動かしていた大沢が顔を上げる。

「あ、すみません」

「今度はどんな見本を作ってるの？」

「これ、うちから持ってきた手芸用のワイヤーなんですけど、アートに活用できないかなと思って」

大沢が差しだしたのは、金色をした極細のワイヤーだった。針金のように自在に曲げたり丸めたりできるが、もっとやわらかくしなりがある。

「このワイヤーで爪を縁取《ふちど》ったり、渦巻きや流水みたいな形を作って爪に貼りつけたりしたら、ラメでラインや模様を描くのとはまたちがったニュアンスを出せそうなんで」

「そうだね」

月島はワイヤーを手に取り、しなり具合をたしかめた。「おもしろいと思う。でも、フィット感はどう？」

実際に施術をすると、爪というのは決して平面的ではなく、パッと見の印象よりもアーチ状にカーブを描いているものなのだと思い知らされる。そのため、パーツの土台も真っ平らではなく、爪のカーブに沿うようにゆるく湾曲した形状が多い。アクセサリー用に製造されるパーツとの大きなちがいだ。ストーンやパーツが取れたりしないよう、いかに爪にフィットさせるかは、ネイル用のパーツを作る業者にとっても、ネイリストにとっても、腕の見せどころのひとつだった。

「そこなんですよね」

大沢が今度は見本チップを差しだしてきた。ワイヤーで親指の爪を囲い、地色は薄いボルドーであえてむらが生じるよう塗ってある。ワイヤーの「工作」っぽさとあいまって、個性的なニュアンスが感じられるデザインだ。

月島は見本チップをつまみ、あらゆる角度から検分した。

「ワイヤーに浮きはないみたいだし、これなら大丈夫なんじゃない？」

「ただ、フィットするようにワイヤーの形を調整するのに、ちょっと時間がかかっちゃうんです」

「そっか……」

没にするには惜しいアイディアだ。大沢が持ちこんだワイヤーを月島も試しにたわめ、見本チップに当ててみる。しなるがゆえの反発力があり、たしかにすんなりとは爪のカーブに沿わない。だが、許容範囲だと判断した。

「ワイヤーを使ったアートを施《ほどこ》すのは、左右一本ずつってことにすればいいよ。それなら施術時間にもそこまで影響は出ないだろうし」

「そうでしょうか」

提案したわりに、大沢は自信がなさそうだ。

「星絵ちゃん、このデザインをチップでしかやったことないでしょ」

「はい」

「お客さまは人間です」

「え、神さまじゃなく?」

「いや、三波春夫の話はしてない」

「え? え? だれですか?」

そうか、フレーズは知っていても、もともとの出どころを知らないんだ。月島は衝撃を受けた。昭和が遠い。いえいえ、私だって昭和の記憶はないですけども。星絵ちゃん、『懐かしのメロディー』的なテレビを見たことないのかな。ないのかも。私がおばあちゃん子だったってだけかも。

共有する文化的地盤が名もなき無人島ぐらい狭小なのではと心もとなくなったが、こんなことでつまずいていては、いつまで経っても五月に店で提供するデザインが決まらない。三波春夫の浪曲界および歌謡界における偉大な功績についての説明ははしょることにした。

「お客さまはもちろん大切ですが、神さまではないかな。幸いうちの店には、いまのところ無茶な要求をするお客さまはいらっしゃらないけど、もしそういうひとが来たら、『申し訳ありませんが、当店ではご要望にお応えできません』って言ってしまっていいです」

「はい」

「でも、私が言いたかったのはそういうことではなくて」

月島はたわめたワイヤーを大沢の中指の爪に当て、カーブに沿うよう端を押さえた。大沢が反射的に、押さえやすい角度へと手を傾ける。

「ね？　チップじゃなく人間が相手だと、こちらの意図を汲んで手や指を動かしてくれるでしょ？　だから星絵ちゃんが予想するほどには、手こずらないと思う」

ワイヤーを渡すと、大沢もさっそく月島の爪に当てて試しだした。

「ほんとだ！　すごいです、美佐《みさ》さん。あたし全然、そんなこと気がつかなかった」

その名のとおり星が散ったような尊敬の眼差しを送ってこられたので、

「まあ単なる経験の差だから」

と月島は居心地の悪い思いで咳払《せきばら》いした。「逆に、チップだときれいにできたのに、人間の爪は案外小さくてバランスを取りにくいってデザインもあるしね」

「ちゃんとひとの爪で試してみるのが大事ってことですね。美佐さん、今度おなしゃす！」

「いいけど……」

また大沢の実験台になって、ファイルの摩擦熱を味わわねばならないのか。後進の指導は楽ではない。ひそかに遠い目になりつつ、月島はかたわらの棚から問屋のカタログを取り、ページをめくった。

「星絵ちゃんが持ってるのと同じものかはわからないけど、たしかワイヤーが載ってたはず。ほら、これ。私も練習したいし、発注しておく」

「あたしがやるんで、美佐さんは座っててください」

デザインが採用された大沢は意気込んでコーヒーを飲み干し、「ごちそうさまです！」とカップを流しに下げるその足でレジ台のほうへ行ってしまった。ノートパソコンを開き、さっそく問屋に発注をかけているようだ。

休憩してもらおうと思ったのに、また失敗だ。よく働く人材でけっこうなことだが、大沢をじっと座らせておくためには、おやつに煮付けを提供するほかないのかもしれない。

月島は冷めたコーヒーを飲みながら、大沢が作った見本チップを眺めた。親指以外の爪はどんなデザインにするつもりなんだろう。私だったらどういうデザインにするだろう。夢想しはじめるとアイディアが靄《もや》のように心に湧いてきて、私もちょっと見本を作ってみようかなという気持ちになった。結局、ろくに休憩も取らずネイルのことを考えてしまうのは月島も同様なのだった。

施術道具一式を収めたペン立てを取ってこようと、月島が立ちあがりかけたとき、

「わー、かわいい！」

とレジ台から大沢の声がした。見ると、開けたままだった出入り口の引き戸の向こうに、バ

ギーに乗せた赤ちゃんを連れた女性が立っていた。「月と星」が気になってさりげなく覗きこんでいたところを、大沢に発見されてしまったもようだ。大沢はといえば戸口にしゃがみこみ、「何歳ですかー」と、明らかにまだしゃべれないだろう月齢の赤ちゃんに尋ねている。母親らしき女性は、立ち去りたいのだがそれも失礼かと迷う様子で、「八カ月です」と赤ん坊に代わって答えた。

また大沢の積極的すぎる距離短縮力が発揮されている。月島は戸口に歩いていき、女性に助け船を出すつもりで「こんにちは」と声をかけた。ついでに大沢のエプロンの肩紐をつかみ、さりげなく引っぱって立ちあがらせる。

「だー」

と、バギーの赤ちゃんがご機嫌で右手を上げた。大沢が「どうもどうも」と腰をかがめて右手の人差し指を差しだし、二人は変則的な握手を交わしている。さして子ども好きではない月島ですら、赤ちゃんの愛らしさに思わず頬がゆるんだ。しかし女性はどこかぼんやりと赤ちゃんを眺め下ろすばかりだ。商店街での買い物帰りのようで、左肩にもバギーの取っ手にも食材の入ったエコバッグをぶらさげている。三十手前だと見受けられるが、いわゆるプリン状態になった髪をひとつに束ね、化粧っ気もなかった。赤ちゃんの世話にかかりきりで、美容院にもおちおち行っていられないのだろう。

「ネイルサロンなんです。よろしければどうぞ」

と月島は言った。本気で来店をうながしたのではなく、なにか言葉をかければ、女性もそれを機に曖昧《あいまい》に会釈でもして、歩きだしやすくなるかもしれないと思ったためだ。

ところが案に相違し、女性は浮遊していた魂が体に戻ったと言わんばかりに、はっきりと月島に視線を向けてきた。

「いますぐ、この子と一緒に入っても大丈夫ですか？」

「はい、バギーごとどうぞ」

「あ、でも時間が……」

女性の表情が翳《かげ》ったのを見て取ったのか、

「施術はまた今度でも全然いいですよ」

と大沢が会話に参入してきた。赤ちゃんのよだれで濡れた人差し指をエプロンでさっと拭きながら、

「料金表と見本をご覧いただけますから、ちょっとだけでも寄ってってってください」

と笑顔で体を脇によけ、バギーの通路を確保する。

あなた、そんな強引な……。「なにか押し売りするつもりか」と警戒されるのではと月島は気を揉んだが、女性は大沢の笑顔に引き寄せられるように、バギーを押して店に入ってきた。

月島は戸口寄りの施術椅子に女性を案内し、大沢が二つのエコバッグを受け取って荷物籠に置いた。バギーは赤ちゃんを乗せたまま、施術椅子と向かいあう形で停めることにした。これなら女性の姿が目に入るから、赤ちゃんも安心だろう。赤ちゃんは音の出るイモムシのぬいぐるみたいなものを振りまわし、「ぶー、だっだっ」と一人でなにやらしゃべっている。

大沢は見本チップが並んだケースを女性に差しだすと、バギーのかたわらにしゃがんで、

「お名前は?」とまた赤ちゃんに向かって尋ねた。

「健太《けんた》です」

と、施術椅子から女性が答える。視線は膝に置かれたケースに注がれている。月島は施術椅子に向かって左側の丸椅子に腰かけ、

「ネイリストの月島です」

と名乗った。「どのぐらいならお時間取れるかとか、どんなデザインをご希望かとか、ご要望があったらおっしゃってください。またべつの日に予約を入れることもできますから」

「きれい……」

額縁状のケースにはまったガラス越しに見本チップへ指をすべらせ、女性はため息をついた。

「この子が生まれるまえはネイルアートをしてもらってたので、ついなつかしくて。でもすみません、ジェルって時間かかるし、やっぱり……」

腰を上げようとした女性を月島はとどめた。見本を眺める女性の目に、どことなく切迫した色合いを感じたからだ。

「お客さまは、いまネイルをしていらっしゃいませんから、オフの時間はかかりませんし、ジェルではなくパワーポリッシュにすれば、デザインにもよりますが一時間弱でできます」

「パワーポリッシュ。なんとなく聞いたことはあるけど、したことないんです」

「ジェルとポリッシュ《マニキュア》の中間みたいなものです。マニキュアよりは強度があるので、二週間ほ

ど保ちますし、家事などをしていて剝《は》げてしまうということもまずありません。オフするときも、ジェルに比べたら短時間――そうですね、お買い物のついでに立ち寄っていただくなどして、十五分程度で済みますよ」

「ばー！」

ケンタがイモムシを投げた。大沢が「いたいよー、ケンタくん、やめてよー」と声色を使ってイモムシの気持ちを代弁し、床から拾いあげてケンタに握らせる。また投げる。拾う。二人ともきゃっきゃと笑いながら、延々とそれを繰り返している。

「四時までに終わらせてほしいんですが、お願いできますか」

パワーポリッシュという選択肢の存在を知って、活路を見いだしたとばかりに女性が身を乗りだしてきた。「もう、もう、この状況に耐えられない！　爪ぐらいきれいにしていたい！」

「お、落ち着いて」

あまりの勢いにのけぞりつつ、月島は腕時計に目をやった。現在、三時十分。三時半からつぎの予約客が入っているが、それまでは大沢と一緒に施術できるし、なんとか四時にまにあわせられるだろう。

「では、やりましょう」

そこから全員の連係プレーがはじまった。

初来店の客に書いてもらうカルテふうの票に、女性が氏名や連絡先を記入する。上野《うえの》琴子《ことこ》、二十九歳。駅から歩いて十五分ほどのマンション暮らしらしい。月島はカルテを受け取り、爪の状態を確認して情報を書き入れる。色や艶《つや》に問題はなく、変形もなし。爪がやや薄いのは、授乳中だというし出産の影響もあって、少し貧血気味なのかもしれない。今後も来店してくれるようであれば、注意して経過観察すること。

そのあいだに大沢が、片手で巧みにイモムシを操ってケンタをあやしながら、上野とデザインの相談をした。

「なんだか人目が気になって」

と上野は絞りだすように言った。「赤ん坊がいるのにネイルしたら、『母親失格だ、そんな爪でちゃんと世話できるのか』と思われるんじゃないかと」

「考えすぎですよー」

上野の必死の訴えを、大沢は軽い口調で受け流す。「そりゃ、鋲《スタッズ》をびっしりつけて、パイナップルの皮みたいな爪にしちゃったら、ちょっと危ないかなと思いますけど。爪が何色だろうと、赤ちゃんのお世話にはなんにも関係ないんじゃないですか」

「夫もそう言います。『そんなこと気にすんなよ。なんなら俺も爪を黒く塗ろうか？』って」

「まじで。いいパートナーさんですね」

「銀行勤めなので、実際はそんなことできやしないんですけどね。忙しいって健太の面倒もほとんど見ないし、口ばっかりで！」

「あわわ。えーと、パワーポリッシュの色見本持ってきまーす」

上野の溜まりに溜まった鬱憤《うっぷん》はしばしば小爆発を起こすようだったが、なんとか話はまとまり、ラメ入りの赤いパワーポリッシュを使うことになった。全面をべた塗りすると派手になりすぎるのではと上野が尻込みしたので、浅めのストレートフレンチにしてはどうかと大沢が提案する。

なるほど、フレンチね。了解。横一直線のストレートフレンチなら、施術にそんなに時間もかからない。二人のやりとりを聞きながら、月島は甘皮の処理をした。パワーポリッシュの場合、サンディングをして爪表面の艶を落とす必要はない。爪の油分と水分を除去するため、プレプライマーという透明の薬品を刷毛《はけ》で塗って、下準備は完了だ。

棚からパワーポリッシュを持ってきた大沢が、

「おお、早い!」

と感嘆の声を上げた。

おおげさな。しかしまあ、わたくしの素早く優しい甘皮処理能力、星絵ちゃんのご参考になれば幸いです。先輩としての技術と威厳を披露できて、月島は内心鼻高々だった。施術に加勢しようと、丸椅子を転がす大沢の動きがおもしろかったのか、背後でケンタが無邪気な笑い声を上げた。

月島が左手を、大沢が右手を担当し、透明のベースコートを塗ってライトで硬化したタイミングで、三時半に予約が入っていた常連客の篠原《しのはら》が来店した。

「いらっしゃいませ、少々お待ちくださぃ」

月島は戸口に立つ篠原に声をかけ、ついで声量を落として、「できる?」と大沢に尋ねる。

「はい、えーっと、どちらをですか?」

大沢から問い返され、月島は数秒思案した。

ええい、一人での施術を割り振るたびに、そんな捨てられた子犬みたいな目をするのはやめなさいって。星絵ちゃんが不安そうにしたら、お客さままで「大丈夫なのかな」って気持ちになっちゃうでしょ。しかしそれはともかく、たしかにどちらのお客さまを任せるべきだろう。上野さんは、施術が早く終わることをご希望。篠原さんは、オフのときの摩擦熱がやや苦手。むずかしいところだ、と迷ったのだが、百年まえから決まっていたことのように、

「上野さま。申し訳ないのですが、私はここで失礼します」

と月島は言った。「あとは大沢が担当いたしますので」

堂々と宣言したほうが、大沢も上野も雑念なく、施術したりされたりに集中できるだろうと判断したからだ。

「すみません、予約もなく急にお願いしちゃって」

と恐縮する上野に、

「いえ、とんでもない。慌ただしくて、こちらこそすみません」

と月島は挨拶し、席を立った。そのついでに、大沢の肩に軽く手を載せる。うなずいた大沢が、気合い充分で赤いパワーポリッシュの容器を手にしたのを見届け、月島は待たせていた篠原を奥の施術椅子へと案内した。

篠原はむろん、バギーに座るケンタに気づき、

「かわいいわねえ。いくつ？」

と通りすぎざま声をかけた。

「八カ月です」

と、大沢に手を委ねた上野が施術椅子から答える。どうしてだれもかれも、まだ満足にしゃべれない赤ちゃんに向かって話しかけるんだろうと、月島はおかしくてならなかった。

「だー！」

篠原に覗きこまれたケンタが、ちっちゃな両足を振りあげて挨拶する。その拍子に、爪先に引っかかっていた靴下がすっぽ抜けた。

「あら、いい子」

篠原は微笑み、靴下を拾って穿かせてあげている。施術椅子から腰を浮かしかけていた上野が、

「すみません、ありがとうございます」

とホッとしたように言った。

篠原は常連なので、月島は施術の合間の会話から、ひととなりやプロフィールをなんとなく把握していた。四十代後半の篠原は、夫とともに小さな輸入会社を経営しており、たしか高校生ぐらいの息子がいるはずだ。篠原はケンタの足をくすぐってひとしきり笑わせたのち、奥の施術椅子に腰を下ろす。子育ての経験があるだけに、さすが手慣れたものだと月島は感心した。

篠原は見本のケースを眺め、すぐにデザインを決めた。十個の爪のうち二つに、鼈甲《べっこう》そのも

のの色と柄のデザインを施せるコースだ。見本では、それ以外の爪は淡いベージュの一色塗りだったが、篠原は深いワインレッドを希望した。

「左右の薬指を鼈甲柄にしてください。でも、鼈甲にワインレッドじゃあ、春なのに重苦しすぎるかしら」

「いえ、色味は合いますから、かっこいいと思います。季語とか詳しくないですけど、たとえば春に鼈甲のかんざしを挿しちゃいけないってものでもないでしょうし」

「あはは、そうね。それを言ったら本物の鼈甲なんて、いまは入手できないはずだもの。季節や条約に関係なく鼈甲柄を楽しめるのが、ネイルのいいところ」

「はい。亀は大切にしなきゃです」

月島は施術に取りかかった。注意深くファイルをかけてネイルをオフし、ベースジェルを塗ってLEDライトで硬化する。つぎに、両手の薬指に透明感のあるアンバーのジェルを塗った。これが鼈甲柄の下地となり、濃い茶色や柿色などのジェルを使って、筆でぼかしながら模様を描いていく。小さく精巧な鼈甲を、亀を殺生せずとも爪のうえに出現させられるのだ。

篠原は毎回、デザインや色を選ぶのが早く、それが済むと雑談したり、うたた寝したりで、細かいことはまったく言ってこない。客によってはデザイン決定までに十五分ぐらい迷うひともいて、意見を求められることもしばしばだ。相談に乗って、ああでもない、こうでもないと一緒に知恵を絞るのももちろんやりがいがあるが、篠原のような即断即決、「あとは任せた」タイプの場合、施術に集中できて気が楽だった。

ぼかしのバランスを調整しつつ鼈甲柄を描いている途中で、ケンタがぐずりだした。上野が再び施術椅子から腰を浮かしかける気配がしたが、

「あー、待ってください！　いまトップコートを塗ったばっかりなんで」

と大沢が制した。「とりあえずライトに手を入れて硬化を。ケンタくんはあたしが」

月島が背中をパラボラアンテナ化して様子をうかがっていると、大沢は上野の指示を受け、バギーのポケットから赤ちゃん用のクッキーの袋を取りだしたようだった。ケンタが袋に敏感に反応し、「だっだっ」と催促している。月島の視界の端に、おそるおそるといった感じでケンタの口にクッキーを入れてやる大沢の姿が映った。

上野の右手の爪の硬化が終わり、大沢は急いで丸椅子に戻る。ところが、クッキーが口内から消失したことに気づいたケンタが、またぐずりだした。大沢は上野の爪をジェルクレンザーで拭くのを中断し、慌ててバギーのまえにしゃがみこんで、今度はイモムシのおもちゃであやす。ケンタは不満げに、「だっだっ」と新たなクッキーを要求した。

施術椅子とバギーのあいだを、大沢はリスみたいに忙《せわ》しなく往復する。どうなることやら、と月島はちょっと愉快に思いながら、篠原の右手薬指の鼈甲柄を完成させた。うながされるままLEDライトに手を入れた篠原が、

「明日、息子の大学の入学式なの」

と穏やかに言った。ケンタがぐずったせいで上野は恐縮しきっているようだったので、気をつかわせないためにも、こちらはこちらで会話をしようという合図なのだと察せられ、

「おめでとうございます」

と月島は応じた。「まだ高校生だと思ってました。早いものですね」

「本当に、あっというま。ちっともかわいくなくなっちゃって、『おふくろ、入学式に来なくていいから』なんて言うのよ」

「ふふ」

「私のころは、親が大学の入学式に付き添ってくことなんかなかったから、『当然でしょ、私だって忙しいんです』って言ってやったんだけど。でもやっぱり気になって、爪ぐらいはきれいにして当日を迎えようかななんて、ネイルの予約入れてるんだから世話ないわよね」

「篠原さん、明日はなんだかんだで入学式に行かれるんじゃないですか」

笑いを含んで月島が問うと、

「そうかも」

と篠原はため息をついた。

「スーツにも合いますよ、鼈甲とワインレッド」

ケンタが「だだっ、だだっ」とご機嫌な声を上げた。根負けした大沢が、上野の許可を得て二個目のクッキーを食べさせたらしい。上野は両手を顔のまえにかざし、赤いストレートフレンチの爪を眺めていた。伝説の果実をついに見つけるも、夢か現《うつつ》か判断がつかずに戸惑っているひと、といった表情だ。

「ありがとうございます」

ややあって、上野は小さく言った。泣きそうな声だった。

「本当に、本当にうれしいです」

「喜んでいただけてよかったー！」

大沢ははずむような調子で答え、上野が帰り仕度をするのを手伝っている。上野は「お騒がせしてすみませんでした」と月島や篠原にも挨拶し、四時ちょうどに会計をして店を出ていった。

「ありがとうございました。ケンタくんも、ばいばーい。またねー」

表で見送る大沢の声と、心なしか軽快になったように感じられるバギーの車輪の音が、商店街の活気に華を添えた。

「赤ちゃんがぐずるのはあたりまえのことなのに、親はどうしても気にしちゃうのよね」

と篠原がつぶやいた。月島はうなずく。

「電車のなかで赤ちゃんが泣いてると、私もついそっちを見てしまうことがあります。でも、そういうのがよくないのかもと、つくづく思いました」

「そうそう。永遠に泣きつづける赤ちゃんはいないんだから、まわりのひとは泰然と受け流すか、ちょっとあやしてあげるかすりゃいいの」

作業台の整頓と消毒を終えた大沢が、月島を手伝いにきた。大沢を篠原に紹介し、一緒に施術に当たる。

大沢には、鼈甲柄以外の右手の爪を任せることにした。アートが入る場合は、両手を一人のネイリストが担当したほうがいい。アートの基本中の基本であるフレンチネイルであっても、ストーンをひとつ載せるだけであっても、べつの人間が施術するとどうしても左右の手でばらつきが出てしまうからだ。もちろん、センスのちがいを技術で補い、ほかのネイリストの施術にかなり寄せることはできるし、そもそも左右の手で対称になるようなアートにしなければならないという法もない。手どころか指ごとに異なるネイルアートを施して楽しむ客も多いが、その場合も原則的には、一人のネイリストが担当したほうがいいと月島は考えていた。やはり十個の爪全体のバランスを見て、責任を持って自身のセンスと技術を総動員してこそ、客に満足してもらえるネイルアートに仕上がると感じる。

ただ今回は、鼈甲柄以外の爪はワインレッドでべた塗りすればいいだけだし、大沢のお目見えの意味もある。篠原も了承してくれたので、大沢はさっそく真剣な表情で一色塗りに取りかかった。そのあいだに月島は、篠原の左手の薬指の鼈甲柄を仕上げていく。

大沢はジェルを硬化するまえに、必ず月島の確認を求めた。月島ははみだしやむらがないかをチェックし、「はい、大丈夫です」とうなずく。やりとりを見ていた篠原が、

「しっかりしたネイリストさんが入ってくれて、よかったわねえ月島さん」

と感に堪えぬように言った。「ずっとワンオペで、パンくわえながら寝てたもんね」

「パン？」

と大沢は怪訝《けげん》そうだったが、月島は「ええ、それはまあ」と、むにゃむにゃ誤魔化した。

以前、月島は休憩スペースで手早く昼食を摂ろうとして、疲労のあまり椅子に座ったまま眠

ってしまったのだ。予約した時間どおりに来店した篠原が、戸口からいくら声をかけても応答がないので心配し、店内に踏み入って休憩スペースを覗いてくれた。のけぞって寝こけている月島の口から、篠原はそっとカレーパンを抜き取った。驚いて覚醒したら篠原と目が合って、月島は人生で十指に入る恥ずかしさといたたまれなさを味わったのだった。

大沢はパン問題については深く追及せず、

「まだまだ美佐さんを支えられるようなレベルじゃないんですけど、技術を磨きますんでよろしくお願いします」

と、篠原に向かって筆を片手に頭を下げた。なぜ、「相手の親にプロポーズの報告にきたひと」みたいになってるんだ、と月島はたじろいだが、篠原は悠然と、

「そうなの？」

と首をかしげた。「さっきの赤ちゃん連れのお客さん、あなたに爪を塗ってもらって、とっても喜んでたじゃない」

「それには事情がありまして」

大沢はワインレッドのジェルの重ね塗りに突入しながら答える。「育児に追われてネイルできなくて、ストレスが溜まってらしたみたいなんです。だからあたしじゃなくて、お猿さんにネイル塗ってもらったとしても感激してくださったと思います」

もちろん全力で務めさせていただきましたが、と大沢は鼻の穴をふくらませている。いくら賢くて器用でも、猿にネイリストなみの技量を求めるのは無茶だろうし、だいたいお客さまの

事情をぺらぺら披瀝《ひれき》しちゃダメ！　月島はげふんげふんと咳払いした。

大沢は「しまった」という顔になって口をつぐんだのだが、篠原はさして気にしたふうもなく、

「子育て中のひとも、息抜きに気軽にネイルできればいいんだけど」

と言った。

「それ、あたしも思いました！」

素早く元気を回復させた大沢が、ジェルを塗りながらぶんぶんうなずく。「『母親はネイルなんかせず、子育てに専念するべきだ』って考えかた、なんなんでしょうか」

「偏見でしょ」

篠原があっさりと断じた。

「実際、赤ちゃんのお世話をするときに、ネイルをしていたほうがいいことも多いと思います」

月島もワインレッドのべた塗りをはじめつつ言った。「アートはせず、単に爪の手入れをプロに任せるだけでも、ささくれや爪の割れをケアできますから、赤ちゃんの肌を傷つける心配がなくなります。それに加えてジェルを塗れば、そのぶん爪に厚みとまろやかさが生じるので、先端で引っかいてしまうことも防げる。アトピーにお悩みで、定期的にネイルサロンに通うかたはけっこういらっしゃいます。地爪のままだと先端が薄くて、かき傷が残ってしまうからと」

「なるほどねえ。ネイルは実用的でもあるわけだ」

篠原はＬＥＤライトに右手を差し入れた。

「それにちっちゃい子って、ネイルした爪が好きですよね」

と大沢は笑った。「さっきもケンタくんに、不思議そうに爪を触られましたし、バスに乗ってるとき、三歳ぐらいの男の子に『きれい！』って言われたことありますよ。『え、あたしのこと？』って見たら、その子の視線はポールをつかんだあたしの指さきに釘付けで、なんかちょっと『自意識過剰だった、恥ずい！』って思いましたけど」

「子どもははっきりした色やキラキラしたものが好きなのかもね」

幼児に自慢げに爪を見せてあげている大沢の姿が容易に思い浮かび、月島は微笑んだ。

「そんなの、大人やカラスだってそうですよぅ」

と大沢は不服そうだった。「キラキラしたものがきらいなのは千利休ぐらいです」

「私はキラキラ系も渋いネイルも、どっちも好き」

篠原が明るく言った。「そのときの気分に合わせて、着替えるみたいに爪を塗りかえられるから、ネイルはいいんじゃない」

もっともだ、と月島は思った。安土桃山時代にネイルがあったら、きっと千利休も爪を黒く塗ったり、あえてキラキラのストーンをつけたりしたにちがいないという気がした。茶室の掛け軸や花器に挿した花を、季節や来客に合わせて替えるのと同じように。

ネイルができあがり、大沢が蒸しタオルとクリームを取ってきた。鼈甲柄とワインレッドはとてもよく合い、落ち着きのなかに遊び心が感じられる。篠原が息子の入学式に行くのだとしたら、晴れの日にふさわしい華やぎもあった。

月島は蒸しタオルで篠原の手をくるんだ。施術のあいだはあまり手を動かせずにいるから、血流をよくしてリラックスしてもらうためだ。そのあとクリームを塗って、手のマッサージをする。

大沢は月島のかたわらに立ち、マッサージのしかたを熱心に観察していたが、

「あのう、美佐さん」

とおずおずと切りだした。「『月と星』にキッズスペースを作るのってどうですか」

「そうねえ。キッズスペースを併設したネイルサロンもたしかにあるし、いい案だと思うけど、うちはそこまで広くないから……」

「大丈夫なんじゃない？」

気持ちよさそうに手を委ねていた篠原が、会話に加わった。「バギーを置けるスペースがあるんだもの。必要に応じて、すべりどめのついた大きめのヨガマットみたいなもんを床に敷けばいいのよ」

「そんな程度の面積でいいんでしょうか」

「ネイルの施術は、だいたい二時間てとこでしょ。そのあいだずっと寝てる子もいるだろうし、もうちょっと大きい子だったら柵も設置したほうがいいかもだけど、いずれにせよ、子ども連れのお客さんがいないときは畳んで、しまっておける。もちろん、ちゃんと保育士さんについてもらって」

「場所はなんとかなるとしても、不定期で保育士さんにお願いするのはむずかしいのでは」

月島が懸念を表明しても、篠原は前向きだった。

「資格は持ってるけど、いまは常勤はしてないってひと、けっこういると思うのよ。そういうひとを近所で何人か確保しておけば、応じてもらえるんじゃない？　ほら、ネイルってたいがいは三週間に一度で、あらかじめ次回の予約を入れておくものだから。保育士さんも事前に都合をつけやすいし、ちょっとしたお小遣い稼ぎにって来てくれるひとがいるんじゃないかしら」

篠原の案に希望の光を感じ、月島は大沢と顔を見あわせた。

「検討してみようか」

「はい！」

「でも私、知りあいに保育士さんが一人もいないや」

「あたしもです」

ダメじゃん。希望の光が急速に失われるのを感じ、月島は肩を落とす。

しかしこれに関しても篠原が、

「なんとかなるって」

と請けあってくれた。「うちのお向かいの奥さん、たしか以前、保育士をしてたって言ってたと思うのよね。今度さりげなく聞いてみとく。そのひとが無理でも、なにか伝手《つて》があるかもしれないし、いざとなったら近所のママ友ネットワークもひさびさに駆使してみるから」

さすが会社を切り盛りしているだけあって、有能なうえに話が早い。人材探しについては当面、篠原に任せることにし、そのあいだに月島はキッズスペースのあるネイルサロンについて調べてみようと算段した。

礼を言って篠原を見送ったあとも、予約客の来店はつづいた。合間を見て短い休憩を取るとき、月島と大沢が話題にしたのはむろん、キッズスペースのことだった。

「どのくらい需要があるんでしょうか」

「見当もつかない」

保育園や幼稚園に通う子どもがいる客は、けっこう多い。その場合、家族が在宅している週末や、平日であっても家事や仕事などを済ませ、園に迎えにいくまでの隙間の時間に、「月と星」に予約を入れてくれているようだ。キッズスペースがあれば、もうちょっと気楽に予約時間を選んでもらえるようになるだろう。

だが、赤ちゃんに近いぐらい小さな子どもがいるひととなると、実状がまったくわからない。「月と星」にキッズスペースがないせいで、来店をためらっているのかもしれない。お客さまの需要を把握できてなかったんだなと、月島は反省した。

「それに、お代も皆目わからない」

と月島は言った。「保育士さんにお支払いするぶんは、お客さまに負担いただくことになると思うけど、星絵ちゃん、相場知ってる?」

「いやあ、全然です」

大沢は面目なさそうに肩をすぼめた。「家業を継ぐべく蕎麦《そば》打ち修業中の兄貴も結婚してませんし、子どもとの接点がまずなくって」

「星絵ちゃんのお兄さんならまだ若いだろうし、そりゃそうだよね」

と言いながら月島は、自分の言葉が包丁と化して心臓に刺さるのを感じた。いてて、「若さ」が結婚していないことの理由なのだとしたら、三十代半ばを過ぎて未婚、子なしの私はどうなるんだ。いまの発言は全方位に対して無神経だったか。

月島は結婚や出産にあまり興味がなく、ネイリストとして研鑽《けんさん》を積み、働くことにこれまで邁進《まいしん》してきた。そこに悔いはないし、自身の現状にもわりと満足しているが、それでも、「だいたいのひとは、ある一定の年齢が来たら結婚して子どもを持つものなんだろう」という意識が刷りこまれていたことに少々愕然とし、またも反省した。

大沢は月島の愕然および反省には気づかなかったようで、

「ええまあ」

と軽く受け流した。「とにかく、ケンタくんみたいな赤ちゃんと接したの、記憶にないぐらいひさしぶりで。子育て関係のことなんて、これっぽっちもわからないです」

そのわりにはうまくあやせていた気がする。大沢の距離短縮力は赤ちゃんに対しても発揮されるようで、さすがと言えよう。

「私もさっぱりだから、まずは情報収集しよう」

ということになった。

そもそも月島が一人で店をやっていたときは、キッズスペースの必要性について思いをめぐらすことすらなかったのだ。大沢がひとなつっこく上野を店内に導き入れたからこそ、「月と星」にたりないものがあると判明した。大沢の距離短縮力の威力、おそるべしだ。

その日最後の客を送りだした月島は、事務仕事を片づけ、夜の七時半ごろに店を出た。

そのまま裏手にまわって二階の自室に帰るつもりだったのだが、居酒屋「あと一杯」のまえを通りすぎるとき、焼き魚のいいにおいに鼻をくすぐられ気が変わった。自宅の冷蔵庫が思い浮かんだのも原因だった。ろくに食材が入っていないが、これから買い物にいくのは億劫《おっくう》だ。

さきに上がった大沢がクダを巻いていたら面倒だなと、引き戸のガラスに顔を寄せる。本日の大沢は直帰したようだ。よし、オッケー。月島は安心して「あと一杯」の戸を開けた。

カウンター席はひとつしか空いておらず、「あと一杯」はあいかわらず盛況だった。腰を落ち着けてメニューを眺めた月島は、生ビールとホッケ、豚汁とご飯セットを注文した。大将の松永は、定食ふうに盛りつけてお膳にしてくれた。ホッケの皿にはキャベツの千切りも載っていたし、お通しがわりということなのか、ひじきの小鉢も添えられている。

ジューシーでふっくらしたホッケも、具沢山の豚汁も、粒の立ったご飯もおいしかったが、どうにも気になることがあって、月島はせっかくの食事に集中できなかった。

給仕をする松永も、なんなら月島の左隣に座る常連らしきおじさん客も、手の爪がつるつるぴかぴかなのだ。甘皮の処理までばっちりされている。

残念ながら日本で、いや世界的に見ても、爪をきちんと磨いて手入れしている男性は少数派だろう。たいていは適当に爪を切るだけでよしとしているはずで、にもかかわらず「あと一杯」に集《つど》う中年男性が爪をぴかぴか輝かせている理由はただひとつ。

「それ、星絵ちゃんですよね」

調理が一段落したらしく、カウンターの向こうで洗った食器を拭いている松永の手もとを指し、月島は尋ねた。

「そうなんですよ！」

と反応したのは左隣のおじさんで、松永はため息をつくばかりだ。

「あなたもしかして、隣のネイル屋さんのひと？」

と、おじさんは月島にすがりつきそうな勢いでつづけた。「だとしたら星絵ちゃんに、『もうバッフィングは合格』って言ってやってくれませんかね」

バッフィング《みがき》という用語を覚えてしまったところからも明らかなように、おじさんは「あと一杯」で大沢に出くわすたび、爪の表面を磨かれているのだそうだ。どうやら大沢は、ジェルをオフするためのファイルは自分の爪で練習し、松永やおじさんのことは、基本的なネイルケアの実験台として活用しているようだ。

「俺の爪、早晩なくなっちまうよ」

おじさんは嘆く。「そりゃ、きれいにしてもらってうれしい。『これが……、俺の爪!?』って見ちがえる思いだ。けどさ、三日にいっぺん磨くのはやりすぎでしょ」

「やりすぎです」

月島は同意せざるを得なかった。「爪が薄くなってしまいます」

「ですよねえ。助けて！」

「俺もさすがに爪が痛くなってきた」

と松永も苦い顔で言った。「星絵ちゃんの餌食になってるのは、ハマさんだけじゃねえ。常連が軒並み、星絵ちゃんに取っ捕まっては表に連れだされて、爪をぴかぴかにして戻ってくる。『妖怪爪磨き』って恐れられてるぞ」

店内でバッフィングをすると爪の粉が散るので、大沢はわざわざ戸口の外に座りこんで練習しているらしい。「表へ出ろ」と言われてカツアゲされるなら、犯罪ではあるがまだ理解の範《はん》疇《ちゅう》だろう。しかし、いきなり爪を磨かれたおじさんたちの混乱と阿鼻叫喚を思うと、月島はミントの香りのするおしぼりで、にじんだ涙をそっと拭わずにはいられなかった。

なんとか笑いをこらえ、笑い涙も引っこめた月島は、

「バッフィングの練習をするのは、お一人につき、せいぜい二週間に一度にとどめるよう、星絵ちゃんにちゃんと言っておきます」

と約束した。

「ええー。『やめろ』って言ってくださいよ」

ハマさんというらしい常連のおじさんが哀れっぽく訴えたが、

「爪のお手入れ自体は、悪いことじゃないですから」

と月島は却下した。「星絵ちゃんもそのうち飽きると思いますし、そうしたらハマさんも、ご自身の爪がぴかぴかじゃないのがものたりなくなりますよ。そのときはぜひ、『月と星』にご来店ください」

「やだよー、俺の爪を勝手にぴかぴかにして、ネイル屋に通わなきゃいられなくなる体にすんの、やめてくれよー」

ハマさんはおおいに嘆きつつ、カウンターに両手を置いて、まんざらでもなさそうに爪を眺めていた。

月島にも覚えがある。専門学校に通い、ネイリスト検定を受けようとしていたころは、仲間内でネイルケアの練習をしあった。当時から親しかった相方の星野《ほしの》とも、「あちちち、へたくそー！」「あんたに言われたくない！」と罵りあいながら互いの爪を磨いたものだ。

もちろん同級生だけではたりないので、友だち、交際相手、家族など、年齢性別を問わず身近なひとをつかまえ、頼みこんで、ファイルがけやバッフィングをさせてもらう。「お父さんやおじいさんまで爪がぴかぴか」というのは、駆け出しのネイリストあるあるのはずだ。ふだんネイルに縁遠い男性のほうが、爪がぴかぴかになることに喜びと衝撃を覚える傾向にあるようで、星野は自宅から通学していたのだが、

「『また爪を磨いてくれ』って父がねだってきて、うるさい」

と、しまいにはうんざりしていた。

そう、ファイルの扱《やすり》いは、それなりに数をこなせば身につくので、「妖怪爪磨き」の徘徊と熱狂はすぐに収まるのだ。かわいそうなのは練習台にされて、ぴかぴかの爪に目覚めたにもかかわらず見向きもされなくなった男性陣で、星野の父親は、星野が自宅のゴミ箱に捨てた使い古しのスポンジバッファーを漁っていたそうだ。スポンジバッファーとは、ファイルの種類の

ひとつで、地爪を磨く工程で使う。

「夜中になんかごそごそ音がするなと思って見にいったら、父がリビングのゴミ箱からファイルを拾ったところだった」

と星野は言った。「私が『バッフィングの技術は習得できた』って言ったから、自分でなんとかしようと思ったみたい」

「お父さん……！」

そのときも月島は、笑い涙をこらえて天を仰いだ。「責任取って、江利《えり》がバッフィングしてあげたの？」

「もう検定受かったし、するわけないじゃん。お代払ってくれるならいいけど。父はたぶん、いまも自分で磨いてるんじゃない。会うたび、わりとぴかぴかしてるもん」

ああ無情。今日もどこかで新米ネイリストによって、「爪磨かれたい妖怪」が生みだされているのだろう。だがそのおかげで、ネイルサロンで爪の手入れをしてもらおうという男性も少しずつ増えている。

居酒屋「あと一杯」でハマさんにぬかりなく営業活動をした月島は、ふと思いついて、松永にキッズスペースの計画を話してみた。

「そういうわけで、居酒屋さんだとあまり関係ないと思うんですが、保育士さんに心当たりがあったら教えてください」

「わかった、お客さんに聞いてみとく。それにしても、キッズスペースねえ」

と松永は腕組みする。「うちにもたまに家族連れが来てくれるよ。テーブル席が狭いから、どうしてもカウンター席に一人で座れる年齢の子からになっちまうが。ま、飯は一緒に食うとして、キッズスペースってのを商店街全体で設けてもいいかもな」

その発想はなかった。月島は口に入れたばかりのご飯とホッケを急いで飲み下す。

「そんなことが可能でしょうか」

「空き店舗を使えば、いけるんじゃねえか。買い物やお茶してるあいだ、ちょっと子どもを預かってもらえるとなったら、商店街に足を運んでくれるひとも増える」

「ただ、ネイル屋さんにキッズスペースがあれば」

と、ハマさんが口を挟んだ。「親が爪を塗ってもらってるすぐそばで、子どもが遊んだりできるってことだろ？　商店街全体のキッズスペースより、そっちのほうが目が届くからいいって思うひともいるんじゃないかな」

全体か店舗ごとか、どちらのキッズスペースが使いやすく安心かは、たしかに業態によっても異なってきそうだ。

「そんなの、どっちもあるに越したことはねえだろ」

松永はあっさりと断じた。「いまの商店会長は……、八百吉《やおよし》さんだな。月島さん、ちょっと相談に行ってみたらいい」

「はい」

「子どもを預かるとなると、キッズスペースでは保険とかはどうしてるんだろうねえ」

とハマさんは首をひねった。「短時間だし、そこまで仰々《ぎょうぎょう》しい手続きはしないもんなのかな」

そうか、保険。いろいろ考えたり調べたりしなければならないことがありそうだ。月島だけでは思いつけなかった観点ばかりで、「行きつけの居酒屋」とはいいものだなと感じた。三人寄れば、を地で行っている。

「八百吉さんとこは、旦那に権限はほぼないから、おかみさんに声をかけるのがコツだ」

と、さらなる有益なアドバイスが松永からもたらされた。

「へえ、そうなの？」

とハマさん。

「もう十五年ぐらいまえか、おかみさんの妊娠中に旦那がちょっとな」

と松永が右手の小指を立てた。いまどきそのジェスチャーをするひとがいるとは、と月島は豚汁を噴きそうになった。爪が光っているのが、また間抜けだ。

「あらま、そりゃ大変だ」

「以降、尻に敷かれっぱなしなんだが、まあそれでうまくいってる夫婦だから」

松永とハマさんは、八百屋の浮気話でひとしきり盛りあがったあと、酒屋が駐車場にしている土地を売るつもりらしいなどと、今度は不動産情報に話題を移行させた。

商店街には知恵が結集しているが、噂も滞留している。なにかしでかしたら、私も軽く十五年は語り継がれてしまうんだろうか。ホッケ定食をたいらげた月島は礼を言い、あたたかい春の夜だというのに身震いしながら部屋に帰った。

ジッパーつきの袋に入れたスマホを手に、湯を張った屈葬用の棺桶みたいなバスタブに収まる。脚をのばせないので物理的にのんびりとはいかないが、気分としては充分にくつろげた。大沢が「月と星」に来るまでの一年強は、月島一人ですべてをこなさなければならず、閉店後も仕事は山積みだった。自宅でもなんだかんだと作業をしていたため、風呂はだいたい、湯に浸かる余裕もなくシャワーで済ませてきた。しかしいまや、大沢と手分けしたおかげで見本チップの作成も着々と進んでいるし、備品の在庫も完璧な状態にある。

こんなにゆっくりした時間を過ごせるなんて、奇跡の到来か……。やわらかな湯の感触を全身の皮膚で堪能し、月島は息をついた。湯はバラの香りがする。くつろぎのムードをより醸しだすため、客からもらった高級そうな入浴剤を入れたのである。古い長屋の三点ユニットにはふさわしくないかもしれないが、実際の棺桶にも花は入れるしなと割り切った。

月島は顧客に、店の二階に住んでいることを明かしていない。ストーカーになるようなおかしな客はいないが、個人情報を迂闊《うかつ》に開示するのもよくないかと思うからだ。「この調子で、私の情報もほかのお客さんに話してるのかしら」と客を不安にさせてしまうかもしれない。客と一対一で向きあう時間が長いからこそ、ネイリストには適切な距離感と適度な口の堅さが要求されると月島は思っている。

だが、住居を明かさない理由はほかにもあって、どうやら客は月島に――というよりも「ネイリスト」に、「おしゃれなひと」というイメージを抱いてくれているらしい。それは顧客からたまにもらう差し入れにも表れていて、先述のとおり高級そうな入浴剤だったり、宝石みたいなチョコだったりする。

もちろん月島も美容やファッションに無関心ではない。きれいなもの全般が好きだからネイリストになった。とはいえ、隙のないおしゃれさで身辺を埋めつくすだけの気力胆力はまるで備わっておらず、客から旅行土産の温泉饅頭やご当地コラボのスナック菓子をもらったとしても大喜びなのだが、なぜかそういうものはあまりなく、「なるほど、ネイリストはおしゃれなイメージを維持せねばならないのだな」と合点《がてん》した。だからこそ、パンをくわえて寝ていたところを篠原に目撃されたのが痛恨だったわけだが、とにかく客の期待に応えるべく、おんぼろ長屋の二階が住処なのは秘すことにした。職住一体だと知られたら、「独身のまま、そこまで仕事に打ちこんでるんだ……」と客に怯えられるのではないかと、謎の自意識が発動したためでもある。

結婚したいとは微塵も思っておらず、現段階で結婚を云々《うんぬん》するような相手は影も形もないのに、おかしなものだ。御しがたい自意識を持て余しつつ、月島は袋越しにスマホの画面に指をすべらせる。長風呂をしながら、インスタグラムでネイルアートの画像をチェックしたり、新商品のジェルをあれこれ試してみせるYouTubeの動画を眺めたりするのが趣味だからだ。「それって仕事の一環で、趣味とは言えないのでは?」と指摘してくれるひともむろんおらず、月島は自身が職住一体どころか労趣一体と化している事実に気づいていない。「おおっ、新しい動画アップされてる」と嬉々として独り言まで放ち、まずはYouTubeを見はじめた。

ジェルはさまざまな会社が開発、販売していて、似たような色も多い。しかし実際に使ってみると、各社、各ブランドによって、発色や艶、固まるまでの速さ、質感《テクスチャー》などが細かく異なる。月島は特に、ブラシでジェルを塗るときの伸び具合や、ねっとり気味かさらっと気味かといったテクスチャーを重視していた。

もったりせず、かといってシャパシャパと水っぽくもない、塗りやすく保ちと発色のいい一品を求めて、月島は「テクスチャーの亡霊」のようにジェルの海をさまよう。問屋のカタログを眺めるだけでは、微細な色味のちがいや、なによりもテクスチャーはわからないので、有志がＹｏｕＴｕｂｅにアップしてくれる動画は大変参考になった。指さきが大写しになった画面を注視し、ジェルを含んだブラシの動きを確認して、「このジェルは伸びがよさそうだな。今度買ってみよう」と脳内にメモする。

それにしても、こまめにジェルを試しては動画を撮り、使い心地を実況してくれる「有志」たちは何者なのか。月島はかねてより少々不思議に思っている。ジェルの製造会社からいくばくかの金銭を受け取り、広告塔になっているなら、構造としてはわかりやすい。だが、そんな気配がまったくない有志が大勢いて、彼ら彼女らはただひたすら、新しいジェルを使ってみるのが楽しく、使用感や特徴をみんなに伝えたいと善意で動画を上げているようだ。ブラシの使いかたなどから、プロのネイリストだなと感じられるひともいれば、趣味として、いつも自分で自分の爪にネイルをしているんだなと思《おぼ》しきひともいる。

ジェルは科学——特に化学と密接な関係がある。以前はＬＥＤではなくＵＶライトで、紫外線を当ててジェルを硬化させていたが、これも化学反応だ。当然、専用ライトではなく太陽光に当たってもジェルは固まりはじめてしまうので、ネイルサロンはだいたい日当たりの悪い立地にあったり、窓からの陽光を防ぐ工夫をしたりしていた。

月島は「月と星」を開く際、富士見《ふじみ》商店街の物件をいろいろ見てまわった。そのなかで現在の長屋に決めたのは、出入り口のガラスの引き戸以外に開口部がなく、施術椅子まで日差しが届かない、いわゆる「うなぎの寝床」のような間取りが、ネイルサロンに最適だったからだ。いまはLEDで硬化するジェルのほうが主流で、月島もUVライトから完全に切りかえたが、それまでの習性のためか、うなぎの寝床が気に入っている。

化学反応を活用したジェルおよび周辺商品はほかにもさまざまあって、鏡のような仕上がりになるパウダーや、あえて艶消し《マット》加工ができるトップジェルなど、つぎつぎに開発されている。新機軸が打ちだされるたび、「よくこんなアイディアを思いつくなあ」と月島は感心してきたのだが、感心を通り越して仰天するほかなかったのが、砂鉄を混ぜたジェルだ。そのジェルを塗って、硬化させるまえに小さな棒状の磁石を近づけると、砂鉄部分だけが爪のうえで整列するため、キャッツアイのような光の筋を生じさせられる。ネイルアートというか、もはや理科の実験みたいである。光沢も発色もうつくしいし、なによりも磁石によって一瞬で光の筋が生まれるさまを見て、「おおー！」と客が喜んでくれるので、月島は「実験が大人気の理科の先生」のような気分を味わった。

まあ、砂鉄入りのジェルについては、説明されればなんとなく理屈を飲みこめるが、ほかの大半のジェルは、「たぶんなんらかの化学反応なんだろう」と漠然と思うぐらいで、詳しい仕組みは月島にはうかがい知れない。

だが、「うかがい知れない」で済ませておけないひとたちがいる。ＹｏｕＴｕｂｅに動画をアップする有志たちだ。彼ら彼女らは、あらゆるジェルを試しては、仕組みや効果、テクスチャーを探究せずにはいられない。化粧品の開発もジェルと同様、化学の知識が欠かせないと月島は聞いたことがあるが、ＹｏｕＴｕｂｅには化粧品を試してみる動画も大量にアップされている。こちらも「メイクのしかた」が主眼ではなく、使い心地などのテクスチャー面や原材料のチェックに偏りがちなのが特徴で、どうやら鍵は「化学」にあるようだと月島はにらんでいる。ジェルや化粧品といった「物質そのもの」に興味を抱き、探究したいひとは、畢竟《ひっきょう》、化学が好きなのだろう、と。

化学式の試験問題を解けるかどうかという意味ではない。一見、魔法のようにも感じられる、物質が関係しあって変化する精妙な仕組みに、心惹かれるひとたちなのだ。月島はＹｏｕＴｕｂｅで動画を見るたび、その好奇心と探究心に胸打たれる。そして魔女狩りの時代に思いを馳せる。こういうひとたちは、きっと昔から大勢いた。異端審問にかけられる危険性を顧みず、「あたしは魔女じゃないし、これは魔法なんかじゃない。目に見えぬなんらかの法則によってもたらされる事象なのだ」と強い信念を抱きながら、人々を助けるために、より効く薬を生みだすために、ブレンドした薬草を大鍋でぐつぐつ煮ていたひとたちが。

月島はといえば、化学にはさほど関心がなく、動画からテクスチャー情報をありがたく得るのみだ。ジェルは月島にとって探究の対象ではなく、あくまでも道具のひとつであり、その道具を使って爪に小さな魔法をかけることのほうに喜びを感じる。ネイルアートはどんなにうつくしく精密に仕上げても、三週間もすれば消し去られてしまう運命だ。だが、爪が彩られているあいだはきっと、そのひとの心も華やぎ、はずむはずだと信じて、日々たゆまず、一瞬の魔法をかけつづけている。

魔法の根幹となる化学とテクスチャーの探究者に感謝を捧げながら、月島は湯船のなかで仁王立ちした。少々のぼせてきたからだ。そのままスマホを操作し、今度はインスタグラムを開いて、魔法の実践者たるネイリストたちの作品を鑑賞する。

月島自身はインスタのアカウントを持っているだけで、なにも発信はしていない。そもそも店のホームページすら、営業時間や基本的な料金を載せている程度の簡素なものだった。ネットを有効活用するだけのマメさがないし、地域密着型でやっているせいか、客の口コミに案外効果があると実感しているためだ。

それでもインスタで何人ものネイリストをフォローしているのは、流れてくる美麗なネイルアートの画像を眺めると気持ちが浮き立つからでもあるし、流行《はや》りの色やデザインを把握できるからでもあった。客もインスタを参考にしているケースが多く、「こういう感じのデザインにしてほしい」と画像を示されることもしばしばだ。いざというときに、「どんな技法を使っているのか見当もつかないので、できません」などとなってはプロの名折れなので、最新の動向を常に注視している。

むいむいと指を動かし、インスタのタイムラインをたどって流れてきた画像を眺める。きらびやかなストーンや小粒の模造パールをちりばめた、ヴェルサイユ宮殿の内装にも引けを取らないのではと思われるアート。クラシカルな絵柄の小花のシールを、樹脂を使って立体感を持たせた楕円形のドームで封じ、博物標本のように仕立てたアート。細密なアラベスク模様を細筆で丹念に描き、イスラム寺院の天井のように荘厳な美を湛《たた》えたアートもあった。

爪という身近な蛋白質《たんぱくしつ》が、ネイルの魔法でドラマティックな舞台に変わる。

もちろん華やかなデザインアートだけでなく、日常でさりげなく楽しめるパールピンクや淡いベージュの一色塗りもあったが、それらがどんなに丁寧に施術され、技法の粋《すい》をつくして実現されたものか、プロのネイリストである月島には十二分に伝わってくる。

ほぅー、ふぃー、と機関車の警笛みたいな感嘆のため息を漏らしていた月島は、そういえば全裸で仁王立ちだったと思い出して、ぬるくなってきた湯のなかに再び座った。

タイムラインをなおも遡《さかのぼ》っていると、フォローしている元相方の星野がアップした画像が現れた。深みとぬくもりのある青磁色の爪。先端を短く丸く整えていることとあいまって、森の奥でだれにも知られず風に水面《みなも》をそよがせる湖のようだった。水深がどれだけあるのかわからぬ、静かな湖。月島は一目見て、それが客やネイルモデルではなく星野自身の爪だとわかった。

「江利らしい」と湯船で一人つぶやく。こんな絶妙な色のジェルは見たことがない。市販されているジェルを何色か混ぜて、星野が独自にアレンジしたのだろう。混色しても透明感はまったく失われず、ひたすら深みだけが増している。

瑞々しい色彩感覚。一色をただ塗っただけのように見えて、その裏に存在するたしかな技術。

そして、ヨウシュヤマゴボウの実やオシロイバナで色水遊びをする子どもみたいに、生き生きとネイルと戯れ、新たな世界を爪のうえに生みだしていくセンス。どれも月島が持ち得ぬものばかりで、忘れたと思っていた胸の痛みがかすかによみがえる。

月島とて、技術面ではだれに劣るものでもないと自負している。インスタの画像を参考に、客の要望に応えてどんな複雑なデザインだって再現できるだろう。だが星野のような、自由な発想に基づく斬新な色味やデザインは、逆立ちしたって頭に浮かんでこない。ふとした拍子にいくつかは思いつけるとしても、それこそ深い湖の底から無尽蔵に湧きでるかのごとき星野のアイディアとは、根本がまるでちがうと感じられる。

その事実を突きつけられるのが、かつては苦しくてならなかった。月島は星野になりたかった。焦がれ、憧れ、けれど二人はべつの人間だったから、どんなに願っても月島は星野にはなれないのだった。

あたりまえのことだ。でも、あたりまえだと認めるまでずいぶん時間がかかった。そのあいだつづいた痛みは、いまもこうして、たまに甘く切なく胸にきざす。

袋入りのスマホを手にしたまま立てた膝を抱え、あれは恋だったんだろうかと月島は何十回も考えたことをまた考える。少なくとも恋に似ていたのはたしかだ。だって私はこれまでつきあっただれに対しても、あんなにも燃えるような思いを抱いたことはない。あなたになれたら。あなたと同じ生き物になれたら。

しかしおもしろいのは、まあたいがいの恋につきものだろう独占欲や性欲を、星野に明確に覚えたためしはないことで、月島は自分でも、「どうなってんだ私の心は」と思うのだった。金銭も発生しないのに熱心にジェルを試す人々がいるのと同じく、ひとの心やそこから生じる気持ちもまた、単純な構造は有していないということだろう。

インスタを閉じた月島は、今度はＬＩＮＥアプリを立ちあげ、星野にメッセージを送った。

「キッズスペースのあるネイルサロンに知りあいいる？　うちでも導入してみようかと思ってるんだけど、保険とかどうしてるのかわからないから教えてもらいたくて」

長風呂しすぎたせいで、かえって体が冷えてしまった。足の裏がふやけてしわしわになっている。月島はスマホを洗面台に避難させ、熱めのシャワーを浴びつつ髪と体を洗った。降り注ぐ水滴に頭皮を刺激された加減か、「やっぱり星絵ちゃんのセンスは江利に通じるものがある。うちの店より江利のところで修業したほうが、星絵ちゃんにとってはいいのかもしれない」ととりとめのない想念が浮かんだが、湯とともにすぐに排水口に流れて消えた。

体を洗い終えた勢いを借り、全裸のままバスタブも掃除して、長い入浴は完了だ。パジャマを着て化粧水やらなんやらを顔にはたきこみ、ドライヤーで髪を乾かし終えた月島は、ようやくベッドにもぐりこんだ。アラームをかけようとスマホを見たら、星野からのメッセージがいくつか届いていていた。連続して表示されたＬＩＮＥの吹き出しには、

「たしかゆりながやってた」

「聞いてみる。ちょい待って」

「やっぱり店にキッズスペースあるって」

とあり、専門学校で同じクラスだった下村百合奈《しもむらゆりな》が開いているネイルサロンの地図も送ってきてくれていた。弥生新町《やよいしんまち》から電車で四十分ほどで行ける町にあるようだ。

月島はさっそく、

「ありがとう！」

と返した。「でもあたし、ゆりなの連絡先を知らん」

すぐに既読がつき、しばしの間《ま》を置いて、下村のＬＩＮＥのアカウントがぽこんと吹き出しに浮かんだ。

「ゆりなに了承もらった。いつでも連絡して、って」

星野が素早く対応してくれたことに感謝し、月島はタヌキがボコボコと腹鼓《はらつづみ》を打ちながら「サンキューー！」と言っているスタンプを送った。劇画タッチで無駄に迫力のある殿様が脇息《きょうそく》にもたれ、「くるしゅうない！」と目をかっぴらいているスタンプが返ってきた。

ネイルに関してはセンスの塊なのに、江利が使うスタンプっていつも、かわいさもおしゃれさもない変なもんばっかりなんだよなあ。どういう基準で買ってんだろ。月島は毛布に顎をうずめてぐふぐふ笑った。

五月の大型連休が明けてようやく、月島は下村の営むネイルサロンを訪れることができた。お互い予約客が多く入っていて、なかなか都合のいい日時が合わなかったからだ。

新年度にあたって気分を一新したくなるのか、四月は予約が増える傾向にある。ゴールデンウィークに旅行するとき、せっかくならきれいな爪でいたいと考えるひともいるし、そもそも週末や休日は予約が早く埋まりがちだ。そのため、月島も下村もゴールデンウィークを乗り越えてやっと一息つけたのだった。

どんな商売も天候や曜日などに左右されるものだろうが、ネイルサロンもそうで、季節と密接なかかわりがある。夏はサンダルを履く機会も多いので、足の爪にもネイルをしてもらいたいと希望する客が増え、ネイルサロン最大の繁忙期だ。逆に、梅雨の時期や冬は、おしゃれをしようというテンションもやや下がるのか、客が少しだけ減る傾向が見受けられる。

とはいえ、ネイルが好きな客は季節を問わず、予約を入れて三週間に一度は必ず来店してくれるため、誠実な商いをしていれば固定客をつかみやすく、大雪が降ろうと雷が鳴ろうと客足を読みやすい業種だと言える。

月島が本日都合をつけられたのは、忙しさが一段落したのはもちろんだが、大沢がネイリストとして着実な成長を見せているからでもあった。

デザイン見本に採用した、大沢発案のワイヤーを使ったネイルアートは好評で、三割ほどの客が「この爪にしたい」と選んでいる。ワイヤーのデザインは、十パターン作った見本のなかのひとつに過ぎないので、驚異の高確率で客の心をつかんでいることになる。大沢はうれしそうで、ファイルでジェルをオフする作業にも自信を持って取り組めるようになってきた。

もちろん月島も、大沢の創意工夫が報われて喜んでいる。二十代のころだったら、「私が作った見本も、もうちょっと選ばれてほしいものだが……」と大沢のセンスに嫉妬を感じたかもしれないが、そんな時期はとっくに過ぎた。目論見《もくろみ》どおり、大沢のおかげでデザインに新風が吹きこみ、店で提供できるネイルアートの幅が広がったし、これでまた新たな顧客を獲得できるかもと、経営者としても満足している。

唯一不満を漏らしているのが、居酒屋「あと一杯」の松永と常連のおじさんたちだ。

連休の中日に、仕事を終えた月島と大沢は連れ立って「あと一杯」に繰りだした。「この忙しさももうちょっとで乗り越えられるから、がんばろう」「はい！」とビールのジョッキをカチあわせ、ゴーヤチャンプルーやらカレー粉が隠し味の肉じゃがやらを気ままに取りわけて味わっていたら、どうも背中に視線を感じる。月島と大沢が同時に振り返ると、店内にひとつだけある壁際のテーブル席にいたハマさんともう一人のおじさんが、

「星絵ちゃん、最近お見限りだねえ」

「店長さんも言ってやってくれませんか。『磨かれるのを待つ爪がある、すなわち磨くときだ』ってさ」

と堰《せき》を切ったようにアピールしはじめた。格言めいたことを口走っているが、中身がなにもないことからして、ほろ酔いなのだとうかがわれた。

「えー、やです」

焼き鳥の串を手にした大沢が、アピールを非情にも切って捨てた。「『磨かれるのを待つ爪があっても、お代を支払わずんば磨くべからず』ですよ」

それは文法的に合ってるんだろうかと思いながら、月島も加勢する。

「ネイルケア全般に関して、星絵ちゃんは一人前になってきたので、もうみなさんに実験台、もとい、練習におつきあいいただかなくても大丈夫なんです」

「俺たちの犠牲のうえに成り立つ一人前なぞ、笑止！」

ハマさんはもろきゅうをバリバリ嚙み砕き、

「熱いのにも爪が薄くなるのにも耐えたというのに、用がなくなったら見捨てるなんて、ひどい仕打ちじゃありませんか」

と、もう一人のおじさんも芝居がかった口調で悲哀を訴えた。大将の松永までもがカウンターの向こうで、艶が失せてきた自身の爪を眺めてはこれ見よがしにため息をついている。

大沢はすべてを華麗に無視し、いつのまにか注文した日本酒を手酌でお猪口《ちょこ》に注いだ。そして徳利《とっくり》を一人でからにしたところでカウンターに突っ伏し、すやすや寝息を立てはじめた。疲れていたのだろうが、二合で撃沈というのは決して酒に強いほうとは言えない。なのになんで飲むのかしらねえと月島はあきれるやら感心するやら、まあ気持ちよく眠っているようだったので大沢のことは放っておき、自分のペースでなおも飲み食いをつづけた。

ハマさんと連れのおじさんに挨拶し、松永の手を借りて大沢を店の外に運びだすと、どういう体内の仕組みなのか、やっぱり大沢は心なしかシャンとして、飲み代を月島に差しだした。何度か大沢と夕飯をともにしているので、月島ももう慣れたものだ。おとなしく飲み代を受け取り、「また『H資金』が増えたな」と考えていた。

星絵資金——通称H資金は、月島がタッパーに入れて部屋の冷蔵庫で保管している。大沢が素面《しらふ》のときに、折りを見て返金する心づもりだ。どうしても固辞するようだったら、忘年会の際にでも大沢のぶんの飲み代にあてればいい。月島としては、もとより後輩に払ってもらうつもりはないのだが、そのつど金を返しても、大沢は遠慮して受け取らないだろうし、受け取ってもどうせすぐに「あと一杯」で溶かしてしまうにちがいないので、タッパーで資金管理をしているのだった。

千鳥足で夜道に消える大沢を見送りつつ、

「爪を磨くのもいいですが」

と月島は隣に立つ松永に言った。「次回の巻き爪処置の予約を入れてください」

松永はすでに一度、足の巻き爪を矯正するプレートを付け替えている。月島が前回観察したかぎりでは、爪の巻きもかなり緩和し、指の肉への食いこみが解消されてきていた。もう一、二回処置をすれば、あとは自然ときれいな角度で爪が生えていくはずだ。

「貼ったままにしておくと、プレートの張力が弱まって効果が出ないですよ」

「そうだなあ、まあ近々」

と、松永は「あと一杯」に戻っていった。

痛みがなくなったら、途端に巻き爪の処置が面倒くさくなったのだろう。予約を無理強いもできないので、通常であれば気を揉むほかないのだが、隣人の巻き爪を中途半端な状態にしておくのは、さすがに寝覚めが悪い。折りを見て松永をとっ捕まえ、巻き具合を確認しようと月島は心の帳面にメモをした。

とにかく、「爪磨かれたい妖怪」たちの貢献もあって、大沢のネイルケアやジェルオフの腕前には格段の進歩が見られた。そこで月島はゴールデンウィーク明けの本日、夕方に入っている予約客は大沢に任せ、下村の店へ行くことにしたのだった。

午後の施術をあらかた済ませ、月島は「月と星」を出る。そんな月島を、大沢は戸口で不安そうに見送った。

「美佐さん、何時ごろに戻ります?」

「わかんないけど、七時ぐらいかな。お客さまの施術が終わったら、今日は店じまいして帰っちゃっていいよ」

「そんなあ」

大沢は胸の前で祈るように両手を組んだ。「あたし、待ってますよぅ。だから、ひさしぶりにお友だちに会うかららって飲んだりしないで、すぐ帰ってきてください。あと、施術中に困ったことあったら電話するんで、絶対出てください」

「なんで束縛の強い恋人みたいなことになってるのよ」

「だって、一人で店番なんてあたしにできるか……」

「できるできる。じゃあね」

すがる大沢を振り払い、月島は弥生新町駅へ向かった。

電車は広々とした川にかかった鉄橋を渡り、小さな一戸建ての並ぶ町を走る。一度乗り換えをし、車窓をよぎる家々の面積が少しずつ大きくなってきたなと感じたころ、目的の駅に着いた。星野が送ってきてくれた地図によれば、下村のネイルサロン「ＢＬＵＥ　ＲＯＳＥ」は、高級住宅街として有名な私鉄沿線の駅の真ん前にあるようだ。

とりあえず改札を出ると、駅前のロータリーはゆったりしており、取り囲むように建つビルも三階建てで閉塞感はない。午後四時を過ぎたころで、ロータリーには夕飯の買い物に来た付近住民らしきひとがちらほらいるぐらいだった。ぬいぐるみみたいな小型犬を連れているひとも散見され、高級住宅街の面目躍如である。

弥生新町の富士見商店街で見かけるペットは、どちらかといえば素朴な風体をして、飼い主の都合などおかまいなしに喜び勇んでヘッヘッと歩く犬か、おばあさんの膝でのんびり店番をする老猫が主だ。「犬って、ちゃんと飼い主の隣をお行儀よく歩くものなんだな」と月島はやや驚きを覚えた。むろん、「ヘッヘッ」派もかわいいことにはちがいない。

地図を参照しながら、ロータリー沿いに歩きだす。パン屋の隣に「ＢＬＵＥ　ＲＯＳＥ」の控えめな看板を発見した。ホストクラブみたいな名前だなと思いつつ、入口のガラスのドア越しになかを覗くと、白を基調にした機能的な空間だった。作業台はガラスの天板、白い革張りのソファが施術椅子らしい。

店内にいた下村はすぐに月島に気づき、笑顔でドアを開けてくれた。

「美佐、ひさしぶり！」

「ひさしぶり。時間取ってくれてありがとう」

レジ横の壁に青い薔薇《ばら》の絵が飾られている。油絵で、小さな額に収まっていた。それを見た月島は、専門学校時代、下村がとても絵がうまかったことを思い出す。人気のキャラクターも、微細な模様も、下村の筆にかかればたちまちのうちに、小さな爪のうえに出現した。

「この絵、もしかして百合奈が描いたの？」

「うん、趣味で習ってて」

と、下村は照れくさそうに笑った。会っていなかった十五年ほどの月日が一気に縮み、「ああ、百合奈はクールなようでいて、打ち解けると表情豊かな子だった」となつかしさがこみあげた。同時に、頭の片隅から「手土産」と指令が下り、持参した富士見商店街名物、成田屋《なりたや》の手焼きせんべいの箱が入った紙袋を渡した。結果として、月島と下村はおしゃれなネイルサロンの入口で、せんべいをあいだに「どうもどうも」と頭を下げあうことになった。

紙袋を受け取る下村の爪は、地色は薄いパールピンクで、根もと付近につけた小さな透明のストーンを、砂粒みたいな金色の鋲《スタッズ》が囲むデザインだ。しかしよく見ると、パーツかと思われたそれらはすべて、樹脂で立体感を出したものだとわかった。パーツをまったく使わずに、細かい装飾を樹脂だけで表現し彩色するのは、気が遠くなるような手間と手先の器用さが要求される。さすが百合奈、と月島はひそかに舌を巻いた。筆をさばく腕前が、専門学校時代よりもさらに段ちがいに上がっている。

店内には客が二人おり、それぞれネイリストがついて施術中だった。下村に案内され、背後を通りすぎざまちらりとうかがい見ただけでも、スタッフの技術もたしかなのがわかる。

奥の休憩室のドアに手をかけた下村が、振り返って、施術の邪魔にならぬよう小声で言った。

「今日はあいにくご利用はないんだけど、ふだんはあそこをキッズスペースにしてるの」

下村が指したほうを月島も見る。施術用ソファの正面、店内の壁際の床だ。床は全面、白いタイル張りで、キッズスペースらしき空間は影も形もない。

「床が硬いと危ないから」

と、下村は休憩室に入った。「利用者がいるときは、この絨毯《じゅうたん》を敷いてる」

せんべいの袋を大切そうにテーブルに置いた下村が、筒状に丸めて壁に立てかけてあった絨毯を広げて見せてくれた。毛足が長く、面積は二畳弱といったところか。裏面はゴム製で、滑り止めの凹凸がついていた。

「使ったらこまめにコインランドリーで洗濯するから、もう一枚あるの」

「なるほど。柵は？」

「最初はあったんだけど、子どもがもたれるとかえって危ないかもってことになって。保育士さんがつきっきりで見てくれるし、活発な子は、親御さんの了承を得られたら店外へちょっとお散歩に行って気分転換すればいいから、いまは囲うのやめた」

休憩室では落ち着いて話せないからということで、絨毯をもとどおり丸めた下村は、ロータリーにある喫茶店に月島を案内してくれた。「ＢＬＵＥ　ＲＯＳＥ」のスタッフは大沢とちがって、下村が店を空けるとなっても取り乱したりせず、施術しながらさりげなく目礼するだけだった。頼もしいことである。

喫茶店はログハウスふうの内装で、フロアの中央には薪ストーブがあった。いまは火が入っていないが、冬になるとマスターが天板に載せた大鍋で「本日のスープ」を作るのだそうだ。スープの件からもうかがわれるように、下村によるとマスターは凝《こ》り性《しょう》で軽食もケーキもおいしいとのことだったが、月島はブレンドコーヒーだけを注文した。下村には小学生の娘がいて、六時に学童が終わって「ＢＬＵＥ　ＲＯＳＥ」に顔を出すと聞いたからだ。あまりのんびりしている時間はない。月島としても、店を任されて不安そうだった大沢の表情を思い起こすと、自分だけケーキを食べるのもなんとなくうしろめたかった。

白髪まじりの長髪をひとつに束ねたマスターが、二人ぶんのコーヒーを運んできた。中途半端な時間帯だからか、店内にはほかに二組の女性客しかいない。役目を終えたマスターもカウンター席でのびのびと新聞を広げて読みはじめた。月島と下村は香り高いコーヒーを味わいながら、心おきなくしゃべりだす。

「そっかー。娘さん、十歳なんだ。百合奈にそんな大きな子がいるなんて、なんか不思議」

「自分の店を持ちたいなって考えてたころだったんだけど、貯金はベビー用品のあれこれで消えるわ、バタバタで結婚するわで、結局『ＢＬＵＥ　ＲＯＳＥ』を開けたのは五年後になっちゃった。まあ、なかなか計画どおりにはいかないものだよね」

「ねえねえ、お相手のかたとはどこで出会ったの？」

「いわゆるひとつの『友だちの紹介』です」

「合コンか」

「そうそう。レゲエ好きの電気工事士」

「キャラ濃いな」

ふっふっと笑いあい、同じタイミングでまたコーヒーをすする。

「美佐は？　会わないあいだ、どうしてた？」

「いやあ、私は報告できるほどの変化はなかった。ひたすらお客さまに施術して、家帰って、飲んで寝てた。……改めて言葉にしてみると、なんか私は十五年間、なにしてたんだって気がしてきたけど」

月島は思わず自分に茶々を入れた。ネイルサロンを切り盛りしながら、家庭生活を営み子育てもしている下村に比べ、自分のことにだけかまけてきたのだと思うと、なんだか気恥ずかしくなったからだ。だが、下村は茶化すことなく静かな口調で、

「真剣に働いてたんだね」

と言った。

友だちの優しさと誠実さが胸に迫り、月島は危うく泣きそうになった。急いでコーヒーカップに口をつけ、気を紛らわす。

大きな変化はひとつあった。星野とずっと一緒にやっていた店を畳み、それぞれべつの店を出すことにした。星野と連絡を取りつづけていたらしい下村も、そのことは知っているはずだが、月島に事情を尋ねてきたりはしなかった。

一時間ほどかけて、下村は丁寧にキッズスペースの仕組みを教えてくれた。

「ＢＬＵＥ　ＲＯＳＥ」の場合、フリーの保育士をハローワークで募集し、三名と契約して、都合のつくひとに来てもらっている。四歳児ぐらいまでは保育士についてもらうが、五歳から小学校低学年の子になると一人で遊べるので、キッズスペースの利用料はタダだ。

「それ以上大きな子は来ないの？」

「来ない来ない。おうちで留守番して、ゲームしてたほうがいいって言うお年ごろだから」

「なるほどね。利用の頻度は？」

「幼稚園や学校が長期休みの時期は、週に五、六人は利用される。通常はまあ、週に一人か二人ってところかな」

驚いたのは利用料で、一回あたり千五百円、きょうだいがいる場合は、追加で五百円と設定しているのだそうだ。ネイルの施術は平均二時間ほどかかるので、思ったよりも安い。

「だって、保育士さんの時給っていくらぐらいなの？」

「千三百円から千五百円かな。交通費も支払ってる」

「じゃあ、大幅な赤字じゃない」

「うん。でも、娘が小さかったころ、自分で自分のネイルにも手がまわらなくて」

と、下村はため息をついた。「『キッズスペースのあるネイルサロンが、もっとあればなあ』って、つくづく思ったの。少ないなら、自分で作っちゃえばいいんだ、って」

「えらいねえ。私はちょっと尻込みしてきた」

「美佐のお店も住宅街にあるんでしょ？　需要はけっこう高いと思うし、採算度外視だけど、長い目で見ればいいことも多いよ。お客さまがママ友に、『キッズスペースがあるネイルサロン』って紹介してくれて、新しい顧客が増えた。子どもはあっというまに成長するけど、お客さまは来店しつづけてくれてる」

　たしかに、目先の利益にとらわれすぎる必要はないのかもしれない。月島はとっくに飲み干したコーヒーカップを両手で包んだ。

「言われてみれば……。小さいころからネイルに親しんでくれる子を増やすという意味でも、いいかもね」

「そう、ネイル英才教育」

　と下村は笑う。「キッズスペースで遊んでた子で、小学校高学年になって、お母さんと一緒に夏休みにネイルをしにきたケースもあった。まだ爪に負担をかけないほうがいいから、ジェルじゃなくポリッシュ《マニキュア》にしたけど、すごく喜んでくれた」

「保険はどうしてる？」

「美佐のとこは、お店で起こる事故や怪我に備えた保険に入ってる？」

「もちろん。お客さまにもスタッフにも適用できるような保険に入ってる」

「キッズスペースに関しても、それでカバーできる。顧問労務士はいる？」

「うん」

「じゃあ、そのひとに相談してみて。とにかく保育士さん選びが大事。真面目で子どもの相手に慣れているひとを採用すれば、ちゃんと見てくれる。うちはおかげさまで、いまのところ事故は一件も起きてないよ」

キッズスペースの詳細が判明し、やるべきことと希望が少し見えてきた。月島は礼を言い、腕組みして考える。

「うちの店でもなんとかなりそうな気がするけど、即決はできないな。百合奈に教えてもらったことをスタッフに話して、意見を聞いてみる」

そもそもキッズスペースの発案者は大沢で、おおいに乗り気だったから、「やりましょうよ！」と言う姿がいまから目に浮かぶようだが、念のためだ。キッズスペースの利用頻度が予想以上に高く、どんどん赤字が累積して、大沢の給料に響くという事態だってないとは言えない。

「そうだね、それがいいと思う。一緒に働くひとの理解も必要なことだから」

下村はおっとりとうなずき、「ところで、さっきから気になってたんだけど、美佐のアートいいね」

と言った。月島は腕組みをほどき、自身の爪を眺める。親指にワイヤーアートを施したものだ。

「ああ、これ。見本チップのなかでも人気のあるデザインだから、練習がわりに自分でやったんだけど、考えたのはスタッフの子」

「若い？」

「うん、まだまだひよっこ。ついこのあいだまで、ジェルオフのたびに爪を発火させてたぐらい」

「発火はしないでしょ」

と下村は笑った。「センスある子だね。江利のデザインとちょっと感じが似てる」

月島はふいをつかれ、けれど「ああ、やっぱり」と思った。やっぱり星絵ちゃんの感性は、百合奈が見ても江利に似てるんだ、と。

月島は、星野の才能とセンスから逃げたかった。そのはずだったのに、大沢をスタッフに採用してしまった。人手不足に悩んでいたため、大沢の勢いに押し切られたということもあるが、なによりも、大沢のネイルに惹かれたからだ。つまり月島は、自由奔放なきらめきを放つデザインが好みなのだ。月島自身はどちらかといえば、正確性が重視されるデザインが得意だというのに。洋服と同様、好きなものと似合うものはちがうということだろうか。難儀なものだ。

コーヒー代は月島が持ち、月島と下村は喫茶店を出た。下村は「BLUE ROSE」のまえを素通りし、駅まで送ってくれた。すでに六時近くになっており、娘さんが帰ってくるのではと月島は気を揉んだが、

「日が長くなってきたねえ」

などと、下村は名残《なごり》を惜しむ足取りだった。

別れの挨拶を交わし、改札を通ろうとした月島を、

「美佐」

と下村はさりげなく呼び止めた。「今度は飲もうよ。江利も誘ってさ」

月島と星野のあいだになんらかの機微があると、下村は察している。でも、やはり踏みこんではこない。凪《な》いだ夜の海のように、「いつでもここにいるからね」と静かな気配を湛えるのみだ。

友の気づかいに内心で感謝し、

「うん、またね」

と月島は明るく答えた。ホームへの階段を上がるまえにふと見ると、下村はまだ改札のまえに立っていて、小さく手を振った。月島も手を振り返す。

本当は機微などなにもない。ただ私が一方的に、江利にはかなわないと感じ、鬱屈を抱いただけだ。決して手に入らない才能を追い求めるのに疲れただけ。

笑顔を消し、月島はちょうどホームにやってきた電車に乗りこんだ。

3

乗り換えで少々もたつき、月島《つきしま》が弥生新町《やよいしんまち》駅に着いたのは六時四十五分だった。今日の予約客の施術はすべて終わっているはずの頃合いだ。大沢《おおさわ》からは結局なにも連絡がなかったから、特に問題なく施術をこなし、閉店作業をしているのだろう。

星絵《ほしえ》ちゃんには悪いけど、ちょっと買い物していこうかな、と月島は思った。この時間に月島が自由の身になることはあまりなく、たとえ施術を終えていたとしても眼精疲労で目はしょぼしょぼ、一日じゅう座って作業するから腰はばきばきで、なかなか買い出しへ行く気力が湧かない。畢竟《ひっきょう》、月島の部屋の冷蔵庫は食材の枯渇に瀕しがちなのだ。

改札を出て正面にあるスーパーへ足を向けかけたとき、バッグからスマホの着信音が響いた。底のほうに沈んでしまっていたので、バッグに手をつっこんで探るあいだも鳴りやまない。ようやく引っぱりだして画面を見ると、案の定、大沢のスマホから電話がかかってきていた。店の固定電話を使っていないということは、もう店じまいして、「あと一杯」にでもいるのだろうか。

「はいはーい」

きっと「一緒に飲みましょうよー」と誘われるにちがいない。そう推測し、呑気《のんき》に応答した月島だったが、

「美佐《みさ》さん、いまどこですか！」

と電話の向こうの大沢はやけに切迫した口調だった。

「ちょうど駅に着いたとこだけど、どうしたの」

「大変大変大変なんです、早く帰ってきてー！」

「ええ!? 落ち着いて、なにがあったの？」

「とにかく店までダッシュで！ もうあたしどうしたらいいのか、そうだメイク直さないと！」

は？ と思ったときには通話が切れていた。わけがわからないが、とにかくなんらかの緊急事態が勃発したらしいことは察せられた。月島はスーパーに寄るのを断念し、大沢に言われたとおり富士見《ふじみ》商店街を全力疾走した。が、五十メートルも行かないうちに立ち止まり、スマホを持ったままだった手を胸に当ててぜえはあと荒い息をついた。

そういえば私、走るの遅かったんだっけ……。これまで経験した数々の運動会や体育祭での記憶が、走馬灯のように脳裏をよぎった。月島自身は一生懸命走っているつもりなのに、徒競走は軒並みビリだったのだ。一見、身が軽そうなためか期待を寄せられるのだが、「なんか……、不器用な蜘蛛《くも》が必死に脚を動かしてる感じがした」と友人には笑われ、応援団長を務める先輩からは、「おまえもしや体育祭を舐《な》めてるのか？」と真剣な表情で問いただされ、さんざんだった。就職したのちは走る機会などなかったのですっかり忘れていたが、いまもやはり、

我ながら著しく推進力に欠けていると判断せざるを得なかった。

夕焼けは名残惜《なごり》しそうに色をなくしていき、富士見商店街に並ぶ店は看板に明かりを灯しはじめている。本格的な夜の訪れを目前にしても、空気は瑞々しい新緑の香りを宿している。駅から家まで急ぐひと、外食や買い物を目当てに繰りだしてきたひとで商店街は混雑し、人々に行く手を阻《はば》まれながらゆっくり進む車もあるものだから、一方通行の道は流木で半ば流れを堰《せ》き止められた川のようだった。それを言い訳に、呼吸を整え終えた月島は全力疾走を諦め、車と人波の隙間をかいくぐって早足での前進に切りかえた。

通常なら徒歩七分の距離を六分にしか短縮できなかったが、なんとか「月と星」まで帰り着く。表から見たところ、活気づく隣の「あと一杯」とは対照的に、「月と星」のレジまわりの電気は消されており、奥の施術椅子のあたりから明かりが漏れるだけだ。大沢は閉店作業を滞りなく進めているようで、じゃあいったいなにが「大変」なんだろうと月島は首をかしげた。

「ただいま」

ガラスの引き戸を開けて声をかけると、

「美佐さーん！」

と店内の薄暗がりから弾丸のように大沢が飛びだしてきた。「なにしてたんですか、駅にいたんですよね？　そこからダッシュしてくれたんですよね？　遅いですよぅ」

月島の両腕に取りすがり、がくがく揺さぶる。

「ごめん、これでも精一杯がんばりはしたんだけど……」

視界が揺れるうえにあたりの光量も心もとなかったが、月島の目は大沢がメイク直しをしたことをばっちりととらえていた。月島がカメ的全力で前進している六分のあいだに、大沢はウサギ的素早さで粉をはたきなおし、うるつやが謳《うた》い文句なのであろうリップを塗り、ラメ入りのアイシャドウでまぶたを深海魚のように光らせたのだと見受けられた。

星絵ちゃんにいったいなにが……。月島はひるみそうになった。もちろん月島も大沢も職業柄、身だしなみには気をつけているし、メイクもきちんとする。客はおしゃれを楽しみたくてネイルサロンに来るのに、ネイリストがすっぴんでぼさぼさの髪だったら、がっかりさせてしまうのではないかと思うからだ。なにより、月島も大沢もネイルだけでなくメイクも好きで、関心があるからというのが一番の理由だ。

施術中はマスクをするので、目もとしか見えない。そのため、特にアイメイクには気を配るし力を入れる。どんなに忙しくても、まつげのエクステをしてくれるサロンには定期的に通っているし、アイラインもきれいに引く。アイシャドウの色味やぼかしかたの研究にも余念がない。

しかし逆に、「マスクをしてるから、まあいいか」と気のゆるみが生じるのも事実で、仕事の合間にメイク直しなどまずしない。休憩時間は手早くご飯を食べ、あとはボーッとすることでつぎの施術への英気を養うか、備品のチェックをするかで終わってしまう。そもそも大沢はマット系のアイシャドウを好んでいる印象があり、そんな大沢が閉店後にわざわざまぶたをテカらせるなど、天変地異の前触れとしか月島には思えなかった。

腕をつかんだ大沢の手をそっとはずし、月島はうしろ手に引き戸を閉めた。

「まあとにかく、奥でお茶でも飲もう。落ち着いて話を……」

「茶ぁ飲んでる場合じゃなくて、もう来ちゃう、来ちゃうんですよ！」

「え、いまからお客さまがいらっしゃるの？」

月島の頭に咄嗟《とっさ》に浮かんだのは、留守のあいだに大沢が担当した施術になにか問題があり、やりなおしを希望する客がいるのだろうか、ということだった。「どなた？」

「新規のお客さまです」

じゃあ明日以降に来店してもらえばいいものを、どうして閉店後の急な予約を受け入れたんだ。月島の表情から疑問を読み取ったのか、

「どうしても今夜じゅうに施術してほしいって、困ってるみたいだったし」

と大沢は説明した。「でもあたし一人では到底受け止めかねるから、美佐さんが帰ってきてくれてまじよかったです」

「なにかむずかしいアートをご希望なの？」

「いえ、オフだけです」

大沢の目が、まぶたにも負けないほど煌々《こうこう》と輝きだした。「だけど驚かないでくださいよ。美佐さんもたぶん知ってるひとです。いや、日本に住んでるひとの九割五分が知ってると思う！」

「……天皇？」

「なんでそうなるんですか！　天皇陛下は町のネイルサロンには来ないし日本に住んでるひとの十割が知ってるんじゃないですか、わからんけど」

そうなると総理大臣でもないな、八割ぐらいしか知ってるひといなさそうな気がするから。

と月島が不穏当なことを考えているのを大沢はまたも察したのか、

「すみません、あたしがいけなかったです。『九割五分』は根拠がないことなんで、そっから離れて、もっとフツーに考えてください」

と言った。

「……芸能人？」

「そうです！」

「えー、どうしよう！」

「ね、ね、どうしましょう！」

「私、あんまり芸能人を知らない自信がある！　お名前がわかんなかったら失礼だから、どなたなのか教えて」

「まじか！　『どうしよう』って、そこなんですか」

「早く早く、もう来ちゃうんでしょ」

などと騒いでいるところに、表で車の停まる音がした。月島と大沢はひとかたまりになって戸口のほうを振り返る。狭い通りを黒塗りのタクシーがふさぎ、乗客は支払いをしている様子だ。車内灯がついてはいるが、顔まではわからない。

至近距離に立つ大沢がごくりと唾を飲み、ついでわなわな震えだした。

「ちょっと星絵ちゃん、大丈夫?」

月島は急いで大沢を支え、顔を覗きこむ。大沢は光り輝く目とまぶたで通りを凝視していた。つられて月島も視線を戻す。タクシーが走り去り、降り立った人影が引き戸を開けた。

「ごめんください」

男性だ。三十代だろう。襟付きの白いシャツに、タックの取りかたがちょっと洒落《しゃれ》たダークブラウンのジャケットを羽織っている。しかし「芸能人」と聞いて想像するほどには、さして特徴のない顔立ちというか……。月島は必死に脳内の帳面を繰り、これまでに見たドラマや映画の記憶と眼前の男の姿との照合を試みた。そしてハッと気づく。たしかに私は、このひとをどこかで見たことがある。どこでだ?

眉間に皺《しわ》を寄せて脳みそをフル稼働させ、答えにたどりつくまで一・三秒ほどかかった。

わかった、以前に「あと一杯」のカウンターにいた、文庫を読んでたひとだ! えええー、芸能人だったの! どうして星絵ちゃん、あのとき教えてくれなかったんだろ。あ、酔っ払っててそれどころじゃなかったのかな。ていうか、どうしよう。未《いま》だにお名前がわからない。と思った時点でさらに〇・五秒が経過していた。月島は男に向かって慌てて「いらっしゃいませ」と言おうと思ったのだが、「いらっ」で言葉は途切れた。

文庫の男の背後に、背の高い男がもう一人いたからだ。風邪が流行《はや》る時期でもないのにマスクをし、上下黒のだぼっとしたスウェット姿でキャスケット帽を目深にかぶるという、やや珍妙な恰好にもかかわらず、とんでもなくスタイルがいいことが一目でわかった。

その男は、文庫の男のあとにつづいて影のように店に入ってきた。文庫の男が月島に名刺を差しだし、

「急なお願いをしてしまい、申し訳ありません」

と挨拶するのに合わせ、キャスケット帽を取り、

「お世話になります」

と礼儀正しく頭を下げる。低音の、艶《つや》と甘さのあるいい声だった。

ひょっ、と隣から餅《もち》を喉に詰まらせたような音がした。気持ちはわかる、と思いながら、月島はこっそりと大沢の背中を撫でてやった。あまりのまばゆさに直面すると、黄色い声など出ないものなのだと知った。

マスクをしていても隠しようのないきらめき。背の高い男は、四十代になっても人気が衰えぬどころか、さまざまな映画やドラマにますます引っぱりだこの俳優、村瀬《むらせ》成之《しげゆき》——通称ムラシゲだった。

たしかにムラシゲさんなら、日本に住む九割五分のひとが知っているかもしれない。三年まえの大河ドラマで後醍醐《ごだいご》天皇役をやっていたから、私の予想もあたらずといえども遠からずだし。いや、遠いか。とにかくよかった、と月島は安堵した。私でも顔と名前が一致する芸能人だ。

大沢はなにをどうやって月島の内心を読み取ったのか、「そこじゃないですよ。美佐さん、

もう！」と小声で抗議してきた。

背筋をのばしてやけにしゃなりしゃなりと歩く大沢が、奥の施術椅子へと村瀬を導いた。月島は文庫の男から鞄と村瀬のキャスケット帽を受け取り、荷物籠に入れる。名刺によると、文庫の男は後藤《ごとう》といって、村瀬のマネージャーだった。隣の施術スペースから丸椅子を転がしてきて勧めると、後藤は礼を言って腰を下ろし、初回の客に必ず書いてもらっているカルテに自身の名前と連絡先を記入した。

施術椅子に優雅かつ泰然と座っているのは村瀬だ。なるほど情報管理が徹底している、と月島は思った。まあ、それも当然だろう。施術椅子に向かって右手の丸椅子に座を占めた大沢は、自分の手をエタノールで消毒しながら、マタタビにとろけた女豹《めひょう》のごとくうっとりと、村瀬のマスク越しにも端正な顔を眺めている。こういう輩《やから》がつぎつぎに惹き寄せられてくるのを、穏便にちぎっては投げちぎっては投げしなければならないのだから、マネージャー業は大変そうだ。

月島は向かって左手の丸椅子に腰を落ち着けた。カルテを書き終えた後藤がごろごろと近づいてきて、施術椅子の正面に陣取る。村瀬にはそんなつもりはないのだろうが、玉座に鎮座する麗しい王を取り囲みかしずく臣下三人といった図になった。

「さきほど、お電話でも軽く説明いたしましたが」

と後藤が切りだしたのを、

「いいよ、後藤さん。見てもらったほうが早い」

と村瀬がさえぎった。そのまま上体を折って、履いていたスニーカーと靴下を脱ぐ。

「これをオフしてほしいんです」

どこの香水だろ、なんだかいい香りがする。と鼻をひくつかせていた月島も、同じく香りに誘われたのか、まえのめりになって村瀬の髪に鼻をつっこみそうになっていた大沢も、我に返って視線を足もとへやった。

村瀬の足の爪には、ジェルで見事なアートが施《ほどこ》されていた。地色は細かいラメ入りの深紅で、どの爪にもダイヤのようなストーンと金の鋲《スタッズ》がちりばめられている。親指のストーンは特に大ぶりだ。それぞれの爪の根もとにひとつだけ緑のストーンがあしらわれていることから、イチゴを抽象化したデザインなのだと見て取れる。

たいていのひとは靴に圧迫され、小指の爪が極端に小さかったり、いびつな形になったりしているものだが、村瀬はそうではなかった。スクエア型に短く整えられたうつくしい爪が、きちんとまっすぐに生えている。こんな細部まできれいな造形をしてるんだなと、月島は感心した。骨格レベルから整っていて、歩くときに足に余計な負荷がかからないためでもあるだろうし、常日頃、自分の体を念入りにメンテナンスしているからでもあるだろう。

現に、村瀬にフットネイルを施したのは、相当腕のいいネイリストだとうかがわれた。アートのうつくしさのみならず、甘皮やかかとの角質の処理まで完璧だ。

ではなぜ、そのネイリストにオフを頼まなかったのだろう。月島が疑問を口にするよりも早く、

「わあ、かわいい！」

と、大沢が背中を丸めて村瀬の足の爪を観察しはじめた。村瀬の顔面よりもネイルアートのほうにあっさり気を取られるあたり、星絵ちゃんらしいなと月島はちょっと笑ってしまった。

「マネージャーさんからのお電話だと、いつものネイリストさんになにか急用ができたんですよね？」

顔を上げて尋ねた大沢に、

「そうなんです」

と、村瀬はマスクをしたまま目だけで微笑みかけた。人目にさらされることに慣れているがゆえの反射的な微笑ではなく、ネイルアートを褒められた喜びゆえの、心の底からの表情だと月島には思えた。

だが、間近でメガトン級の甘い微笑みを浴びた大沢としては、たまったものではなかったらしい。ひゅよっ、とイチゴを飲みこみきれなかった鳥のような叫びを上げたかと思うと、それきり動かなくなってしまった。ムラシゲさんのまえで間抜け面《づら》をさらしたままにしておくのもかわいそうだ。月島は休憩スペースから不織布のマスクを二枚取ってきて、自身も装着しつつ、大沢にも渡してやった。大沢は「よっ」の形で硬直した口もとをもぞもぞとマスクで覆った。

「村瀬はふだん、青山のネイルサロンにお世話になっております」

と、後藤が再び説明役を買ってでた。村瀬になんらかの説明を任せても、みんなポーッとなってしまって話がろくに頭に入らず、事態が進展しないことが常なのだろう。

「マンションの一室で、一対一で施術していただけるので安心してお任せしていたのですが、そのネイリストさんが昨夜、急に産気づかれたそうでして」

「ええっ」

「大変じゃないですか」

月島と大沢は後藤を振り返った。

「はい。連絡をいただいて驚きましたが、今日の夕方、元気な男の子が生まれたとのことでしたので、村瀬も私も胸を撫でおろしたところです」

笑顔になった後藤に同意するように、月島の視界の端で村瀬の足の指がぴょこぴょこ動いた。

後藤によれば、青山のネイリスト――以下、仮に「青山《あおやま》」とする――の出産は、予定日よりも三週間ほど早かったらしい。予約数を調整してのんびりモードに切り替えつつ、まああと一週間ぐらいは行けるだろうと思っていた矢先のことだった。個人事業主として一人で店をやっているネイリストも多く、その場合は産休育休制度が適用されないので、「なんだかんだで出産前日まで施術し、二カ月ぐらいで復帰した」という話を、月島もしばしば耳にする。とはいえ、なにかあってもおかしくないのがお産だし、保育園探しもスムーズに行くとはかぎらず、産休育休の保障がないのは、フリーランスのネイリストにとってプレッシャーになることも多いだろう。

なにはともあれ、青山は無事に出産し、赤ちゃんもさっそくぐいぐいおっぱいを飲んでいるそうだから、「おめでとうございます」「よかったですねえ」と月島と大沢も思わず笑みがこぼれた。

後藤に連絡するまで、青山がいかなる奮闘を繰り広げたのか、いま「月と星」に集《つど》うものはだれも知らない。実は青山は、二十時間以上に及ぶ陣痛のあいだも、「お客さまに予約のキャンセルをお願いしないと」という使命感を手放していなかった。おなかの張りと痛みを感じた青山は、「念のため、すぐ来てください」という病院の判断で、深夜に夫とともにタクシーに乗ったのだが、頭をよぎるのは「おなかの赤ちゃんは大丈夫だろうか。そして明日以降の予約をどうすれば……」だった。

不安な思いで病院で朝になるのを待ち、そのころには陣痛の間隔も狭まってきていたので、青山は「こりゃもう生まれる」と腹をくくった。そこで、「ぐおお、また痛い！　つぎは槇原《まきはら》さんに電話して……！」などとうめきながら、付き添う夫に指令を発したのだ。

夫はそのつど、青山のスマホを持って病院のエントランスから飛びだし、予約客への連絡を担当することになった。「陣痛のときは、奥さんの背中や腰をテニスボールでさすってあげるといいですよ」と聞いていたので、夫はタクシーに乗ったときから準備したテニスボールを握りしめていたのだが、それはまるで出番がなかった。妻は痛みに苦しんでるわ、我が子がどうなるか気が気でないわ、陣痛室とエントランスを何度も往復しなきゃならないわで、夫は精神的にも肉体的にも疲労困憊。生まれてきた息子をおそるおそる抱いたときには、喜びと安堵のあまり号泣した。

しかし青山は、

「しまった！　ねえ、泣いてる場合じゃない！」

と、これまた疲労困憊のていながら叫んだ。「私、村瀬さんのご予約のことをすっかり忘れてた！」

村瀬成之は、大沢の推計によれば日本に居住するものの九割五分が知っている、天下の「ムラシゲ」だ。そのため青山は、スマホを落としたりなどして村瀬の個人情報が漏れることがあってはまずいと、連絡先は店の予約帳にしか記していなかった。村瀬の連絡先とはすなわち後藤の携帯番号なのだが、それでも念には念を入れたのである。紙の予約帳は売り上げ金とともに、毎日店の金庫に収めてから帰宅するようにしていた。

予想より早いタイミングでの出産となり、襲いくる陣痛に耐えていたのだから、さしもの青山もパニック状態だったのだろう。痛みでかすむ目でスマホを眺めても村瀬の名は登録されていなかったため、予約の事実をうっかり失念してしまったのも無理はない。

我が子との感動の対面もそこそこに、青山の夫は店へ走ることになった。そして金庫から取りだした予約帳をもとに、後藤に連絡して事情を説明し、施術できなくなってしまったことを青山に代わって詫びたのだった。

「もちろん、『ご無事でよかった』の一言に尽きるのですが」

と後藤は言った。「予約を入れていたのは本日の午後七時で、ご連絡をいただいたのは六時ごろでした。そして問題は、明日の早朝から村瀬はＣＭ撮影が入っているのです」

「えっ、なんのＣＭですか？」

うきうきと尋ねた大沢は、

「ミネラルウォーターです」

と村瀬に微笑まれて石化した。村瀬のファンというわけではない月島ですら、「まばゆいっ」と危うく意識が遠のきそうになったが、なんとか踏みとどまり、「つづけてください」と視線で後藤をうながす。

後藤にとっては、村瀬がメドゥーサのように眼前の人間をつぎつぎと固まらせていくのは、見慣れた光景なのだろう。

「撮影のために、今夜じゅうに村瀬の足のネイルを取って、深夜三時には車で長野県へ出発しなければならず」

と、淡々と説明を再開させた。「どうしたものかと考え、思い浮かんだのがこちらのお店だったのです。あの、以前に私、お隣の『あと一杯』で……」

「はい、覚えてます」

月島はうなずいてみせつつ内心で、「あのとき男性でもネイルをするひとはいるのかって聞いてきたのは、村瀬さんを案じてのことだったんだな」と納得した。「さわやかでかっこいい演技派」のムラシゲが、行きつけのネイルサロンでキュートなフットネイルをしてもらっているとばれたら、イメージ的にいろいろまずいことがあるのだろう。たぶん。月島は、だれだって自由にネイルを楽しんでいいじゃないかと思っているので、実際、イメージにどんな悪影響があるのかと問われたとしても、具体的にはピンと来るものがなかったのだが。

「その後、パートナーのかたの巻き爪の具合はいかがですか？」

「ネイルサロンで対応してもらえると伝えたら、妻の会社の近くで、処置してくれるお店を探したらしくて。おかげさまで少しずつ改善しているそうです」

と、後藤は恐縮したように頭を下げた。「すみません、『月と星』さんじゃないお店で」

「いえいえ、痛みが取れてきたならよかったです」

ようやく石化魔法が解けたらしい大沢は、

「へえ、後藤さんも『あと一杯』に行ってるんですね。ご近所なんですか？」

と朗らかに、後藤を「今日はじめて会ったひと」扱いした。酔っ払って記憶を失ってしまったのだからしかたない。

「はい、駅向こうのマンションに住んでまして。早めに仕事が終わったときに、たまに寄ります」

「大将のお料理、おいしいですもんね。え、待って。じゃあもしかしてムラシゲさんも弥生新町に!?」

色めき立つ大沢に、

「僕は代々木八幡です」

と村瀬が鷹揚《おうよう》に答えた。大沢は、

「ですよね」

としょんぼりする。「この商店街をムラシゲさんがふらふら歩いてたら、もうとっくに大パニックになってるはずですもん」

　村瀬さんは怪獣ではない、と月島は思った。やりとりを見守る後藤が、なにか言いたげに口をもぐつかせている。あっさり個人情報を開示してしまうあたり、村瀬はクールで麗しい外見に反してかなりの天然と見受けられ、そのぶん、後藤がいつも気をまわすはめになっているのだろうと、同情を禁じ得なかった。

「でも、どうしてCMだからって、ネイルをオフしなきゃなんないんですか？」

　大沢は再び村瀬のフットネイルを検分し、首をかしげる。「まだオフする時期じゃないみたいだし、せっかくかわいいデザインなんですから、このまま撮影すればいいのに」

　やっぱり星絵ちゃんも、「男がネイルなんて変だ」とは思わない派なんだなと、月島は好ましく、頼もしく感じた。

「僕もいつもそう思っていて」

　賛同者を得た村瀬もうれしそうに言い、しかしすぐにため息をついた。「でも、実現させるのはなかなかむずかしいです。ほら、よくある感じのミネラルウォーターのCMなんですよ。白いコットンの服着て、森のなかの清流に素足をひたすような」

　それでも大沢は、「解《げ》せぬ」とばかりに首をかしげたままだった。「こんなにかわいくて善きものはない」と、過激なまでのネイル至上主義というかネイル原理主義思想に貫かれた生活を送っているため、CM撮影に際してオフしなければならない理由がまったくわからなかったようだ。

大沢の首が凝《こ》りそうだったので、

「あのね、星絵ちゃん」

と月島は助け船を出した。「CMやポスターで、タレントさんの爪にド派手なネイルアートが施されてるの、見たことある?」

「そういえば……。ほとんどと言っていいほど、ないですね」

大沢はやっと首を直立させた。

「でしょ? それはやっぱり、宣伝したい商品よりも爪が目立っちゃったら本末転倒だからだと思うの。特に飲食物関係のCMでは、ネイルアートはまずしない。CMはいろんな世代や考えかたのひとが見るから、なかには、『爪を塗った状態で料理するなんて不潔じゃないのか』と感じるひともいるかもしれない。企業がわとしては、そんなリスクは取りたくないでしょうし」

「ええー。ネイルアートの有無と手指の清潔さにはなんの関係もないのに」

「実際にはね。でも、決して安くはない広告制作費をかけてるからには、全方面からクレームがつかないような、『完璧なイメージ』のほうを重視するんだと思う」

月島はため息をついた。「以前やってたネイルサロンのとき、私の相方はけっこうCM関連の仕事も引き受けてたの。CM撮影をするスタジオに行って、タレントさんの爪をきれいに整える。でも、あまりぴかぴかに磨きあげすぎてもいけないし、ポリッシュ《マニキュア》を塗るとなっても、せいぜい透明か、ナチュラルなベージュかピンクぐらいなんですって。タレントさんが『もっとかわいいネイルにしたい』と申し入れても、クライアントは『うん』と言わないらしい」

「つまんないですねえ」

「相方もしょっちゅう、『もうちょっと冒険してもいいのに』ってブーブー言ってた」

ネイル用品をたくさん詰めこんだキャリーケースを引きずり、不満顔で店に戻ってきた星野《ほしの》を思い出して、月島は笑った。

シンプルなネイルほど誤魔化しがきかないので、ネイリストの腕前がはっきり出る。月島は、複雑で装飾性の高いネイルアートと同じぐらい、基本的なネイルケアや一色塗りにもやりがいを感じている。だが、かつての星野は、まだ若かったためもあって、CM制作の不自由さがときに歯がゆかったのだろう。

「だから村瀬さんのフットネイルも、せっかくきれいなのにもったいないけど、今夜じゅうにオフしなきゃならないってわけです」

「なるほど、CMにはそういうしきたりがあるんですか」

完全には納得がいっていないようだが、大沢も気持ちを切り替えたらしい。「それなら超特急でオフしないとですね。ムラシゲさんも後藤さんも三時に出発なんだから、寝る時間がなくなっちゃう」

睡眠不足はお肌の大敵！　と大沢は言い、村瀬の足の指に消毒用エタノールをシュッシュッと噴きかけた。月島は村瀬や後藤と相談し、かかとなどはつるりとしているので、フットケアは省略することにした。とにかく短い時間でジェルをオフし、地爪の状態に戻すのを第一とする戦略だ。

左右のジェルを同時にオフするため、村瀬には、両脚を上げて、それぞれの足を月島と大沢の腿《もも》に載せる恰好を取ってもらった。「腰が痛くなったらおっしゃってください」と言ったのだが、体幹を鍛えているためか、「大丈夫です」と村瀬は悠然としたものだ。かなり間抜けだし無理のある体勢にもかかわらず、玉座できらめきを放ちつづける王さまと、せっせとジェルをオフする臣下二人&その様子をボーッと見ているほかない臣下一人、といった図になった。

ジェルにファイル《やすり》をかける音、リムーバーを染みこませたコットンを銀紙で手早く巻いていく音が、しばし店内に響く。

浮きあがったジェルをオフできたので、つぎに地爪の先端をファイルがけする。爪の形は統一が取れていたほうがいいので、両足とも月島が担当することにした。のびたぶんの爪を、ファイルで削ってぎりぎりまで短くし、形を整えていく。手の空いた大沢は、休憩スペースへお茶をいれにいった。

そのあいだ村瀬はといえば、月島に片足を委ねた状態で、ケースに並んだネイルアートの見本チップを熱心に眺めていた。棚に置いてあるのに気づき、後藤に取ってきてもらったものだ。

「これもいいなあ。あ、こっちもかわいい」

などと、低音の艶ヴォイスできゃっきゃと独り言を言っている。

世間一般のイメージなどあてにならないものだなと、月島はつくづく思った。「かっこいいムラシゲ」が好きなファンのなかには、この姿を見たら幻滅するひともいるのかもしれない。

しかし、村瀬のファンの一人である大沢は、ネイル原理主義者だ。しゃなりしゃなりと梅昆布茶を運んでくるついでに独り言を聞きつけ、

「うそー、うれしいです！　それ、あたしが作ったサンプルなんですよー」

と、村瀬と一緒になってきゃっきゃし、仲良くなっていた。

爪の形が整ったので、今度は目の細かいファイルで表面をバッフィングする。村瀬と後藤に梅昆布茶を供した大沢も、再び丸椅子に腰を下ろし、施術に加わった。村瀬は、それぞれの足を月島と大沢の腿に載せ、またも間抜けな体勢になりながらも、見本から目を離そうとしなかった。

表面を磨きすぎてテカらせてはいけないが、なめらかで血色のいい健康的な爪という印象を与える必要がある。月島と大沢は互いの手もとを覗きこんで磨き具合を調整し、後藤にも確認してもらいつつ施術を進めた。村瀬はときどき、「このアートはどうやって作るんですか」などと質問し、大沢が答える。後藤はタレントのイメージを守るにも限界があると諦めているのか、二人のネイル談義には口を挟まず、静かにお茶をすする。

「ムラシゲさん、本当にネイルアートがお好きなんですね」

大沢は感激したようだ。

「もちろんです」

と村瀬は切なそうだった。「どんなに仕事が忙しくても、家に帰って靴下脱いで、自分の足の爪がきらきらしているのを見ると癒やされます。本当は手の爪だってきらきらさせたいぐら

いです。でも、ひとからどう思われるかと思うと勇気が出なくて、隠している。僕はなんて臆病者なんだ……！」

役者だからか嘆きかたも堂に入っている。落ち着いてほしい、と思いながら、月島は村瀬の爪に保湿オイルを垂らし、取ってきた蒸しタオルで足をくるんだ。

「ムラシゲさんは悪くないです。男のひとがネイルしにくい世の中が悪いんですよ……！」

と大沢は原理主義ぶりを発揮し、タオルを剝《は》いでクリームを擦りこむと、マッサージというには激しすぎる勢いで村瀬の足を揉みしだいた。星絵ちゃんも落ち着いて、と月島は思ったが、大沢の発言には一理あるとも感じられた。「世の中」という漠然としたものの目が気になって、したい恰好を自由にできないのであれば、それは世の中を構成する自分や他者のなかにひそむ偏見や抑圧の眼差しが悪いのだ。そこを乗り越えて、自分は他者を抑圧しないし、他者からの偏見や抑圧には屈しないという気がまえを多くのひとが持たないかぎり、ネイルが真の意味で広く社会に受け入れられることはないだろう。すなわち、だれしもが自由に生きられる社会の到来もないということだ。うむうむ。

月島がやけに壮大な思いにとらわれると同時に、施術は完了した。

村瀬の足は、つるつるのほかほかとなった。地爪もうっすらピンク色で、これなら足をひたされる清流もCMのクライアントも、なにも文句はなかろうと思われる仕上がりだ。後藤は、

「いやあ、助かりました。ありがとうございます」

と会計をし、事務所名義での領収書を所望した。村瀬も礼を言って靴下とスニーカーを履き、

玉座から立ちあがる。

後藤が呼んだタクシーが店のまえに到着した。一方通行の狭い道なので、長くは停まっていられない。戸口で振り返った村瀬に、「ずっとずっと応援してます……！」と大沢は涙を押し隠して笑顔を向けた。出征する恋人を見送るかのようなテンションに、月島はややたじろいだが、こっそりと背中を撫でてやった。

「あたしふだんは水道水飲んでますけど」

と大沢は言った。「ＣＭオンエアになったら、そのミネラルウォーター箱買いしますから」

好意の表現がとても素直だ。こういう視聴者ばかりだったら、広告代理店も苦労はしないだろう。村瀬は「ありがとうございます」と言って、大沢と握手した。

「僕もいつか堂々と手にもネイルアートできるように、がんばります」

大沢の腰が砕けたのも無理はない。端《はた》で見ていた月島ですら足がよろついたほどの、まばゆい笑顔だった。マスクとキャスケット帽のあいだから目しか出ていないにもかかわらず、この威力。芸能人とはすさまじいものだと痛感しながら、月島と大沢は互いの体を支えあい、なんとか店の表に出て、村瀬と後藤が乗ったタクシーが走り去るのを見送った。

赤いテールランプが通りの彼方に消えるまで、大沢は大きく手を振りつづけていた。

村瀬亡きあとの大沢は抜け殻のようだった。

いや、実際はもちろん、村瀬は死んではおらず、あいかわらずテレビや雑誌に登場しているのを、月島ですらよく目にする。大沢もさすがに施術中は気を抜くことなく、笑顔で客と会話をしつつ的確にネイルアートを仕上げていた。だが、休憩中や客足が途切れたときに、「ほぅ」と切なげなため息をついては魂を浮遊させているのを、月島は見逃さなかった。

まあ、星絵ちゃんも大人だ。放っておけば、そのうち正気に返るだろう。牛だっていつかは反芻《はんすう》をやめて草を飲みこむ。芸能人との邂逅《かいこう》を思い返して、永遠にうっとりしているということはないはずだ。

しかし二週間以上経っても、恋わずらいに似た大沢の症状は治まらなかった。「ほぅ……ほぅ……」と、夜の森のフクロウみたいな鳴き声を上げながらタオルを畳む。休憩スペースのテーブルに、なぜか立体的な三角形に折り畳まれたタオルが並んだ。高級レストランのナフキンのようだ。月島は片っ端からタオルを畳みなおし、黙って棚に収めた。ネイルのパーツが入った容器も、所定の収納棚ではなく、レジの引き出しや給湯ポットの蓋のうえで発見されることがしばしばだった。明らかに心ここにあらずなものの仕業《しわざ》だと思われたが、月島は容器を発見次第回収し、これまた黙って収納棚に戻した。

村瀬の来店以降、テレビでその姿を見かけると月島も、「あら、ムラシゲさん」と画面を注視し、応援の念を送るようになったほどだ。村瀬に特段の興味関心がなかった月島であってもこの調子なのだから、もともと俳優としての村瀬に好感を抱いていた大沢が、至近距離できらめきを浴びてのぼせあがるのも無理はない。浮遊した大沢の魂が、そろそろ戻る場所を見失って天高く消えていってしまうのでは、と気にかかりはするが、月島には見守る以外に手立てがなかった。

自身の心情の変化や大沢の様子のおかしさを目の当たりにするにつけ、月島の脳裏に思い浮かぶのは「ドブ板選挙」という単語だ。かつては選挙期間になると、候補者が地元の有権者の家を一軒一軒訪ねてまわったというし、現在の選挙でも名残はあるように見受けられる。選挙カーで候補者の名前を闇雲に連呼しながら地域をめぐったり、街頭演説後に商店街を練り歩いて、居合わせた人々に握手をしてまわったりということだ。

あれはいったい、どういう効果があるんだろうと、月島はかねてより疑問だったのだが、今回の村瀬との邂逅でつくづく思い知らされた。名前と顔が一致し、間近で存在を目撃し、あまつさえ握手という直接的接触まで行われると、どうも親近感が湧いてきて、「応援したい」という気持ちになってしまいがちなようだ。月島は村瀬と握手はせず、一方的に足をつかんだだけの間柄ではあるが。

選挙の候補者には、村瀬ほどのきらめきを放つひとはそうそういないはずだけれど、それでも、「ドブ板選挙」は人間心理を巧みについた戦法で、一定の効果は期待できるものらしいと身をもって実感された。であるからには、今後の選挙でも、よりいっそう政策重視で候補者を吟味し、名前連呼や握手攻撃に惑わされることなく一票を投じなければならぬ、と月島は胸に刻んだのだった。

村瀬との出会いのおかげで、月島が自身の投票行動についての教訓を得ていたそのころ、大沢は施術椅子に座った居酒屋「あと一杯」の大将、松永《まつなが》の顔を見あげては、「はあぁ……」と大きなため息をついて首を振っていた。

月島が予約をせっついた結果、松永はようやく三回目の足の巻き爪処置に来たのだ。月島は松永の左足を腿に載せ、親指の爪を仔細に確認した。最低でもあと一度は、プレートを付け替える必要があるだろうと思っていたのだが、想定よりも早く状態がよくなっていた。爪が肉に食いこんでいるところはない。これならばプレートをはずしても、爪は正常なカーブを維持したままのびるはずだ。あとは、なるべくスクエアな形になるよう、爪を切るときに角を落とさないことを心がけてもらえば、充分に巻き爪を予防できる。

月島はプレートと爪の接地面に、先端の尖《とが》ったメタルプッシャーを軽く挿し入れた。それによって接着剤にかすかな空隙《くうげき》が生じたため、強い張力を持つプレートが自然と爪から浮きあがりはじめる。ニッパーでプレートの端を挟みつかんで、ぺろりと難なく剝がすことができた。爪に残った接着剤をファイルで削ったのち、完全にオフできたか、指の腹で表面を撫でてみる。こびりついているものがないことをたしかめてから、爪の先端の形を整え、スポンジバッファーで表面をなめらかに磨いていく。

五月下旬の、平日の昼下がりだ。さわやかな天気に誘われ、多くのひとが商店街に買い物に出てきているようで、表の一方通行の通りから活気が伝わってくる。たまに、道でばったり行きあったひとが挨拶する声も聞こえる。そんななか月島は背中を丸め、手早く松永に施術をする。隣の丸椅子に座った大沢も、月島の手もとを覗きこみ、巻き爪処置のアフターケアを学ばんとしている。しかしときどき、「はあぁ……」がはじまるのだった。

「なんとなくの勘なんだけども」

月島におとなしく足を委ねていた松永が、とうとう耐えきれなくなった様子で言った。「星絵ちゃんのこの『はあぁ……』は、俺、『失敬な』って怒ってもいい類《たぐい》のもんなんじゃねえか？」

「それは大将の被害妄想ですよぉ」

と大沢は言い、またも悲しげに首を振った。「大将はおいしいお料理を作れるし、なんだかんだでわりといいひとだし、それだけでもう充分すごいことで、希望を失わずに生きていってほしいなって思ってます。でも、足は足でも、持ち主にはいろんなちがいがあるもんだと痛感させられるのも事実で、どうしてもため息が……」

「うおーい！」

松永が施術椅子から立ちあがろうと身をよじった。「なんかよくわからんが、これやっぱり怒ってもいい案件だろ」

「いまニッパー使ってるんで暴れないでください」

月島は松永の足をつかんで動きを封じた。爪の側面の甘皮が薄く剝がれてきたのを見つけ、切ろうとしているところだったのだ。

「星絵ちゃんも、いくら松永さんが気心の知れたかただからって、お客さまのまえでため息をつくなんていけません」

「はい。大将、失礼をしてしまってすみません」

大沢が素直に頭を下げ、心からの反省を示したので、松永も気勢を削がれたらしい。

「まあいいけどよ」

と施術椅子に座りなおした。「いったいどうしたんだ。そんなにため息をつきたくなるようなことがあったのか」

「守秘義務があるから、お客さまの詳しい情報は言えないんですけど」

村瀬とのめくるめくひとときを思い出したのか、大沢がもじもじしながら頬を染める。「顔面が麗しいひとは、その場にいるだけで太陽みたいにありがたいものなんだなって思い知らされたんです。まわりのひとの心も明るく照らして、あっためてくれるというか」

松永は怪鳥の雄叫びのごとく「ケエェッ」と吐き捨て、

「たかが面《つら》の皮一枚のことで、なにが太陽だ」

といじけてしまった。「悪かったな、こちとら周囲を暗い沼に突き落とすようなご面相で」

「そうは言いますけど」

大沢は不満そうだ。「大将だって、きれいな女のひとを見たらポーッとなるでしょ」

「そりゃ、なる。なるがしかし、肝心なのは面の皮じゃない」

「という建前ですよね？」

「いや、ほんとにそうじゃねえぞ、星絵ちゃん」

松永は不自由な体勢ながら、施術椅子からやや身を乗りだした。「俺も若いころは、美人だったりおっぱいでかかったりすると、ついポーッとなった。いまだって、まあ反射的に目が向くことはある。けどよ、おっぱいなんていつかは垂れてしぼむし、こっちだって枯れてくんだよ」

「夢も希望もないですね」

「いいや、そっからがはじまりだ。年齢を重ねたうえで世の中を見てみると、いい面がまえをしたひとがけっこういるもんだなと気づかされる。男も女も、若いか年取ってるかも関係ない。ましてや、顔立ちが整ってるかどうかなんて、たいした問題じゃない。本当のきれいさってのは、そのひとの生きてきた姿勢や考えかたが反映された顔つきからにじむもんなんだと、店に来るお客さんたちを見ててもつくづく思う」

「大将がめずらしくいいこと言ってる」

大沢が感激と尊敬の眼差しを松永に送り、月島も仕上げのオイルを爪の根もとに垂らしながらうなずいた。うなずいた直後、「めずらしく」ではなく、「いいこと言ってる」の部分に同意したのだとわかってもらえただろうかと不安になったが、松永は気にしたふうでもなく、

「料理もおんなじだ」

とつづけた。「おいしくて見映えのいい一皿にしたかったら、なによりも下ごしらえが肝心になってくる。星絵ちゃんたちがやってるネイルのことも、俺もちょっとはわかってきたぞ。きらきらした爪にするためには、まずは地爪を整えて、ちゃんと準備しなきゃなんないんだろ？　つまり上っ面だけの美なんて、太陽じゃねえ。所詮《しょせん》は便所の電球みたいなものだ。そりゃ、便所が暗かったら危険だし怖いから、電球がついてたほうがありがたいが、太陽とはまるで光量がちがう。本当の太陽は、もっともっと底の部分で輝いてるもんなんだ。巻き爪が痛《いて》え

となったら、沼みたいなご面相のおっさんの足の爪だって処置してくれる、あんたらみたいなひとのことなんだよ」

「大将……！」

大沢はいまや感涙にむせばんばかりになっている。「あたし大将のこと見なおしました。でも、『沼』って言いだしたのは大将ですからね。あたしはそんなひどいこと言ってないし、思ってもいないですから」

本当の美は、そのひとの内面から、あるいは料理やネイルにおいては、入念な下ごしらえの過程から生まれる。松永の発言はまことに真実をついたもので、月島も完全に同感だった。

ネイルアートは、ただ爪をうつくしく彩り飾ることだけを目的にはしていない。爪がうつくしくなって、本人の気持ちが浮き立ったり、自信を持って日々を送れるようになったりしてはじめて、ネイルアートの役割をまっとうできたと言える。そのためにはもちろん、施術中の会話や店の居心地のよさも大切になってくるし、丁寧なネイルケアや、爪の健康状態をネイリストがきちんと把握することも欠かせない。ネイルサロンでいやな思いをしたら、いくら爪がきれいになっても気分はだいなしだし、爪をきれいに彩るために、過度な負担を爪にかけてしまったのでは本末転倒だ。

松永の言葉を聞き、月島は改めて身が引き締まる思いがした。最初は松永のことをわからんちんなやつだなと思っていたが、やはり何十年も料理を提供し、立派に店をかまえて、多くの客を厨房から見てきたひとは慧眼《けいがん》である、と感服もした。

無事にプレートもはずれ、左足の親指の爪だけつやつやに磨かれた松永は、いつもの健康サンダルをつっかけて「月と星」を出ていった。

「さーて、まだ時間あるから、ちょいとパチンコしてくるか」

と言い残して。

松永を見送った月島と大沢は、使用した施術椅子まわりや道具の消毒と整頓に取りかかる。

「大将の言うことはもっともだと思いました。でも、ムラシゲさんを生で見てないからなあ」

大沢はマスクの下で口をとがらせているようだ。「大将だって直接ムラシゲさんに会ったら、絶対にポーッとなって、二度とトイレの電球とは言えなくなりますよ」

村瀬のために義憤にかられているらしい大沢がおかしく微笑ましくて、

「そうだねえ」

と月島はうなずいた。「もちろん村瀬さんは、持って生まれた外見の麗しさもすごかったけど、『面の皮だけ』とは感じなかったかな。四十代なのに、足の小指の爪まで隙なくきれいだったもの。すごく努力して、外見も含めて自分を律して生きてる感じがした」

「ですよね！」

大沢はうれしそうに、使ったタオルを軽い足取りで洗濯機に放りこみにいく。「けど、そんな細部から生きかたを推測するところが、美佐さんっぽいです。爪フェチというか」

たしかに爪があったら凝視してしまうほうだが、その呼称はちょっと不本意だ、と月島は思った。

つい先日、月島は台所の床にネイルチップが落ちているのを発見し、「なぜこんなところに？」としゃがんでまじまじ見たら、それはラップの小さな切れ端だった。光の当たり具合で、爪のように立体的なカーブを描いていると誤認したようだ。爪ぐらいのサイズでぴかぴかしたものを目にすると、「すわ、爪か」と脳が自動的に反応するらしく、職業病が行き過ぎている。ラップの欠片《かけら》をつまみあげた月島は、だれも見ていないのに咳払《せきばら》いなどして、ぎこちなく立ちあがったのだった。

だから「爪フェチ」呼ばわりにも強くは反論できず、月島は口のなかでもごもご言うにとどめ、代わりに、

「ねえ、星絵ちゃん」

と声をかけた。休憩スペースのテーブルのそばにいた月島のもとに、大沢が子犬のように駆け寄ってくる。

「はい」

「そろそろアクリルスカルプの練習をはじめようか。もちろん私も手伝うから」

アクリルのパウダーとアクリルリキッドを使って、地爪に長さをプラスする付け爪《スカルプ》は、ジェルよりも強度があり、形も自由に作成できる。大沢はスカルプの施術に慣れておらず、あまり自信がないと言っていたので、いずれ体得させてあげなければと、月島も気になってはいた。ただ、最近の主流はジェルを用いたネイルアートだし、スカルプは高度な技術を求められるので、習得には根気と時間が必要になる。そのため、ついあとまわしにしてしまっていたのだっ

た。

「ぜひ！」

と目を輝かせた大沢は、すぐに心配そうな表情になった。「でも、いいんですか？　いま美佐さん、キッズスペースの準備とかで忙しいのに」

「それは星絵ちゃんだって同じでしょう」

下村《しもむら》から教えてもらった情報をもとに、月島はキッズスペース開設に向けて動きだしていた。店の顧問労務士に頼んで、保険について改めて確認してもらっているところだし、大沢と相談して、「月と星」では絨毯《じゅうたん》ではなくヨガマットを活用することにした。絨毯よりも手入れが楽そうだし、下村の店とちがって床が板張りなので、小さな子が万が一転倒したときも、ヨガマットで充分衝撃を吸収できるのではないかと考えたためだ。大沢とともにノートパソコンを覗きこんで真剣に検討し、よさそうなものを選んだ。通販で届いたヨガマットは現在、筒状に丸めて休憩スペースの片隅でスタンバイ中だ。

月島は商店会長を務める八百屋にも赴《おもむ》き、八百吉《やおよし》のおかみさんにキッズスペース構想を話した。おかみさんはおおいに乗り気になり、商店街全体のキッズスペースを設置するため、さっそく場所の選定をしつつ会合で議題に取りあげると請けあってくれた。商店街の参考にしてもらうため、「月と星」でキッズスペースを開始したら、どの程度の需要があったかデータを提供する、と月島は約束した。

常連客の篠原《しのはら》も、キッズスペースを任せられそうな保育士の目処《めど》が立ったと連絡をくれたので、今度店で面接をする予定だ。大沢は、「どんなおもちゃを用意すればいいか、保育士さんに聞いてみないとですね」と張りきっている。

「キッズスペースの予約が入っているときは、できれば自分は予約したくない、ってお客さまもいらっしゃると思うんです」

と言ったのも大沢だった。「いろんな事情があって、子どもの姿を見るのがつらいとか、騒がしいのは苦手だとか」

「たしかにそうね。でも、需要が読めない段階で、キッズスペースの日時を決め打ちするのは危険な気がするし、どうしたらいいだろう」

知恵を出しあった結果、簡単なアンケートを取ることにした。「キッズスペースの予約とかぶってもよろしいですか」という質問に、「かまわない」「できれば避けたい」のどちらかで答えてもらうのだ。「できれば避けたい」という回答だったひとには、次回の予約日を選ぶときに、キッズスペースの予約が入っている日時を伝えればいい。また、あとからキッズスペースの利用希望があっても、かぶらない時間帯で調整をつけるようにする。この方針でうまくいくか、しばらく様子を見ることにしようと決めた。

そんなこんなで、月島と大沢が常にも増して気ぜわしい日々を送っているのは事実だ。だが、大沢がアクリルスカルプの練習をはじめるとしたら、やはりいまだろうと月島は判断した。

つぎの予約まで少し時間があることを確認し、

「ちょっと座ろうか」

と月島は休憩スペースのテーブルにつくよう、大沢に勧めた。向かいあって腰を下ろす形になった大沢に、月島は自分の意図を伝えようと真剣に語りはじめる。

「さっきの松永さんの話を聞いて、星絵ちゃんにスカルプの技術を教えてあげなきゃなって改めて思った。スカルプはね、ただ長くうつくしい爪を形成するだけのものではないから」

「そうなんですか？」

「もちろん、スカルプを使って地爪に長さを足せば、そのぶん面積が大きくなって、より華やかで緻密なネイルアートも施せる。でも一番大事なのは、地爪になんらかの問題があったり、コンプレックスを感じているかたにとって、解決策になるかもしれない技法だってこと」

スカルプは、地爪を覆うようにして形成する「付け爪」「人工爪」のようなものだ。強度があるので、地爪が薄い場合はプロテクターがわりにもなる。地爪が割れたり欠けたりすることを、あまり心配しなくて済むようになるのだ。

また、地爪が極端に短くても、スカルプならば継ぎたすことができる。深爪をしたり、爪を噛む癖があったりして、地爪に自信がないひとも、スカルプを使えば整った爪の形を手に入れられる。スカルプで形成した爪にはなんの違和感もないので、「地爪が少々いびつな形なんだな」と見抜けるひとはまずいない。

「お客さまのなかに、右手の親指の爪だけ、生まれつきのびにくいかたがいたの」

と、月島は話をつづけた。「根もとから五ミリぐらいのびたところで、なぜか爪の成長が止まってしまうって悩んでらして。なるべく手を見せたくないなって思いながら暮らしてたんでずって」

「でも……、見せずに過ごすのはむずかしいですよね」

大沢が物思わしげに腕組みする。

「うん。手はどうしても人目に触れる部分だから。そのお客さまも、『ネイルサロンで相談すれば、なにかいい方法があるかもしれないし、どうにもならないなら、もう気にしないようにしよう』って、意を決して『月と星』に来てくださったみたい」

月島は五ミリの地爪にアクリルスカルプを継ぎたし、ほかの指の爪とバランスの取れた爪を形成した。客は「こんな技法があったのか」と驚き、スカルプの自然な出来映えをとても喜んでくれた。最初は、スカルプも含めたすべての爪を、控えめな薄いベージュでカラーリングするだけだったのだが、そのうち華やかなネイルアートも楽しむようになった。手をひとに見せることにためらいがなくなったと、施術のたびにどんどん表情を明るくしていく客を見て、月島もうれしかった。

「二年ぐらいスカルプで爪を形成していたんだけど、あるとき、お客さまも私も気づいたの。付け替えのためにスカルプをオフしたら、短かったはずの地爪がちょっとのびてたのよ」

「ええっ、そんなことがあるんですか」

大沢が身を乗りだしてくる。

「星絵ちゃんも施術に入ったことがあるお客さまだよ」

と月島は笑った。「気づかなかったでしょう。いまは親指の爪も、ほかの爪と同じようにのびるようになって、スカルプじゃなくジェルをご希望だから」

「へええ、どなただろう。まったく思い当たらないです」

大沢は首をひねっている。『どうして爪がのびはじめたんですかね』

「お客さまと私も、『不思議ですね』って言いあった。確証はないんだけど、地爪がないと、どうしても指の肉が盛りあがるというか、丸まってしまうでしょ。びにくくなってたのかもしれない」

「そっか。スカルプのおかげで丸まってた肉が押さえつけられて、地爪がのびる余地ができたんですね」

「たぶん。もちろん、地爪にチップを貼るほうが適してる場合もあって、すべてのケースに当てはまるわけじゃない。ただ、スカルプが地爪の成長促進に役立つことはあるし、少なくとも地爪の保護や、形をうつくしく補うために、すごく有効な技法なのはたしか」

「美佐さん、あたしわかりました。お客さまのご要望やお悩みに応えるためには、使える武器がひとつでも多いほうがいいってことだ……！」

大沢は目をきらきらさせ、かしこまった様子で頭を下げた。「がんばるんで、スカルプのご指導おなしゃす」

以前から薄々思っていたのだが、大沢の「お願いします」が、月島には「おなしゃす」としか聞こえないときがあり、「若者ってほんとに『おなしゃす』って発音するんだ」と、改めて若干《じゃっかん》の驚きを覚えた。だが、「えー、若者が『おなしゃす』って言うなんて、都市伝説みたいなもんですよ。あたしはちゃんと、『お願いします』って言ってます」と大沢に言われそうだし、しかもその「お願いします」もやっぱり「おなしゃす」に聞こえる可能性も否めず、話が堂々めぐりになりそうだったから、指摘は控えた。

「じゃあ今後、空いた時間にはスカルプの特訓をしましょう」

「うっす!」

「知ってると思うけど、ネイリスト検定一級の実技には、スカルプの技術も含まれます。いい機会だから、星絵ちゃんの一級合格も狙って、びしばししごいていくよ!」

「うーっす!」

なんだか熱血な空手道場みたいなテンションになったが、月島も大沢も気合い充分、ネイリストとしてさらなる高みを目指すべく、全力の指導と研鑽《けんさん》を互いに誓いあったのだった。

大沢はその後もしばらく、ふとした拍子に「ほぅ……ほぅ……」とフクロウと化したり、まぶたのラメを増量したりしていた。スカルプの体得という重要課題が生じようとも、村瀬のきらめきを渇望する気持ちは抑えがたい、といったところらしい。

「ムラシゲさん、また来てくれないですかねー。青山のネイリストさんがお休みしてるあいだだけでも、あたしに施術させてほしい」

と言っていた。だが、ある朝、月島が出勤すると、店内の掃除を終えた大沢が休憩スペースのテーブルに向かって、影を背負って座っていた。

「どうしたの?」

とおそるおそる尋ねたら、大沢はこの世にこれ以上に苦いものはないという風情でコーヒーをすすり、

「昨日テレビ見てたら、ムラシゲさんが番宣してて」

と言った。「今度、連ドラの時代劇で主演するそうです。素浪人役で」

なるほど。だとすると、素足で草履《ぞうり》を履くことになろうから、フットネイルはしばらくお預けだ。村瀬と大沢の落胆を思い、月島は同情を禁じ得なかった。

「そう……。録画しなきゃ」

「はい。あたしはすでに、毎週録画設定で予約しました」

大沢の影がいよいよ濃さを増しているのに、うまい慰めの言葉が見つからない。

「ええと。きっともうすぐ、ミネラルウォーターのCMもはじまるんじゃないかな」

「美佐さん。運命のひとと一度もめぐり会えずに人生を終えるのと、もう二度と会えないのとでは、どっちがつらいものなんでしょうか……！」

鬼気迫る。村瀬さんが星絵ちゃんの運命のひとだったことは一度もないのでは、と月島は思ったが、もちろんそうは言えないので、

「ど、どうだろう」

と答えた。「一度でも会えたらラッキーと思うしかないような……」

「なんて残酷なの、運命……！」

大沢は大仰《おおぎょう》に嘆き、テーブルに突っ伏した。

「あの、熱演してるとこ悪いんだけど、もうすぐ開店の時間だから」

「あ、そうですね。タオルの乾燥終わったか見てきまーす」

大沢は即座に身を起こし、洗濯機のほうへ向かった。

輝ける太陽がもたらした騒動はこうして収束し、「月と星」は再び、穏やかな夜のような日常を取り戻したのだった。


雨の季節になっても、「月と星」の店内は憂鬱《ゆううつ》さとは無縁で、押し寄せる湿度をはじき返す活気にあふれていた。キッズスペースを本格的に始動させたところ、乳幼児を連れた客がやってくるようになったからだ。

キッズスペースで子どもの相手をする保育士は、伊山《いやま》という五十代の女性だ。常連客の篠原が紹介してくれた。伊山は篠原の家の向かいに住んでおり、五年ほどまえまで保育園で働いていたのだが、腰を痛めたのをきっかけに「常勤はもう無理かな」と退職したのだそうだ。その後、整体やヨガに通ったら幸いにも腰の具合はよくなったので、ゆるゆるとしたペースで働ける場所をちょうど探していたとのことだった。

「月と星」に面接に来た伊山と話してみて、月島はすぐに採用を決め、大沢も同意した。明るく優しい人柄なのが伝わってきたし、保育のプロとしての経験も充分だ。伊山には大学生と高校生の子どもがいることもあり、子育て中の保護者の大変さを実感してきたらしい。

「子どもが小さいころは、歯医者さんにも美容院にもなかなか行けなかったですよ。こっちも平日は働いてるし、当時はキッズスペースもあまりなかったですしね。篠原さんから話をうかがって、お役に立てればと応募することにしたんです」

めでたく採用となった伊山は、かつての同僚の伝手《つて》をたどって、近隣に住む元保育士にも声をかけてくれた。資格はあるが常勤していない保育士はけっこういるそうで、伊山の都合がつかないときに、代わりにキッズスペースに来てもらうためだ。

こうして控えのメンバーも確保でき、大沢が張りきって、「キッズスペースあります。お気軽にお声がけください」と水色のフェルトペンで書いた紙を戸口のガラスに貼った。すると予想以上に問いあわせがあり、週に二人ぐらいはコンスタントに利用者がいる状況となった。

下村のアドバイスをもとに、「月と星」ではキッズスペース利用者に、追加料金として一回あたり千五百円を払ってもらうことにした。伊山には時給千五百円でお願いしている。施術にはだいたい二時間はかかるので、店の負担ぶんはそれなりに大きいが、キッズスペースのおかげで新規の客も増えたので、長い目で見れば決して損にはならないだろう。なによりも、小さな子どもが店内にいるというのは、心がなごむものだった。ぐずっていても、おむつにうんちをしても、かわいい。

もちろん、キッズスペースの利用時間帯とはかぶらないほうがいいという客もいるし、本心ではそう思っていても表明しにくい客もいるかもしれないので、細心の注意を払っている。月島も当初は、「施術中に赤ちゃんが泣いたら、集中力が途切れてしまうかも」と案じる気持ちもあった。だが伊山は手慣れたもので、赤ちゃんがぐずりだしたら、抱っこしたりおもちゃで気を引いたりして、魔法のようにあやしてしまう。おむつが汚れたら、においが漏れないように休憩スペースに連れていき、バスタオルを敷いてささっと交換してくれる。さすがの手腕と言うほかなく、保護者も、居合わせたほかの客も、月島と大沢も、「かわいいねえ」と安心して子どもたちの愛くるしい振る舞いを堪能していればよかった。

伊山のやわらかな声と少々ふくよかな体型、そして思いがけず機敏な動きは、子どもたちにも安心感と愉快さをもたらすらしい。伊山にすっかりなつき、帰りぎわには「またね」と名残惜しそうにする幼児が続出した。子どもが保育士を慕っていれば、「また店に行ってもいいかな」となるのが人情というもので、月島としては「しめしめ」である。長い休暇期間にはキッズスペースの利用者が増えるというし、この調子なら、夏のあいだは利用日を固定制にしても予約で埋まりそうだ。戸口に並んで客を見送り、「またね」と子どもに手を振り返す月島の脇腹を、「美佐さん、悪い顔になってますよ」と大沢が肘《ひじ》で軽く突いた。

ケンタを連れて上野《うえの》が来店してくれたのも、月島にとってはうれしいことだった。上野の髪の毛はまだプリン状態だったが、パワーポリッシュをオフしに立ち寄ったときと比べても、表情は晴れやかになっていた。

「キッズスペースを開設したって貼り紙があったから、速攻で予約しちゃいました」

上野は面映《おもは》ゆそうに笑い、今回はジェルネイルを希望した。上野がゆったりと施術を受けるあいだ、ケンタは伊山の手を借りて、誇らしげにヨガマットを踏みしめた。そう、ちょっと会わないあいだに、ケンタはつかまり立ちができるようになっていた。子どもの成長は速い。

「ケンタくんがどんどん人間っぽくなっている……」と、月島は感に堪えなかった。

ケンタは少々よろめきつつも、「だっ、まんま、だっだっ」と声を上げ、お気に入りのイモムシのおもちゃを高々とかざした。上野の爪にジェルを塗っていた大沢が振り返り、「うんうん、かっこいいね」と笑いかけると、うれしそうにプピープピーとイモムシを鳴らしてみせる。それが何度か繰り返されるに至り、ほかの客の施術をしていた月島もようやく気づいた。ケンタは大沢に好意を抱き、熱心にアピールしているのだ。俺はイモムシを好きだから、俺が好ましく思っている相手もイモムシを好きだろう、と判断しているらしいのが、なんともかわいらしく健気《けなげ》である。大沢は自分がモテていることに気づいていないようで、「うんうん、かっこいいいね」と朗らかに返す。なんだか罪つくりなことになっている、と大沢以外の店内に居合わせた大人は笑いを嚙み殺したのだった。

キッズスペースの運営にも慣れてきたある日、帰宅まえの伊山が片づけをしながら、

「私はネイルってしたことがなかったんですけど、いいものですねえ」

と、しみじみ言った。ヨガマットを拭き、エタノールを吹きかけて消毒し、と手はてきぱきと動かしている。

「いろんなデザインがあってきれいだし、施術してもらったら貴族にでもなった気分を味わえそう。私も夏に、足の爪だけでもやってもらおうかしら」

「ぜひぜひ！　サンダルを履くのが楽しくなりますよ」

ヨガマットを丸めるのを手伝っていた大沢が、力強く勧める。

「割引料金にします」

と月島も請けあった。

商店街全体のキッズスペースに関しても、伊山は知恵を貸してくれた。フリーの保育士を派遣する会社が、わりとあちこちにあるのだそうだ。伊山の知りあいも、弥生新町の隣、急行が停まる駅で、小規模ながら保育士の派遣業をしているという。

「商店街のキッズスペースとなると、保育士が常駐していたほうがいいはずで、専門の派遣業者に人員を確保してもらったほうが楽だと思いますね。お子さんを預かるからには、おかしなひとが派遣されてきては困りますけど、その会社は登録の際に念入りに面接して、力量も身元もたしかなひとばかりですし」

なるほど、いいアイディアだ。月島は教えてもらった業者のサイトを見て、まっとうで堅実そうな経営方針らしいと判断した。さっそく八百吉のおかみさんに声をかけ、お互いに店じまいしたあと、作戦会議を行うべく、居酒屋「あと一杯」に参集することとなった。

月島と大沢が店の奥にあたるカウンター席の隅に陣取り、さきにビールジョッキを傾けていると、引き戸が開いて八百吉のおかみさんがやってきた。

「照子《てるこ》さーん、ここです」

大沢が椅子から半ば腰を浮かし、手を上げて合図する。いつのまに下の名前で呼ぶほど親しくなったんだ、と月島は驚いたが、たぶん大沢は八百吉で買い物をするときにも、驚異の距離短縮力を発揮したのだろう。照子は閉じた傘を振るって表に立てかけ、

「お待たせ」

と月島の隣に座った。「あたしにもビールちょうだい」

後半は大将の松永への言葉だ。ビールがカウンターに出されるまでのあいだに、照子はスカートのウエストに挟んでいた手ぬぐいで軽く足を拭った。つっかけサンダルを履いてきたので、雨に濡れてしまったようだ。商店街の銭湯「松の湯」に寄った帰りらしく、足もとに置いた石鹸の入った洗面器に、使い終えた手ぬぐいをぽいと放る。江戸時代のひとみたいでかっこいいなと、月島は一連の動作を見守った。四十代半ばと思《おぼ》しき照子は、どことなく粋《いき》で艶っぽさのある人物なのだ。

松永がビールジョッキをカウンター越しに差しだすと、おしぼりで手を拭いて受け取った照子は、「かんぱーい」と言うだけ言って、ジョッキを打ちあわせるまもなくほぼ一息で中身を飲み干した。本日のおしぼりはレモンの香りだった。大沢が急いでメニューを眺め、三人ぶんのビールのおかわりとともに、煮付けやら枝豆やらを注文する。そのあいだに、月島は保育士派遣業者のサイトを表示したスマホ画面を見せて、伊山から聞いた話を説明した。

「たしかによさそうだね」

照子は自分のスマホでも当該の業者を検索し、サイトをブックマークした。「明日にでも連絡を取って、詳しい料金とかを聞いてみる」

話が早い。月島は二杯目のビールに口をつけつつ、

「でも、商店会のみなさんのご意見は？　キッズスペースに賛成してくださってるんですか」

と尋ねた。

「あー、問題ない問題ない」

照子は枝豆を食べながら言った。「先週、会合があったんだけど、いまはいろんな店が代替わりして、若いひとや女性も多いから。みんな『やってみよう』って言ってくれた。弥生商店街とも連携して動いてるから、まあうまくいくんじゃない」

弥生商店街は、駅を挟んで反対がわの通りにある。新しく出店した小洒落《こじゃれ》た美容院や飲食店が多く、昔ながらの八百屋や魚屋や金物屋などが並ぶ庶民的な富士見商店街とは、ライバルでもあり、持ちつ持たれつの関係でもある。

「えっ、弥生商店街にも話をつけてくれたんですか?」

早くも登場したカレイの煮付けを三等分して小皿に取りわけていた大沢が、箸を止めて身を乗りだした。松永は、

「カレイは煮付けにするなら冬のほうがいいとされるが、俺ぐらいの腕前がありゃあ、梅雨どきのカレイであってもふっくらと味の奥深さを……」

などと講釈を垂れていたが、大沢にとって肝心なのは、「カレイをおいしく料理する方法」ではなく「煮付けそのもの」だったようで、あっさり無視されていた。

「そりゃあ、根まわしは大事だからね」

と、照子はカレイの載った小皿を受け取った。「事前にキッズスペースについて打診したら、『じゃあ、それぞれの商店街のなかほどぐらいに、一カ所ずつ作るって方向で動いてみましょ

うか』ってことになった」

富士見商店街の商店会長は八百吉の店主のはずだが、松永の情報どおり、陰の実力者は照子なのだろう。如才なく会合を取り仕切ったもようだ。

「さすがです、照子さん」

大沢がビールから日本酒に切りかえた。星絵ちゃんがまた記憶喪失になってしまう、と月島は気を揉んだが、ちょうどゴボウの豚肉巻きがやってきたので、止めるタイミングを失った。ゴボウの歯ごたえがちょうどよく、しょう油とミリンで甘辛く味つけされた肉は照り照りとして、とてもおいしい。これはたしかに日本酒だなと、月島と照子も猪口《ちょこ》を手にした。

照子に任せておけば、商店街のキッズスペースは近々に開設されそうだ。月島は、「月と星」のキッズスペースが思いのほか好評であること、保育士の伊山がネイルに興味を持ってくれたことなどを語った。

「ふうん、フットネイルねえ」

ゴボウの豚肉巻きを頬ばりながら、照子はうなずいた。「あたしも夏はつっかけサンダルで店頭に立つから、足の爪ぐらい華やかにしてもいいかもね」

「そうですよぅ」

二本頼んだ二合徳利《どっくり》のうちの一本をほぼ独占し、手酌で飲んでいた大沢が口を挟む。「野菜柄のアートもばっちち来いなんで、好きなのをリクエストしてください。爪に大根とかナスとかを躍らせられますよ」

「いや、躍んなくていいけどさ」

照子の発言には耳を貸さず、大沢は勝手に話を進めた。

「ねえねえ美佐さん。あたし思ったんですけど、夏のキャンペーンとしてフットネイルに力を入れましょうよ。やっぱまだまだ、ネイルする勇気が出ないってひともいますから、まずは目立ちにくい足の爪から試してもらうのがいいんじゃないかなって」

「月と星」ではもちろん毎年、夏はフットネイルのラインナップも充実させている。しかし、刻一刻と酔いの度合いを深める大沢に言っても無駄だろうと思い、

「うんうん、そうしようね」

と、おとなしくご意見を拝聴しておいた。頭をぐらぐら揺らしだした大沢を、照子はおもしろそうに横目で眺め、

「大将、バターライスと赤出汁《あかだし》三つと漬物盛りあわせ。あと二合徳利を二本」

と締めの注文をした。月島は慌てて、

「一本は水で、水で」

と小声でつけ加える。松永は「わかってる」とばかりにため息をついた。

雲行きがあやしくなったのは、

「でもあたし、フットにはいい思い出がないんですよねえ」

と大沢が言いだしたあたりからだ。徳利の中身は水なのに、順調に酩酊《めいてい》している。村瀬にフットの施術をしたのは、「いい思い出」じゃないんだろうかと怪訝《けげん》に思い、

「どうして？」

と月島は尋ねた。

「あれは四年ほどまえのことでした」

大沢は遠い目になった。それこそ江戸時代の出来事について語るかのような口調だが、月島と照子にとっては四年まえなど昨日に等しいので拍子抜けし、「案外最近の話ですね」「まあ聞こうじゃない」と囁きあった。

「当時あたしは美容師の専門学校生で、マッチングアプリで知りあった二十九歳の男とつきあってたんですよ」

「マッチングアプリ」

「危なくないの、そんなもので知らないひとと会うなんて」

月島と照子は思わずカウンターの縁《へり》をつかみ、大沢へと体を向ける。バターライスのニンニクを刻んでいた松永も、包丁のリズムを狂わせた。しかし年長者の心配をよそに、

「へーきですよ」

と大沢は呑気なものだ。「どんな出会いだって最初は、相手は『知らないひと』じゃないですか。アプリでの出会いも同じです。趣味とかプロフィールも書いてあるし、メッセージのやりとりもできるから、お見合いの写真と経歴を見て、文通を経たのちに会うみたいなもんだと思ってください」

そうなんだろうか。プロフィールに嘘がないとは言いきれないんじゃないだろうか。月島は

案じずにはいられなかったが、実際にマッチングアプリを活用したことがないため、判断を保留するほかなかった。

「あたしは仲良くやってたつもりなんですけど、半年ぐらいしたある日、そいつが『高校の同窓会に行くから、爪磨いてくれない』って言ったんです。ちょうどネイルケアの練習してたし、『いいよ』ってバッフィングしてあげたら、『ついでに足の爪もお願い』って」

星絵ちゃんの発火磨きに爪を委ねるとは、相当の猛者《もさ》だ。月島は単純に感心していたのだが、隣の照子が猪口をぐいとあおり、

「まさか、足の爪も磨いてやったんじゃないだろうね」

とドスの利いた声で言った。

「磨いちゃったんですよねえ」

「バカじゃないの」

「バカでした」

やりとりの意味がわからず、月島は慌ただしく、自身の左右に座る二人を見比べた。カウンターのなかで松永が、ご飯の入ったフライパンを妙に慎重に揺すっている。バターとニンニクのいい香りが店内に漂う。

「あ、美佐さん、わけがわかんないって顔してる。変なとこでにぶちんなんだから」

大沢は酔いに任せてけたけた笑い、

「ふつう、同窓会で靴下を脱ぐ必要はないでしょ」

と、照子が説明してくれた。「つまりそいつは、浮気に備えて身だしなみを整えたくて、この子に足の爪も磨かせたんだよ」

「ええっ!?」

予想外にひどい話で、月島は驚きの声を上げた。

「そうなんですよー!」

大沢は猪口を満たしていた水を飲み干し、「なんだろ、ちっとも酔えない」とカウンターに突っ伏した。充分に酔っている。

「そいつ、同窓会で元カノと焼き栗に火をつけたんです。もともとそのつもりで、あたしに足の爪まで磨かせて同窓会に行ったんですよ、ちくしょー!」

なぜ焼き栗をさらに加熱したんだろうと月島は一瞬考え、「焼けぼっくいに火がついた」と言いたかったのかと納得した。最低の男だが、現段階で大沢がだれかと交際している気配はないので、とっくに別れたと推測される。だとしたら、そんな「ネイルの技術冒瀆《ぼうとく》野郎」のことなどさっさと忘れ、楽しく酔っ払っているのが正解だと思うが、問題は照子だ。

松永によれば、八百吉の店主は十五年ぐらいまえ、おかみさんの妊娠中に浮気したのではなかったか？　大沢が持ちだした話題は、非常にまずいものだったのではないか？

月島はおそるおそる、右隣の照子をうかがった。照子は漬物の盛りあわせをあてに、徳利から猪口に酒を注いではは飲み干すマシンと化していた。

たすけて。月島は厨房のほうへ視線をやったが、そこに松永の姿はなく、赤出汁のお椀が三つとバターライスの皿が、湯気を立ててカウンターの上部に並んでいるだけだった。松永はネズミのごとく敏感に危険を察知し、店の裏手にゴミを出しにいったようだ。

しかたなく、月島はお椀と皿をカウンターに下ろし、バターライスを小皿に取りわけて、銘々《めいめい》のまえに配った。大沢と照子は憤然と、ご飯と汁物を胃に収めはじめる。

「どうして浮気なんかするんでしょうかね。めんどくさいと思わないのかな」

「それについては、あたしのなかで結論が出てる。浮気するやつは男女を問わず、概《おおむ》ね、

一、暇である。

二、学生時代にモテなかった。

三、相手が地位や金や若さや外見に引き寄せられているだけなのを見抜けず、ちやほやされることをモテと勘違いしている。

のいずれか、またはすべてを兼ね備えてる。一言で言えば、底が浅く流されやすいコンプレックスの塊で、自分がめんどくさい人間だから、めんどくさい事態にもひるまずに突入してっちゃうバカなんだ！」

ちっとも一言で言えていない、と月島は思ったが、照子の熱のこもった分析に応え、

「滅びよ！」

と大沢が吼《ほ》えたので、異論を差し挟むのは控えておいた。

常連客でにぎわっていた店内は、いつのまにか月島たちだけになっていた。ゴミ出しを終えた松永がネズミのごとく気配を消して戻ってきて、カウンターの陰で黙々と枝豆の筋を取って

いる。せっかくのバターライスはおからでできているかのように、もそもそと喉に引っかかる心地がした。
大沢と照子の酒盛り——大沢は水盛りだが——は深夜までつづき、しまいには「頼むから出ていってくれ」と松永に懇願されて、ようやくおひらきとなった。

翌朝、元気に出勤してきた大沢は、もちろん前夜のあれこれを覚えていなかった。月島はといえば、あまり眠れぬ夜を過ごした。浮気に対する怒りが再燃した照子が、酔っ払って帰宅した勢いで夫に殴りかかりでもして、いまにも八百吉の方角から救急車のサイレンが聞こえてくるのではと気が気でなかったからだ。

幸い、夜が明けても商店街は平和なままだったが、月島は寝不足のせいでいまいち調子が上がらなかった。あいかわらず雨が降っているためか、一方通行の道を行き交うひとの数も少ない。本日はめずらしく、月島と大沢の二人とも予約が入っていない時間帯がある。「フリのお客さんが来てくれるといいな」と、月島はレジ横に立ってしばらく表を見ていたのだが、平日の午後のアスファルトは雨粒を染みこませて、ますます黒さを増していくばかりだった。

「星絵ちゃん」

と呼ぶと、乾燥の終わったタオルを抱えた大沢が、

「はーい」

とすぐに店の奥から顔を出した。

「つぎの予約まで、スカルプの練習しようか」

「はい、お願いします！」

月島がタオルを引き受け、畳んで棚にしまっているあいだに、大沢はレジ寄りの施術椅子を整え、スカルプに使う道具類を作業台にセッティングした。

慣れてくれば自分の爪にもスカルプを施せるようになるが、大沢の技量ではまだむずかしい。そのため月島は、近ごろは手の爪になにも塗らず、大沢の練習台になっていた。頻繁にスカルプをつけたりオフしたりするのは爪に負担がかかるし、大沢はゆっくりとしかスカルプを形成できないので、指を一本ずつ練習に供している。いまのところ、月島の左手の人差し指と中指の爪が、やや不恰好なスカルプによって長さを足された状態だ。

月島は施術椅子に座り、

「今日は左手の薬指にしようか」

と言った。丸椅子ごと近づいてきた大沢が、緊張の面持ちで「はい」と答え、うやうやしく月島の手を取る。

アクリルスカルプで爪の長さを出す場合、まずは地爪をぎりぎりまで短くし、ファイル《やすり》で表面の艶を取る。爪に引っかかりを作り、スカルプがうまくつくようにするためだ。これに関しては大沢も練習を重ね、すでに十二分な技量を体得している。爪が発火する不安にさいなまれることなく、月島も安心して薬指を委ねた。

艶をなくした爪の表面にプレプライマーを塗って、余計な油分と水分を取り除く。ついでに、これもスカルプが密着しやすい状態にするため、プライマーという透明な液状の薬品も塗っておく。いずれもポリッシュと同じような形状の容器に入っているが、プライマーは取り扱いに注意が必要だ。爪からはみだすと、プライマーが付着した部位の皮膚が荒れてしまうことがある。大沢は呼吸を止めて意識を刷毛《はけ》に集中させていた。

こうして地爪の下準備が済んだら、施術する指にネイルフォームを装着する。

ネイルフォームとは、目盛りのついたシールだ。形状はメーカーによってさまざまだが、「月と星」では、縦横六センチぐらいで、まろやかな菱形のものを使っている。月島はこのネイルフォームを目にするたび、海を泳ぐエイを思い浮かべる。ただし、エイに特徴的な、長い尻尾にあたる部分は、ネイルフォームにはない。翼みたいなヒレを広げた、エイの頭から尻尾のつけ根にかけてのフォルムにそっくりなのだ。

エイで言うとやや頭寄りの位置には、中央に円形の切りこみがある。切りこみに沿ってシールを剝がすと、エイの胴体に丸い穴が空く仕様だ。大沢は、まずは円形部分のシールを剝がした。ついで、シールの台紙に残った、胴体に穴の空いたエイ、もとい、ネイルフォームを、尻尾のつけ根のほうから半分ほどめくった。胴体の裏面、尻尾のつけ根に近いがわの穴の縁《ふち》へ、剝がしておいた円形のシールを貼りつける。縁がよれないよう、補強するためだ。

補強できたら、めくったエイの胴体をもとに戻し、シールの台紙ごと縦に二つ折りにする。その際、丸いスティックを背骨のように嚙ませるのがコツだ。指と爪のカーブに沿いやすいよう、ネイルフォームに丸みを持たせるために、あらかじめ折り曲げておくのである。ネイルフォームは葉書ほどの薄さだが、表面がつるつるしていて、しなりと強度のある紙でできている。スティックを噛ませたことで、ネイルフォームに丸みがついたら、シールの台紙から剝がす。月島の爪の先端にフィットするように、大沢はネイルフォームの穴の形をハサミで調整した。

「お願いします」

穴の形を整え終え、大沢がネイルフォームを月島の薬指にかぶせた。またもエイの胴体にたとえると、頭がわが月島の指の根もとに向いた形だ。月島も協力して、ネイルフォームに空いた穴に指さきをはめた。尻尾のつけ根寄りの穴の縁を、地爪の先端、指の肉とのあいだに差しこむ必要があるのだ。

大沢はたわめたネイルフォームで月島の薬指をくるみこむようにしながら、穴の縁をぐいぐい爪の隙間に食いこませてきた。地爪とネイルフォームとの高さや角度がひとつづきになるよう、位置を調整せねばならないからだが、

「いでででっ」

と月島は声を上げた。爪と肉の狭間に差しこまれた紙をぐりぐり動かされるのは、軽い拷問のようだった。

「あ、すみません！」

大沢が慌ててネイルフォームを指からはずす。

「ううん、私こそごめん。おおげさに悲鳴上げちゃって」

と月島は涙目になりながら、なんとかフォローした。星絵ちゃんの施術、どうして基本的な

ところが全部力業なんだろう、と内心では疑問だった。星絵ちゃんが考案するデザインも、アートの筆《ブラシ》さばきも、自由奔放だけど繊細で緻密なのに。そもそもネイルの施術は、お客さまの爪に美をもたらすのはもちろんだけど、リラックスしていただくことも目的としているのであって、「いでででっ」と思わず叫んでしまうような工程はないはずなのだ。にもかかわらず、ファイルでは発火、ネイルフォーム装着が拷問と化すのはおかしい。やっぱり星絵ちゃん、怪力の持ち主なんだろうか。

「たしかに、スカルプがうつくしく仕上がるかどうかのポイントは、ネイルフォームの正確な装着にかかってますが」

と月島は言った。「『肝心なところだぞー』って思いが強すぎるのか、毎回、江戸時代の過酷な取り調べみたいになっちゃってるというか」

竹串を爪の隙間にねじこむかのような真似はやめてほしい、と遠まわしに伝えようとしたのだが、大沢はきょとんとしている。星絵ちゃん、テレビの歌謡ショーはもとより、時代劇もあんまり見たことないんだな、と月島は思った。私は子どものころ、おばあちゃんと一緒におせんべいかじりながらテレビ見て、「洗濯板みたいなもんに正座させて、腿に漬物石みたいなもんを載せるなんて、だれが思いついたんだろう」って震えあがったものだけれど。

かくなるうえは、村瀬が主演する時代劇で、拷問シーンが出てくるのを待つほかないのだろうか。番宣によると、うだつの上がらない素浪人が実は剣の達人で、ひそかに暗殺稼業を引き受けているという、『必殺』シリーズのような設定らしいから、悪人を拷問にかけるまでもなく、問答無用でバッタバッタと斬り伏せてしまいそうだが。

拷問シーンを待っていては、こっちの爪が剝がれ飛ぶと判断した月島は、しかたなく正攻法で、

「専門学校で習ったと思うけど、爪の先端、指の肉とのあいだには、ハイポニキウムという薄い皮膚があるんです」

と教えた。「優しく触れても痛いところだから、そんなにぐりぐりめりこませず、そーっとね」

「はい」

大沢は深呼吸し、もう一度ネイルフォームを月島の薬指にはめた。また穴の縁が爪の隙間にぶっ刺さってきたが、最前よりは少しましな力加減になっていたので、大沢の努力を買って、月島はこれ以上の指摘は次回にしようと思った。後進の指導は、一に忍耐、二に辛抱であるとつくづく実感された。

できることなら、ハンドマネキンに代役を務めてほしい。ハンドマネキンは、ジェルやポリッシュを塗る練習をするために作られた手だけの模型で、指さき部分にネイルチップをくっつけて使う。しかしスカルプの場合、爪の裏にあるハイポニキウムに沿ってネイルフォームを装着する練習が大切になってくるため、指さきがのっぺりしたハンドマネキンではコツがつかめない。チップを貼ったとしても、どうしてもぐらついてしまうし、薄い皮膚の質感は再現しようがない。これればかりは生身の人間が、練習台として手を提供するほかないのだった。

大沢はネイルフォームをたわめながら、月島の手を左手で持ちあげ、爪の裏に穴の縁がうまくフィットしているか、さまざまな角度から確認する。穴のカーブが爪の形にフィットしていないと判断したようで、またネイルフォームをはずして、ハサミで穴を微調整する。みたび、月島の爪の隙間にネイルフォームが当てられる。

「うぐぐ。うん、さっきよりはフィットしてる」

と月島は言った。「中心線はそろってますか？」

ネイルフォームの穴から先端にかけて――エイの胴体に見立てると、穴から尻尾のつけ根方向にかけて――、目盛りが印刷されている。背骨と肋骨のような模様にも見える。縦に一本、線が走っており、このラインに指の左右中央部分を合わせるようにする。横線は何本もあって、これがアクリルで爪に長さを足すときの目安になる。

「はい」

大沢は慎重にネイルフォームの角度を調整し、爪の裏に穴の縁がぴっちりはまっているか、ネイルフォームと爪とのあいだに大きな段差が生じていないかをたしかめた。そのうえで、エイのヒレ部分を貼りあわせて固定する。つまり、ネイルフォームが円錐状になって、薬指の第一関節付近からさきをくるみこむ形だ。地爪だけは、先端が穴の縁にぴったりフィットした状態で、ネイルフォームに覆われることなくさらされている。

さて、いよいよ目盛りを頼りに、アクリルで地爪に長さを足す作業だ。

大沢は、透明のアクリルリキッドが入ったガラス瓶の蓋を開けた。ペットボトルのキャップのような、ガラス製の小さな器に、使うぶんだけのアクリルリキッドを注ぐ。除光液やシンナーよりも鼻にツーンとくる、強い刺激臭があたりに漂った。ネイル用品の開発業者の努力によって、以前に比べれば「微香タイプ」と言っていいほどなのだが、それでも、このにおいがどうしても苦手で、アクリルでの施術は遠慮したいという客もちらほらいる。

もちろん「月と星」では、アクリルを使うときは雨天でも出入り口の引き戸を全開にし、換気扇も「強」にして空気の入れ換えに努める。引火しやすいので、たとえば煙草を吸いながらアクリルを取り扱うのも厳禁だ。といっても、月島も大沢も喫煙者ではないし、施術に使うのがアクリルではなくジェルだったとしても、マナーの観点からして、煙草を吸いながら接客するネイリストなどいない。

しかし月島は心配性というか、ふとした拍子に物事をどんどん悪いほうへと考えてしまう癖がある。作業台の手もとライトや、ジェルを固めるLEDライトの電源が、施術椅子の陰の床でタコ足配線になっており、そこに埃《ほこり》が溜まって火花が散るかもしれない。その火花がぴょーんと予想以上の飛翔を見せ、アクリルリキッドの容器にぽちゃりと落下した瞬間、月島のみならず大沢や客や隣の居酒屋「あと一杯」、ついでに大将の松永も巻き添えに、建物ごと爆発炎上するのではないか。

電源ソケットから散る火花にそこまでの飛距離はないと理性ではわかっているし、アクリルがニトロなみの爆発力を有するのか定かではないが、とにかく空想が止まらず、月島は常日頃から埃が溜まらないよう、店内の隅々まで清掃を行き届かせることを心がけているのだった。

そういうわけで、アクリルを扱う際の安全管理も万全の状態だ。月島は、大沢がアクリルパウダーの入った容器を開けるのを見守った。平べったい円柱形の容器で、なかには非常に粒子が細かいさらさらの粉が入っている。パウダーにはさまざまな色があるが、今回は透明の爪を作りたいので、新雪のように透きとおって白い粉を使う。アクリルリキッドとパウダーを混ぜて、ミクスチュアと呼ばれる素材を作り、人工爪を形成していくのである。その際、ネイルフォームが土台の役目を果たす。

大沢が筆を手にした。ブラシの種類や毛の材質はいろいろあり、値段も数百円から数万円とピンキリだ。スカルプ筆の場合、適度な弾力と安定感のあるナイロン製の毛を選ぶひとが多い。だが大沢は、アクリルスカルプの練習を開始するにあたり、コリンスキーという動物の毛でできたブラシを新調したらしい。「奮発して六千円のコリンスキーにしちゃいました」と言っていた。

弘法は筆を選ばずで、値段に関係なく、自分にとって使い勝手のいいブラシを探せばいいと月島は思っているが、価格に応じて毛並みと品質がよくなるのも事実だし、プロであるからにはケチくさいことを言わずにちゃんとした道具をそろえ、自身の持つ最良かつ最高の技術を引きだして、客に提供せねばならないとも思う。なにより、いい道具を買うとテンションが上がり、練習にも身が入る。

だから大沢から、「こないだの休みにネイルショップに行って、このブラシを買ってきたんです」とうれしそうに見せびらかされたときも、うむうむ、よかったねと微笑ましく相槌を打

っていたのだが、

「ところでコリンスキーって、なんの動物なんですかね」

と聞かれ、言葉に詰まった。たしかに、ネイル用品のカタログを眺めていても、ブラシの毛の材質に「コリンスキー」と記されているものは多いし、仄聞《そくぶん》するところによると絵筆の毛にも使われているらしい。

ネイル用品の開発は、ブラシは絵画業界、ストーンや鋲《スタッズ》などのパーツはアクセサリーや手芸業界、爪に貼る飾りのシールは文具業界など、いろいろな技術と近接している。たとえば、ジェルを作るには化学の知識が必須なので、ジェルの開発会社は、「こういう成分と配合でお願いします」と、化粧品を作っている工場に製造を依頼するそうだ。

ニッパーも高級品になると、新潟県や福井県の刀鍛冶《かたなかじ》の職人と提携して、ひとつひとつ丁寧に鍛造《たんぞう》される。月島もたまにニッパーを研ぎに出すのだが、ネイル用品の問屋に送ると、二週間ほどしてキレッキレになって返ってくる。メンテナンスももちろん職人さんが行ってくれるため、転送などで少々時間がかかるのである。

とにかく、さまざまな分野の技術、知識、技能が結集して成り立っているのがネイル用品で、月島はあまり細かいことは考えず、そこにある道具をありがたく活用して、ひたすらネイリストとしての腕を振るっていたのだが、たしかにコリンスキーとはどんな動物なんだろう。

さっそくスマホで検索してみたら、もふもふした薄茶色のイタチだった。大沢も新品のブラシを片手に画面を覗きこんできて、

「え、かわいい！」

と言った。『コリンスキー。シベリアイタチ、チョウセンイタチともいう。尾の毛が筆の原料として使われることもある』。そうか、尻尾の毛なんだ……」

愛らしいコリンスキーの運命に思いを馳せたのか、ややしんみりした調子になり、ブラシを手の甲にすべらせていた。

以降、月島も大沢もますます自身のブラシに愛着を覚え、大切に扱おうと心がけるようになった。いま大沢は、その愛用のブラシをペン立てから選び取り、アクリルリキッドにしずしずとひたしたところだ。平筆の穂先をガラスの容器の縁に何度か押し当て、リキッドをなじませる。

「あー、ちょっと待った！」

黙って作業を見守ろうと思っていたのだが、月島は耐えきれず施術椅子から背を浮かせた。

「リキッドをもうちょっとブラシに含ませたほうがいいです。あと星絵ちゃん、穂先を縁に当てたでしょ？　そうじゃなく、毛の根もとのほうを縁に当てて、軽くしごく感じにしてみて。ブラシに含ませたリキッドを、穂先に集めるイメージ。かといって、リキッドが滴るほどだと多すぎる」

「はい」

大沢は素直にうなずき、再び容器にブラシをひたして、今度はちゃんと根もとから先端のほうへと、含ませたリキッドを流し寄せるようにした。コリンスキーのなめらかな毛が、濡れてつやつやと光を帯びる。

リキッドを含んだブラシの穂先で、アクリルパウダーをちょんちょんとつつく。リキッドが触れると、パウダーはねっとりした質感になり、ブラシの穂先でボール状にまとまる。これが人工爪の素材となるミクスチュアだ。

「ちょっとゆるいかな。もう一回だけ、パウダーに穂先をちょんとつけて。そうそう」

リキッドとパウダーを的確な分量に調節するのがむずかしい。ブラシの穂先にくっついたボール状のミクスチュアの質感や透明感を見て、配合具合が適切かを判断する。経験値が必要だし、ミクスチュアはどんどん硬くなってしまうので、すべての作業を手早く行わなければいけない。そのため月島は、見守るだけのつもりが、ついつい判断にも口を出してしまったのだった。

大沢は穂先にできたボール状のミクスチュアを、月島の薬指の地爪に載せた。正確に言うと、地爪の先端にはまった、ネイルフォームの穴の縁あたりだ。ミクスチュアをブラシでのばしたり均《なら》したりしながら、地爪とネイルフォームとのわずかな段差を埋め、土台となるネイルフォーム上で、目盛りを頼りに地爪よりも長さのある人工爪を形成していく。

今回は地爪から一センチほど長さを足し、形はスクエアにすることになっている。大沢は忙《せわ》しなくブラシを動かし、ネイルフォーム上でミクスチュアをのばしたり、形成した爪の先端が四角くなるよう形を整えたりする。ミクスチュアがやわらかいうちにすべてをこなさないと、妙な形のまま固まってしまうから、おおわらわだ。

「ブラシの腹で押すようにして、スクエアな形にしていきます。そう、つぎにブラシの側面で、地爪の幅からはみださないように形を整えて……」

「あああ、どうしよう、固まってきました！」

「落ち着いて、まだ大丈夫。地爪の脇の部分とミクスチュアが、うまくなじんでない。サイドが連続するように、地爪の根もとに向けてミクスチュアをのばす」

「うわわ」

「あんまりブラシで撫でちゃだめ。軽く叩くようにして、根もとへ向かって押しあげる感じで」

「うわわわわ」

とろっとした水飴《みずあめ》――しかも刻一刻と固まっていく――で爪を作るようなものなので、大沢は半ばパニックの状態だ。それでもなんとか地爪に長さを足すことができ、形もスクエアに仕立てられた。

また新たなミクスチュアのボールをブラシの穂先に作り、今度は地爪の中央部に載せる。これをブラシで優しくのばし、さきほど作った先端部分となめらかに接続させていく。三つめのミクスチュアのボールは、地爪の根もと付近に載せ、同じようになめらかに接続させる。つまりスカルプとは、アクリルの樹脂で地爪に長さをプラスし、さらに地爪全体を覆う形で、人工爪を作る技術だ。平らに仕上げてしまうと、指さきに板がくっついているようで違和感が生じるので、人工爪が自然なカマボコ形になるよう、中心線沿いに適度な厚みを持たせる。

つぎは「ピンチを入れる」という作業だ。スカルプの側面を、施術者が両手の親指で挟むようにして押し、人工爪のカマボコ形をよりきれいに整えることを言う。

ところが、大沢がここまでの工程で若干もたついたため、スカルプは早くも完全に固まりかけていた。「わわわ、どうしよう」と大沢はますますパニックになったようで、ピンチの工程をすっ飛ばし、指に巻いていたネイルフォームを破いてはずした。破きやすいように、エイの頭のほうにちゃんとミシン目がついているのだ。土台となっていたネイルフォームをはずしても、アクリルでできたスカルプは強度抜群で、しなることはないし、相当の衝撃を与えないかぎり、まず折れない。

「はー、あせっちゃいますね。ピンチが不充分になってしまいました」

大沢はできあがったスカルプの側面をぎゅっぎゅっと押した。ネイルフォームをはずしたあとにも、ピンチを入れて最終的に形の調整はするので、「わかってるなら、まあいいか」と月島はお目こぼしすることにした。

「これぱっかりは慣れるしかないから。でも星絵ちゃん、だんだんうまくなってる。あせりすぎず、丁寧に優しくミクスチュアを均すように心がければ、もっとよくなると思うよ」

「やった、ありがとうございます」

「あ、先端だけじゃなく、根もとのほうもしっかりピンチを入れて」

「はい！」

「いたたた、やっぱりピンチのタイミングが遅かった。もうスカルプが固まってるから、押されると痛い」

「すみません！」

課題は多いが、透明のスカルプは案外、地爪にしっくりとなじんでいる。「がんばって練習しなきゃ」という過剰な気負いが取れれば、作業に余裕も生まれ、そのうち問題なく客に施術できるレベルになるはずだ。

形成したスカルプの表面や先端、長さを足した部分の側面などにファイルをかけて、でこぼこや引っかかりをなくしたら完成だ。ファイルで削ったことで出た細かいダストを刷毛で払い、エタノールで拭くと、なめらかなスカルプが薬指の指さきに立ち現れた。

できあがったスカルプを真剣に眺めていた大沢が、

「どうでしょうか」

と顔を上げた。ちょうど月島も、もっとよく点検しようと顔を手に近づけたところだったので、二人の額がごちんとぶつかった。

「ぐお」

「いたー！」

目から火が出るとはこのことだ。月島はついつい、アクリルリキッドを入れた小さな器に視線をやった。液体は静謐《せいひつ》を保っていた。よかった、引火する勢いだった。互いに額をさすりながら、「すみません、猛然と顔上げちゃって」「私こそ迂闊《うかつ》だった。ごめんね」と謝りあう。

「スカルプの出来だけど、だいたいいいと思う。ただ……」

と、月島はペン立てから木製のスティックを取り、気になる点を指し示した。「長さを足した部分をよく見ると、完全なスクエアじゃなく、台形というか、先端に向けてちょっと末広がりになっちゃってる」

「しまった、ほんとですね」

大沢が額同士の距離に注意しながら、再び背中を丸めて薬指を覗きこむ。

「指に巻いたとき、ネイルフォームは円錐形になってるでしょ？　つまり、爪の両サイドへと傾斜がついてるから、ミクスチュアが固まりきらないうちは、左右に流れて広がりやすいの。地爪の両サイドのラインを常に意識して、長さを足した先端部分までが一直線になるように、広がろうとするミクスチュアを平筆の側面で押して整えるのがコツです」

「はい、気をつけます」

「あとは、発想の転換かな」

月島は自身の左手を眺めた。人差し指と中指の爪にも、すでに大沢によってスカルプが施されている。いずれも形状はスクエアで、長さを足しているが、指をそろえてみると、薬指のスカルプだけやや短く、先端が末広がり気味になってしまったこともあいまって、縦横の比率が鈍重に感じられた。

「爪の形は、ひとによってもちろんちがうし、一人の手においても、指ごとにちがう。たとえば私は、ほかの指に比べて薬指の爪だけ、ちょっと四角い形をしてるよね」

月島は右手を差しだした。いつでもスカルプの練習台になれるように、ネイルはオフしてある。月島の右手薬指の地爪を確認し、大沢はうなずいた。

「たしかに、ほかの指は爪の先端が丸みを帯びた形でのびてますけど、薬指の爪は先端がわりと一直線で、四角い印象があります」

「ジェルで施術する場合は、最初に地爪をカットする段階で、ほかの爪とバランスが取れるように形を整えます。たとえば、『ぎりぎりまで地爪を短くしてください』と言われても、私の薬指みたいな爪の形だったら、あえて少しだけ先端を長めに残して、その部分を丸い形に整えるの。そうしないと、ほかの爪と形状や長さや面積の釣り合いが取れなくなってしまうから」

「はい。爪のどこにパーツを載せるかとかも、爪の形やほかの指の爪とのバランスを見て、微調整してるつもりです」

大沢は少々誇らしげに胸を張った。大沢が施すジェルのアートは、奔放なようでいて、やはり隅々まで神経を配っているからこそ生みだせるものなのだ。

「うん、ジェルについては、その調子でどんどんやっていって」

大沢のやる気を削がぬよう、月島は盛り立てる。もちろん本心からの言葉でもあった。後進の育成にあたって必要なのは、一に誠意、二に褒め、三に励ましだと、天真爛漫で才能あふる大沢と接するうちに、つくづく実感された。大沢は「奔放だが真面目」という手に負えない、いや、複雑な性格のようなので、教科書どおりの四角四面な施術の方法を押しつけると、萎縮《いしゅく》したり考えすぎてしまったりして、せっかくの自由な才能を発揮できなくなるおそれがある。かといって、基本の技術やネイルの理念を伝授せぬままだと、どこまでも奔放に走りすぎて、客の要望に応えられないネイリストになってしまうかもしれない。

「でもね、アクリルスカルプは、ジェルとは根本の発想がちがう気がする」

と、月島はつけ加えた。

「どういうことですか？」

「ジェルは地爪の形を活かしながら、爪と指がうつくしく見えるようにバランスを取っていくものだけど、スカルプの場合、最初に地爪をバッチバチに短く切っちゃうでしょ」

「はい」

「そのほうがネイルフォームをはめやすいからっていう理由もあるけど、それだけじゃない。スカルプは、地爪の形なんか問題にしてないからだよ。地爪を無視して、『理想的な爪の形』を人工爪で構築する。それがスカルプなのです！」

「おお……！」

感激のためか、大沢は全身を震わせた。ジェルとはべつの、登るべき山頂が雲の向こうに垣《かい》間《ま》見《み》えたがゆえの武者震いだったのかもしれない。

「つまり美佐さんは、スカルプは『爪のイデア』を追求する施術法だ、と言っておられる⁉」

「イ、イデア？　まあそうなんだけど、星絵ちゃん、むずかしい言葉を知ってるんだね」

「あたしだって四半世紀ほど生きてますから」

大沢は鼻息荒く、またも胸を張る。「高校の倫理の授業で『イデア』って言葉を習ったとき、先生が洞窟がどうこうって言ってたんですけど、あれ、なんだったたんですかね」

「私にわかるわけないでしょ。ネイルに関する質問なら、答えられることもあるだろうけど」

「すみません。スカルプについて、つづきをおなしゃす」

「理想的な爪をゼロから構築するものだからこそ、地爪が極端に小さかったり、形がいびつだったりするひとにも、スカルプは福音になる。私の薬指の場合、星絵ちゃんは地爪の形を活かしながら、ほかの指の爪とのバランスを探ってくれたんだと思うけど、それはジェルの発想。スカルプを施術するときは、私の地爪などなきものとして扱っていい！」

「えー、でも、地爪ありますよ？」

「ごめん、『なきものとして』は言いすぎた。具体的には、もうちょっと長さを出して、先端も広がらないようにシュッとさせる」

左手薬指のスカルプをスティックで指し、問題のある箇所を挙げていく。「地爪の形への配慮はいらない。あくまでも、『一個の爪の形として、うつくしく理想的か』を考えて、ミクスチュアで人工爪を造形するようにして。『理想的な形の爪がそれぞれの指さきに並べば、必然的に理想的なバランスになる』。これが、スカルプの発想であり理念です」

「イデア……！」

というわけで、月島と大沢はつぎの予約客がやってくるまで、スカルプの仕上がりについて飽かず検討しつづけたのだった。

4

七月も半ばに差しかかり、そろそろ梅雨明けが近いようだ。蒸し暑さが増し、あたりが白く煙るような豪雨が急に降ることが多くなった。

常連客の宇田《うだ》は、激しい雨のなか、二歳になる娘をバギーに乗せてやってきた。

「我ながらネイルにかける執念がこわいです」

宇田は合羽《かっぱ》を着こんで完全防備、バギーも幌を下ろして雨対策は万全だったが、娘のさつきちゃんはいい塩梅《あんばい》に蒸れていた。保育士の伊山《いやま》がさつきちゃんを引き受け、タオルで汗を拭いてやり、休憩スペースで宇田の持参した服に着替えさせる。さっぱりしたさつきちゃんは機嫌よくキッズスペースのヨガマットに座って、伊山に絵本を読み聞かせてもらっている。

宇田は自宅でデザインの仕事をしているそうで、以前から「月と星」に定期的に通ってくれていた。ただ、さつきちゃんを出産したのちは、来店するのは会社員の夫が帰宅した夕方以降か、週末がほとんどだった。保育園がいっぱいで、夫と相談した結果、さつきちゃんが三歳になって幼稚園に入るまで、宇田が仕事を少しセーブして面倒を見るほかあるまいということになったからだ。

「私は家でできる仕事だから、保育園の空き争奪戦になにがなんでも参戦するっていうのもためらわれて」

と宇田は言っていた。とはいえ、自宅で仕事をしながら乳幼児のお世話をするのは大変だろうと、月島《つきしま》は案じていたのだが、「月と星」がキッズスペースを導入したため、宇田も平日の午後にさつきちゃんを連れてこられるようになった。パソコンに向かっている時間が長く、視界に入るのは自身の手もとばかりなので、ジェルネイルで指さきを彩るのが唯一の楽しみなのだそうだ。

この日の宇田は、黒いジェルのうえに銀のラメを雨粒のように重ねるデザインを選んだ。宇田は黒や紺、深紅などのはっきりした色味を好み、デザインもかわいらしいものよりは、ロックテイストだったり、きらきら光るストーンやラメだったりを選ぶ傾向にあった。そのほうが仕事の際に気合いが入るらしい。

月島が施術にあたるあいだ、大沢《おおさわ》も隣のスペースで接客していた。こちらは新規の客だったため、料金を説明し、見本を見てもらいながら、丁寧にデザインの相談に乗っている。

二十代後半ぐらいの女性客は、どのデザインにするか、すいぶん迷っている様子だったが、やがて、

「すみません」

と小声で言う声が聞こえてきた。「本当はもっと宝石みたいなのを載せてほしいんですけど、一番シンプルなコースで……」

「かしこまりました」

大沢は明るく答える。「本条《ほんじょう》さまがお選びになったスミレ色は、とってもきれいな発色のジェルですし、フレンチの銀のラインとも合って、華やかな感じになりそうです」

「よかった。友だちの結婚式に行くんです。せっかくだから、爪もおしゃれにしたいなと思って」

「おおー、それはめでたいですね！　張りきって塗っていきます」

「あのでも、すみません」

本条というらしい新規の客は、再びちょっと声を落とした。「たぶん私、いつもこちらにはうかがえないと思うんです」

宇田の施術をしながらさりげなく聞き耳を立てていた月島は、料金だなとピンと来た。ネイルの施術代はデザインにもよるが、「月と星」の場合、シンプルなものでも両手の爪で五千四百円だ。三、四週間に一度は塗り替えるとなると、決して安い金額とは言えない。現に「月と星」の常連客は、三十代以上で定職を持っており、なおかつ、比較的職場の雰囲気が自由である、という女性が多かった。公務員や銀行、医療、飲食系など、職種によってはネイルが禁止なケースもあるからだ。

「そんなこと気にしなくていいんですよー」

と大沢が朗らかに応じた。「ネイルは気が向いたときに、気楽にするのが一番です。あ、けど、ご自分でジェルを無理やり剝《は》がすと爪が傷んじゃいますから、あと一回は必ずネイルサロンに行って、オフしてもらってください。うちじゃなくても、職場の近くとか、立ち寄りやすいお店でいいので」

「わかりました。ありがとうございます」

本条は今度こそ安心できたようで、隣のスペースからリラックスした雰囲気が伝わってきた。たまに大沢と世間話などしている。月島もホッとし、宇田の施術に集中する。硬化した黒いジェルのうえに、バランスを見ながらラメを重ねていく。

「少し動きを出したいです」

と宇田が手もとを覗きこみながら要望を述べた。「土砂降りの爪もあれば、霧雨の爪もある、みたいに」

「では、ラメの密度を調整しますね。お爪の半ばぐらいまでラメを塗る指もあれば、先端付近だけ塗る指もあるというようにすると、さらに動きが出るかと思います」

「そうしてください」

と言った宇田は、ふふっと笑った。月島がちょっと顔を上げると、

「月島さんは、私の曖昧《あいまい》なたとえをいつもちゃんと汲み取ってくれますね」

とうれしそうに言い添えた。

「いえ、曖昧どころか、宇田さんはとてもわかりやすく表現してくださいます」

人差し指には銀色のラメが密集するように、中指にはなるべく細かいラメの粒でうっすらと、と塗りわけながら、月島は答えた。宇田はしばしば、情景が浮かぶような比喩を使ってデザイ

ンのニュアンスを伝えてくる。月島はそれをけっこう楽しみにしていて、「そう、私が思ったとおりのイメージです！」と宇田に喜んでもらえると、お互いの脳内に浮かんだ映像を投影するスクリーンに、爪が変じたような快感を覚えるのだった。

要望の伝えかたは本当にそれぞれで、インスタグラムで見つけたネイルの写真を示すひともいれば、「ストーンを一ミリ右に」といった感じに具体的に指示するひともいる。もちろん、見本どおりの色とデザインにしてくれればいいと、なにも口を出さないひとも多い。

だが、たまに宇田のように比喩を駆使するひとがいて、月島は経験と想像力を振り絞ってイメージを具現化するのが好きだった。「仏像がつけてるアクセサリーみたいな感じで」とか、「透きとおって冷たい音楽みたいに」などと言われると、「お客さまがいま思い浮かべていらっしゃるニュアンスに、なにがなんでも近づけてみせる」と俄然燃え立ってしまう。

今回も月島は、宇田の指さきに無事に土砂降りと霧雨を出現させられたようだ。宇田は満足した様子で仕上げのマッサージに手を委ねたのち、ハンガーに掛けておいた合羽を着こんだ。さつきちゃんは伊山とのブロック遊びに夢中になり、まだ帰りたくないとぐずったが、

「おうちで、おやつにたまごボウロ食べようか」

と宇田に言われると、即座にバギーに乗りこんだ。

「よかった、小降りになりましたよ」

伊山が出入り口の引き戸を大きく開ける。月島と伊山は戸口に並んで、宇田とさつきちゃんを見送った。

「さて、伊山さん。フットの施術をしましょう」

来たるべき本格的な夏に備え、今日は伊山の足の爪にジェルネイルを塗る約束になっていた。月島は手早く作業台の清掃と消毒をし、伊山をうながす。

「なんだか緊張しますねえ」

はじめてネイルをする伊山は、ぎこちなく施術椅子に腰かけた。「あら、座り心地いい。女王さま気分だわ」

「陛下、靴と靴下をお脱ぎください」

月島が足の指を消毒し、ファイル《やすり》で爪の形を整えるあいだ、伊山はじっくりとジェルの色見本のケースを眺めていた。

「決めた。店長、この藍色を塗ってもらえますか」

伊山が指した見本チップは、深い海のような色をした濃い青だった。ごく細かいパールの粒子が混ざっているジェルなので、夏の日射しに照らされた海面みたいな光沢もある。

「とてもいいと思います」

月島はうなずいた。「個人的には、フットネイルはこういうぱっきりした色味にしたほうが、足の指がきれいにすんなりして見える気がするんです」

月島はさっそく棚から藍色のジェルを取ってきて、金属製のヘラで中身を軽く混ぜた。どうしてもパールの粒子が沈殿してしまうので、ジェル内に均等に分散するよう攪拌《かくはん》するためだ。

伊山は興味深そうに作業を見守りながら、

「この色が好みだったのもありますけど」

と言った。「さっきの宇田さんと店長のやりとりを聞いていて、雨の表現が素敵だなと思ったの。それで行くと、私は地球みたいな爪にしたいなあって」

「地球ですか」

伊山の足の爪を改めて眺める。親指の爪が丸っこい形をしていて、なるほど藍色のジェルを塗ったら、宇宙空間に浮かぶ地球のように見えるかもしれないなと思われた。

「だったらホワイトのジェルも使って、マーブル模様っぽく仕上げましょうか。『うっすら雲がたなびいてる地球』みたいになりますよ」

「まあ、そんなこともできるなんて」

「親指の爪だけでよかったら。ホワイトを混ぜることで、パールの光沢感がどうしても失われてしまうきらいがあるから、面積が小さいほかの爪は、藍色のジェルだけのほうが効果的です」

「ぜひお願いします」

伊山は声をはずませ、慣れない様子で足を月島の腿《もも》に載せた。

本来ならば、マーブルのデザインを一本でも入れると、そのぶんの施術料が上乗せされる。しかし月島は、それについてはなにも言わなかった。伊山には世話になっているので、サービスするつもりだ。

そのころには大沢も施術を終え、本条を送りだすところだった。本条は会計で財布を取りだすついでに、自身の爪に施《ほどこ》されたスミレ色のフレンチネイルをうれしそうに眺めていた。月島と伊山は施術スペースから、「ありがとうございました」と声をそろえて、店を出ていく本条に挨拶した。

「いまのお客さま、満足してくださったみたい。いつかきっと、またご来店くださいますよ」

伊山もすっかり「月と星」の一員になっているため、客の反応が気になるのだろう。うきうきと見解を述べ、月島の背後に目をやった伊山は、

「あらま」

と声を上げた。「星絵《ほしえ》ちゃん、片づけはあとで私がやりますから、そのままで」

筆《ブラシ》を片手に月島が振り返ると、大沢がキッズスペースのヨガマットを拭いていた。

「いいんです、いいんです。伊山さんはゆっくりしてください」

大沢はてきぱきとヨガマットを丸め、本条の施術で使った作業台まわりも整頓した。タオル類を抱えて休憩スペースに引っこみ、ややあってゴウンゴウンとまわりはじめた洗濯機の音をBGMに、月島たちのもとに戻ってくる。

「美佐《みさ》さん、あたしもお手伝いします」

「ありがとう。ファイルは終わってるので、左足のベースジェルをお願いします」

「はい」

月島の隣の丸椅子に腰を下ろした大沢は、「失礼しまーす」と伊山の左足を腿へ引っぱりあげる。

「あらあらまあ、二人がかりで。ますます女王さま気分ですね、これは」

月島はふと、右頬に大沢の視線を感じた。顔を向けると、大沢はぱっとうつむき、施術に集中しているていを取る。だが、どことなくもじもじと物言いたげだ。

なんなんだ。実はここのところずっと、大沢のもじもじはつづいていた。なにか心配事でもあるのか、もしかして施術に失敗したケースがあったのに言いだせずにいるのかと、月島は気を揉み、なるべく話しやすい雰囲気を醸しだそうと努力している。実際には、「どうかな、調子は」などと、新米の投手コーチみたいにぎこちない態度しか取れていないのだが、とにかく、さりげなく水を向けてきたつもりだ。しかし大沢はそのたび、ちらちらと月島を見ながら、「え、ばっちりですよー」ともじつくばかりなのだった。

星絵ちゃんってたまに、私にとって謎の生命体になるよな。でもそう思うのは、私が年を取ったからなのかもしれない。

ええい、もう面倒だ。集中を削がれてならないし、星絵ちゃんのもじつきを食い止めるためには、「どうしたの？」とズバンと聞くしかない。

心を決めた月島が口を開きかけたそのとき、

「お二人を見てると」

と伊山が言った。「真面目だし、本当に働きものだなあと感心します」

「えー、急にどうしたんですか、伊山さん」

ベースジェルを塗りながら、大沢が照れくさそうに笑う。出鼻をくじかれた月島も、そんなふうに褒めてもらえるほどのものでは……、と内心で武士のように謙遜しつつ、

「細かい作業が多いですから、黙々と仕事に打ちこんでるように見えるだけですよ」

と言った。

「いいえ」

伊山は首を振る。「正直言って私は、ここで働くようになってからもしばらくは、『大丈夫なのかしら』って思ってました。店長も星絵ちゃんもお化粧ばっちりだし、ネイルをしにくるお客さんも、きっと派手でチャラチャラしたひとばかりなんだろうなと」

「そう見られることは多いですよね」

大沢は伊山の足をLEDライトに誘導し、ため息をつく。「まああたし、派手じゃないけどちゃらんぽらんだから、彼氏が家まで送ってくれるのを父親に目撃されるたび、よく怒られてました。『なんだその男は！　このあいだの男はどうした、もう別れたのか！』って」

それはネイルとは関係ない。大沢がどんな奔放な交際事情を繰り広げていたのか知らないが、「月と星」およびネイル界に風評被害をもたらすような発言はつつしんでほしい。月島が咳払《せきばら》いすると、大沢は慌てたように、

「いえ、ちがうんです。父の間《ま》が異様に悪くて、ちょうど彼氏が代替わりしたタイミングで目撃されてただけなんですってば」

とつけ加えた。フォローになっていない。

伊山は「わかってますとも」と言いたげに優しく微笑み、

「私はネイルをよく知らなかったから、『生活するうえでどうしても必要というわけでもない

ことをするなんて、きっと派手でチャラついたひとたちなんだ』と思いこんでしまってたんですねえ」

とつぶやいた。「でも、だんだんわかってきました。そりゃたしかに、ネイルでおなかはいっぱいになりませんよ。だけど、このお店に来るひとたちにとって、爪がきらきら輝くことが、どれだけ生活の潤いや息抜きになっているか。私は店長や星絵ちゃんのように施術はできませんけど、お客さんが少しでもくつろげるようにお手伝いできるのがうれしいです」

「ありがとうございます」

伊山がネイルに深い理解を寄せてくれたことが伝わってきて、月島は胸が熱くなった。これはいっそう心をこめて地球を出現させねばと、右足の親指の爪、硬化した藍色のジェルのうえに、ホワイトのジェルで稲妻のように模様を入れていく。細い筆を使ってホワイトをぼかせば、薄雲みたいなニュアンスを出せる。

慎重な筆づかいを要求されるので、月島はより前傾姿勢になって、腿に置いた伊山の足に顔を近づけた。そこへ伊山が、

「ところがね」

と施術椅子から身を乗りだしてくる。

「うわわ、じっとして」

「あら、すみません」

伊山はもとどおり背もたれに身を預け、しかし憤懣やるかたないという調子でつづけた。

「ゆうべ、テレビの二時間ドラマを見てたんですけど。ほら、『箱根湯けむり慕情殺人事件　美人女将《おかみ》に秘められた哀しい過去とは……』ってサスペンス。星絵ちゃん、見た？」

「昨日は『あと一杯』で飲んでたから、見てないです」

「正解よ。話自体はけっこうおもしろかったのに、なんと犯人がネイリストの女性だったの。旅館の旦那の愛人で、資金援助してもらって温泉街にネイルサロンを出したんだけど、別れ話がこじれたのねえ。女将の犯行に見せかけて、その旦那を殺したってわけ。私はなんだか腹が立ってきちゃいましたよ。温泉街にネイルサロンがないとは言いませんけど、べつにお土産屋さんの女性だってかまわないんじゃない？　って描きかたただったから」

月島と大沢は顔を見あわせた。ネイリスト業界では、「二時間ドラマの犯人になぜかされがち」というのは通説なのだ。

「よくあるんですよー」

と大沢はまたため息をついた。「あたしもネイリストが犯人だったドラマ、三回は見た気がしますもん」

「やっぱり、チャラついた職業で、いかにも愛人になりそうな女がやってる、というイメージがあるのかもしれませんね」

月島はホワイトのぼかしを再開しながら言った。「実際は伊山さんもご存じのとおり、根気のいる技術職ですし、愛人のひとにも失礼な、単なる思いこみな気がしますが」

「そんな理由なんだとしたら、とんでもない偏見ですよ。ま、『派手なんだろうな』って思っちゃってた私が言えることじゃないですけど」

伊山はちょっと恥ずかしそうに、けれど憤然としている。

「『得体が知れない』と感じるものに、ひとは偏見を抱くものなんでしょう」

月島は親指のデザインがうまくいったことを確認し、大沢と左右の場所を入れ替わった。左足の人差し指から小指までの爪は、大沢が藍色のジェルで一色塗りを完了させている。月島は今度は、伊山の左足の親指に地球を出現させる作業に入る。いちいち指示を出さなくても、大沢との連係をスムーズに取れるようになった。月島はその事実に満足を覚える。

「たぶん、ドラマのプロデューサーやディレクターは、いまも男性のほうが多いんだろうと思いますし、そうするとネイルには、あまりなじみがないはずですから。たとえば美容師さんよりも、ずっと想像が及ばない職業に思えて、『ま、犯人である愛人はネイリストってことでいいか。なんとなく派手でチャラついてそうだし』となるんじゃないでしょうか。これもドラマの制作者への、一種の偏見かもしれませんけど」

「なるほどねえ」

伊山は着々と色づいていく足の爪をうきうきと眺めている。

「『愛人や犯人になって当然の職業』なんて、現実にはないわけで、ドラマはあくまでもフィクションだからいいんですけど」

大沢は、伊山の右足の人差し指に藍色のジェルを塗る。「それにしたって、ネイリストが愛人かつ犯人の率、高すぎますよぅ」

そこにはもしかしたら、イメージのほかにもうひとつ理由があるのではないか、と月島はかねてより考えていた。

良心的なドラマの制作者であれば、犯人をネイリストにしようとなった時点で、ある程度は仕事の内実を調べるはずだ。すると判明するのは、ネイルサロンを開くのに莫大な初期投資は必要ないという事実である。店舗の面積が狭くても施術はできるので、家賃を抑えられるし、大がかりな機械も必要ない。美容院や歯科医院を開くのに比べれば、ずっと気軽に商いをはじめられるのだ。もちろん、技術や誠実さを求められるという点では、美容院や歯科医院といったほかの職業となんら変わりはないのだが。

しかしドラマの制作者サイドとしては、「こりゃいい」と思うだろう。「このぐらいの金額で開店できるなら、パトロンの設定を、『大企業の社長』といった大金持ちに限定しなくても済む。『愛人がネイリスト』ってのは、わりと汎用性《はんようせい》が高いぞ」と。あくまでも月島の推測ではあるが、こういう次第で、「愛人かつ犯人はネイリスト」が二時間ドラマにおいて頻発するのではないか。月島としては、「比較的手ごろな額で開店できるからこそ、パトロンなどおらず、腕一本でやっていける自負のあるひとが独立独歩で商いをしているのだ、という事実に思い至ってほしい」と願っている。

伊山の足の爪は無事に藍色に輝き、特に両の親指は、宇宙に浮かぶ地球そのものとなった。

「今日が雨で残念」

伊山は靴下と靴を履いて施術椅子から立ちあがった。「新しいサンダルを買ったんですよ。

夏が待ち遠しいですね」

「もうすぐです」

と月島は請けあった。「ほら、遠くで雷が鳴ってる。きっと梅雨が明ける合図です」

幸い、雨は小降りのままだったので、伊山は軽い足取りで帰路に就いた。

「気をつけてくださいねー。途中で雷が近づいてきたら、すぐにコンビニかどっかに避難してくださーい」

戸口に立った大沢が、伊山にそう呼びかけながら大きく手を振っている。施術椅子のまわりを片づけ、つぎの予約に備えて作業台のセッティングをしなおしていた月島は、「タオルの乾燥、まにあうかな」と心配になった。

「星絵ちゃん、洗濯機を見てきて……」

と言いながら振り返ったら、思いがけず大沢はすぐ背後に立っていた。

「うおお！」

月島は飛びすさり、そのまま施術椅子にへたりこむ。「どうして気配もなく、ひとの背中を取るのよ」

「美佐さん！」

大沢はおかまいなしに、ずずいと距離を詰めてくる。祈るように両手を胸のまえで組みあわせている。なにやら切羽詰《せっぱつ》まった様子である。こりゃいよいよ、なんらかの気にかかっていることを切りだすつもりだなと月島は察し、こちらに覆いかぶさらんばかりの大沢を、

「う、うん」

と見あげた。

しかし大沢は視線をうろつかせ、またもじもじしたのち、

「えーと、さっき、新規でご来店の本条さまと話していて思ったんですけど」

と言う。明らかに当初の予定とは異なる話題を振ってきたものとうかがわれ、「そんなに話しにくい本題って、なんなんだろう」と月島は首をかしげた。だがまあ、とりあえず聞こうではないかと、

「本条さまがどうかした？」

とうながす。

「ネイルって、みんながしょっちゅうできる値段ではないですよね。もっと身近に感じてもらうために、たとえばもう少しだけ料金を下げてみるとか、割引券を出すとか、なにか方法はないでしょうか」

「うん、価格設定については、私もこれまでいろいろ考えてきた」

月島は施術椅子から立ちあがり、座面をぽふぽふと叩いて整えた。「ただ、施術にかかる時間や、提供する技術への対価として考えると、正当なものだと思う。ネイル用品には消耗品が多いし、家賃や水道光熱費もかかるしね。値段を下げると、そのぶん回転率を上げなきゃならなくなって、丁寧な施術ができない」

「そっか……。あたしがまえにいたお店みたいに、流れ作業になっちゃったら、意味ないです

もんね」

「いまは百円ショップでもネイルシールやジェルを売ってるから、自分で安価に爪を彩るための選択肢はいくらでもあるでしょ？　そんななかで、わざわざネイルサロンにご来店くださるかたは、やっぱりプロのネイリストの的確な施術とセンスを求めてらっしゃるはず。その期待に応えるためには、いまの価格がぎりぎりのラインなの」

「たしかに。でも、あの……」

と、大沢はちょっとうなだれた。「もしかしてあたしの人件費のせいで、施術の価格を下げられないってことはないですか？」

「まさか、ないない！」

月島は驚いて否定した。「いま言ったとおり、適正価格だと思うから値下げしないだけ」

「あのあの、じゃああたしのこと、正式に雇っていただけますか？」

んん？　月島は大きく一度まばたきし、つぎの瞬間、「そうか！」と思い当たった。三カ月は試用期間という約束で、大沢が「月と星」で働きはじめたのが三月の末。現在、すでに七月の半ば近く。つまり大沢は二週間ほど、「お試し期間は終わったけど、あたしどうなるのかな」と不安に思っていたのだろう。もじもじの原因はこれだったか……！

「ごめん、星絵ちゃん！」

月島は勢いよく謝った。みるみるうちに大沢が泣きだしそうな表情になったので、

「ちがうちがう、雇う！」

と慌てて言い添える。「ていうか、試用期間のことすっかり忘れて、もうとっくに、星絵ちゃんに正式に働いてもらってるつもりになってたの。心配させちゃって、本当にごめんね」

「よかったぁ……」

大沢は泣きだしそうなまま笑顔になるという器用な芸当を見せた。「あたしスカルプもまだまだだし、やっぱダメなのかなあ、でも、このお店で美佐さんと働きたいなあって思ってました」

「ばかー、ダメなわけないでしょ」

自由奔放なようでいて、なんと健気《けなげ》なのだ。月島もこみあげてくるものがあり、思わず大沢をがっきと抱きしめた。

「改めて、これからよろしくね。ちゃんと今月分から、お給料もアップする」

「こちらこそ、よろしくおなしゃす！」

身を離し、二人は顔を見あわせて笑いあう。

「はー、よかった。星絵ちゃんがずっともじついてるから、私の知らないところでお客さまの爪を発火させちゃったのかと思ってたよ」

「もうファイルは大丈夫ですよぅ」

元気を取り戻した大沢は、さっそく洗濯機のほうへ向かった。

「ねえ、星絵ちゃん」

乾燥が終わったタオルを引っぱりだす大沢の背中に、月島は話しかける。「ネイルを広く身近に感じてもらう手段は、値下げだけじゃないよ」

「え？」

「金銭的なことを気にせず、いろんなかたに楽しんでいただくことはできる」

振り返った大沢に、月島は微笑んでみせた。「ちょっと準備してみるから、まあ待ってて」


ネイルの施術代が安いものではないということについて、月島もかつて悶々とした思いを抱いていた。

美容院で髪を切ったりパーマをかけてもらったりすれば、店にもよるが、一回のネイル代よりも高い金額になることが多いだろう。だが、美容院に毎月行くひとは少数派のはずだ。髪型によっては、たとえ二年間のばしっぱなしだったとしても、特に支障は生じない。

しかしジェルネイルの場合、うつくしい爪の状態を常に保ちたいと思ったら、三、四週間に一度は必ず塗り直す必要がある。もちろん、結婚式などのイベントに合わせて施術してもらう、というライトユーザーもいるが、そうではない場合、年間のネイル代合計額は、美容院代よりも高くつくことになる。

相方だった星野《ほしの》と、共同で店をオープンした当時の月島は、

「これでいいのかなあ」

と、価格設定や経営方針についてよく語りあった。恵比寿という場所柄もあってか、客は流行に敏感で、金銭的にも比較的余裕のあるひとが多かった。そういうひとは、黙っていてもネ

イルサロンに定期的に足を運んでくれるので、経営がすぐに軌道に乗ったのはありがたいかぎりだった。でも商売とはべつの次元で、ネイルの楽しさや、施術を通してリラックスする体験を、もっと多くのひとに味わってもらうにはどうすればいいかというのが、月島と星野が共通して抱える課題でもあった。

いま思えば、月島も星野も若かったのだ。「ネイルの魅力を広く伝え、もっと世の中で役立たせるような方法があるのではないか」と、模索する気概にあふれていた。出店にあたって貯金もすっからかんになり、自分たちがカツカツの生活だったから、なおさら、「お金持ちのマダムだけを相手に仕事をしていると思われたくない」と意地を見せたくなったのかもしれない。むろん、当時もいまも、客のすべてが金持ちなはずもなく、実際はただ単にみんなネイルが好きだから、それぞれの家計をやりくりし、ときに食費や遊興費を節約して、来店してくれている。その思いに応えるべく、プロの技術を存分に振るえばいいだけのことなのだが、とにかく若き日の月島と星野は、「店でお客さまを待つだけでなく、ほかになにかできることはないか」と少々肩肘《かたひじ》張った思いを抱いていた。

ちょうどそのころ、東日本大震災が起きた。美容師になった専門学校時代の友人のなかには、ボランティアで避難所へ行き、被災したひとたちの散髪をしてきたという子も多かった。月島と星野も手伝いにいきたい気持ちはやまやまだったが、あいにく髪の毛をカットする技術は持ちあわせていない。避難所で暮らすひとたちも、美容院や理髪店にも行けない大変な状況なのに、ネイルをする気持ちにはなりにくいだろう。

「肝心なときに、なにもできることがないね……。なんで私、美容師コースを選択しなかったんだろ」

「ネイルが好きだからでしょ。そもそも美佐は、美容師には向いてないと思う。立体感覚がちょっとアレだから、頭部の丸みをうまく把握できなくて、とんでもない髪型に仕上げそう」

「だよねえ」

「いま私たちが行っても、邪魔になるだけだよ。いつか機会が来るかもしれないから、ちょっと待ってみよう」

店の営業をつづけながら、ひたすら気を揉むしかなかった。

仮設住宅が建設されてしばらくしたころ、美容師の友人から、「ネイルも需要があると思う」という情報がもたらされた。すわ出番と、月島と星野はポリッシュ《マニキュア》と旅行用の個包装になったリムーバーを大量にキャリーバッグに詰めこみ、週末に店を二日間臨時休業して、東北へと発った。仙台でレンタカーを借り、仮設住宅をいくつかまわる。コーディネートは美容師の友人がしてくれた。

テレビの画面越しではなく、目の当たりにした地震と津波の爪痕《つめあと》に、月島も星野も言葉を失い、粛然《しゅくぜん》としたが、強いてふだんどおりを心がけ、即席の出張ネイルサロンの準備を進めた。仮設住宅が並ぶ敷地内のちょっとした広場に、貸してもらった長机とパイプ椅子を設置する。長机に色とりどりのポリッシュの瓶を並べ終わるころには、仮設住宅の住人たちがわいわい集まってきた。

予想以上にネイルは好評で、月島と星野は大勢のひとの爪を塗った。塗りながら、世間話に花が咲いた。一人暮らしのお年寄りも多いためか、順番待ちをするひと同士でも、ここぞとばかりにおしゃべりの輪ができあがっていた。赤ちゃんを抱っこした若い女性や、腰の曲がったおばあさんが、華やかな色に染まった爪を見て喜びの声を上げてくれた。中年の男性までもが列に並び、シルバーのポリッシュが塗られた爪をおじさん仲間に見せびらかして、「いいじゃねえか」とはやしたてられていた。

もちろん、とてもネイルをする気になどなれず、広場には出てこなかったひともいるだろう。月島が施術をしたひとのなかにも、世間話の合間に、津波で娘夫婦を亡くしたと言うおばあさんがいた。話題はすぐにべつのことに移ったが、月島はおばあさんの小さくてちょっと冷たい手を包むように握りながら、丁寧に爪にポリッシュを塗り、話に耳を傾けつづけた。

好きなときに自分でポリッシュを落とせるよう、施術を終えて個包装のリムーバーを渡すとき、

「また来ます」

と月島は言った。おばあさんはかわいい薄ピンクになった爪を満足そうに眺め、

「じゃあ今度は、その蛍光の黄色にしてもらいましょ」

と笑った。

初日の夜は、仙台のビジネスホテルに一泊した。ホテルのツインルームで月島と星野はベッドに寝転び、

「ネイルでなにかできるかも、なんていうのは思い上がりだったね」

「うん。おしゃべりをするので精一杯だった」

と天井を見あげた。

でも、それだけができることなのかもしれない、という気も月島はした。世の中の役に立つ職業、立たない職業などという分類はなく、ただ、傷ついたりつらい思いをしたりしているひとがいたら、黙って話を聞き、なるべく寄り添う。できることといったら、それぐらいしかないのかもしれない。ネイルの施術は相手と向きあって行うし、肌に触れるから互いの体温も伝わりあう。施術を通して、せめて胸に詰まった思いを打ち明けやすいと感じてもらえればいいのだがと、月島は願った。

翌日もべつの仮設住宅で施術をしたのち、東京へ戻った。

その経験があって以降、月島は料金設定について思い悩むのも、「だれかの役に立たなきゃ」と肩肘張るのもやめた。店では技術に見合った金額を堂々と掲げ、客にくつろぎと美を堪能してもらえるように全力で施術をした。たまに店を休業し、星野と連れ立って各地に赴《おもむ》いて、ボランティアの即席ネイルサロンを開いた。仮設住宅でおばあさんと再会して、約束どおり蛍光イエローのポリッシュも塗ったし、高齢者施設の夏祭りで、鮮やかな爪の色になったお年寄りたちとたこ焼きを頬ばった。

ボランティアの帰りがけに、星野と温泉に立ち寄ることもしばしばだった。半ば旅気分であるが、「まあ気楽に取り組まないと、長くつづけることはできないし」という名目のもと湯に浸かり、居酒屋や小料理店で地酒を味わった。自分たちのペースでいろんな場所へ行き、施術をしながらさまざまなひととおしゃべりをするのが楽しみになった。

星野との共同経営をやめ、それぞれべつの店をかまえるようになってからも、月島はふと思い立ったときに、ボランティアを募集している場所へ行くことがちょくちょくあった。たぶん星野も同じように、出張ネイルサロンを開くことがあるのだろうと推測している。たまに、地酒やよくわからないご当地キャラのキーホルダーが送られてくるからだ。

月島はここ一年ほど、一人で「月と星」を切り盛りせねばならず、出張活動を休止していた。だが、大沢がかつての自分と同様、ネイルの価格設定に葛藤を覚え、もっと広くネイルの魅力を伝えたいと思っているとわかったからには、一肌脱ぐのがパイセンの務めというものだろう。

とはいえ、おかげさまで店の予約も順調に埋まっているため、泊まりがけで遠方へ出張する時間をすぐに捻出するのはむずかしい。そもそも大沢は、スカルプの修業もしなければならない身だ。温泉と各地の名産品や地酒を堪能するには、まだ早い。と、突然のスパルタ方針を打ちだしつつ、しかし月島は根本的には大沢に甘いので、「まずは近隣で、ネイリストのボランティアを求めているところを探してみよう」と内心で算段したのだった。

ご近所の情報が集まる場といえば、まっさきに思いつくのは居酒屋「あと一杯」だ。だが、たいてい大沢がカウンター席で酔っ払っている。大将の松永《まつなが》に、ボランティアについての相談を持ちかけるのはいいが、もし受け入れさきがうまく見つからなかったら、大沢をがっかりさせてしまうのではないかと案じられた。いくら大沢が酒精で記憶をなくしやすい性質《たち》とはいえ、ボランティアに行けるかもと期待させておいて、「やっぱり駄目でした」ではかわいそうだろう。

星絵ちゃんのいないところで、できるだけ目星をつけておいたほうがいい。となると、頼りになりそうなのは……。

一日の仕事を終え、月島は「月と星」の二階の自室に引きあげた。冷凍しておいたうどんで簡単な夕食を済ませ、シャワーを浴びたのち、鉢植えに水をやろうと窓を開ける。雨のおかげで、鉢の土は黒々としていた。月島は出番のなかったジョウロを片手に、ちょいと身を乗りだして表を覗いた。

そろそろ日付が変わろうとする時刻だ。さすがに商店街の通りに人影はなく、建ち並ぶ店の二階、住居部分も、明かりが灯っていない窓がほとんどだった。定かに目視はできなかったが、八百吉《やおよし》の一家も寝静まっているようだ。

風呂上がりの濡れた髪を、ぬるたく湿った風がかすかに揺らした。階下から、「あと一杯」の酔客がどっと沸く声が響く。見あげた夜空に銀の星がちらほらと散っていた。午後の遠雷とともに梅雨が明けたのだろう。明日は暑くなりそうだ。

流しでジョウロをからにし、棚に戻す。どうせ湿度が高いんだからと無精の言い訳をして、髪の毛も乾かさずにベッドに入った。網戸にした窓から流れこむ階下の喧噪を聞くうちに、いつのまにか眠っていた。

翌日、月島は昼の休憩時間にさっそく八百吉を訪ねた。店先でおかみさんの照子《てるこ》に事情を話

すと、

「ネイルのボランティアか」

と、葉っぱつきの大根を手早く新聞紙でくるみながら、ちょっと考えている。「はい、毎度」代金と引き換えに大根を受け取った月島に、照子は力強くうなずきかけた。

「ちょうど、うちが野菜を卸《おろ》してる高齢者向けの介護施設があるよ。ほら、こっから十五分ぐらい歩いて、ちょっと坂を下った、原波川《はらなみがわ》の近く。『花園《はなぞの》にこにこ苑《えん》』っていうんだけど、知ってる？」

「いえ」

「園」と「苑」が微妙にかぶっているし、幼稚園なんだか高齢者施設なんだかわかりにくい名称だなと思いつつ、月島は首を振った。

「たまにボランティアらしき学生さんたちは見かけることがあるけど、ネイルってのはどうなのかなあ。一応、職員さんに聞いてみるから、期待しないで待っててて」

「ありがとうございます。お願いします」

照子によると、商店街のキッズスペースのほうは、保育士の派遣会社ともだいたい話がつき、秋にはオープンできそうな気配だそうだ。「月と星」のキッズスペースの利用率などを情報提供していたから、月島としてもホッとした。

「ほんとは夏休み中が一番需要があるらしいんだけど、慣れないうちにてんてこ舞いになって、事故でも起きたら大変でしょ。じっくり準備して、秋からはじめたほうがいいだろうってことになった」

「そうですね。うちの店でも保育士さんの意見を聞いて、夏休みのあいだの対応策を考えるようにします」

今後も適宜《てきぎ》情報交換しようと言い交わし、月島は店に戻った。大沢はちょうど客を送りだし、施術椅子を整えているところだった。

「星絵ちゃん、半分いる？」

右手に持った大根をかざしてみせると、新聞紙からはみでた葉っぱがぶらんと揺れた。

「いります！　大根の煮付け、大好き」

と大沢は目を輝かせる。

「煮物全般、好きじゃん」

「まあそうなんですけど。美佐さん、ネイルサロンに大根はちょっとイメージ合わないから、早くぶった切りましょう」

背中を押されるようにして休憩スペースに行き、テーブルのうえで新聞を広げる。

「首のほうと尻尾のほう、どっちがいい？」

「首ですね。葉っぱも塩もみして食べたいから」

「私もなんだよ。じゃんけんしようか」

「縦半分に切ればいいんじゃないですか？」

「え、斬新。そんな大根の切りかたってある？」

どうでもいいことで笑いあいながら、月島はなんだか不思議な気持ちになった。一人で店を切り盛りしていたとき、自分がなにを感じ、どんなふうに暮らしていたか、もうまく思い出せなかったからだ。こんなに声帯を使っていなかったことだけはたしかだろう。

「花園にこにこ苑」がネイリストのボランティアを受け入れてくれますように、と月島は祈った。星絵ちゃんが新たな経験を積んで、ネイリストとしての楽しさや喜びを味わえますように、と。

八百吉の照子から話を持ちこまれた「花園にこにこ苑」は、ネイルのボランティアに興味を持ってくれたらしい。七月下旬の月曜日の午前中、月島は「花園にこにこ苑」に赴き、施設長と顔合わせすることになった。照子は責任を感じたのか、「あたしも一緒に行こうか?」と申しでたのだが、店番で忙しいだろうと思い、「一人で大丈夫です」と断った。「月と星」のほうはさりげなくシフト調整し、その日の早番を大沢に任せる形にしたので、月島の暗躍はまだ気《け》取《ど》られていないはずだ。

照子に教えてもらったとおり、商店街の通りからそれて住宅街に入り、川のほうへ坂道を下る。朝と言っていい時間帯にもかかわらず、すでに日射しは強く、鉄壁のメイクをものともせずに汗が噴きだした。蟬《せみ》がかしましく鳴いている。ふだんは一日じゅう、空調の利いた窓がない店で仕事をしているため、月島は暑さ寒さにやや弱い。「花園にこにこ苑」が行く手に見えてくるころには、軽いめまいを覚えていた。

約束の午前十時には少し早かったので、自動販売機でポカリスエットを買った。ハンカチで汗を拭きつつ、道端で立ったまま半分ほど飲んだら人心地つき、幸いにもめまいは収まった。軟弱すぎる肉体になってしまった、ジムにでも通ったほうがいいんだろうか、でも運動苦手だしなあと思いながら、改めて「花園にこにこ苑」を眺める。

小ぶりの学校か病院のような、箱形の三階建てだ。ただ、外壁がパステルピンクで、「凶悪な玉手箱」といった感がある。入居者や周辺住民の心をなごませようと、善意でこの色を選択したのだとは思うが、あまり風景になじんでいない。裏手にまわってみると、原波川の流れがきらめいていた。といっても、がちがちに護岸工事をされているため、水面は三メートルほど下方にあるし、ドブに毛が生えた程度の小さな川だ。それでもカモのつがいがプカプカ漂い、小魚でもいるのか、たまに水中に顔をつっこんで水草をつついていた。

ぼんやりと川を眺めて時間をつぶし、飲み干したポカリスエットのペットボトルを自販機脇のゴミ箱に捨てる。月島は呼吸を整え、「花園にこにこ苑」の自動ドアに向かって歩を進めた。ボランティアで高齢者施設を訪れたことは何度もあるが、いつもちょっと緊張する。人生の先《せん》達《だつ》――しかも一人ならまだしも、大勢の先達――が暮らしている生活の場にお邪魔するのだと思うと気おくれするし、月島は施設の種類や介護の現場に詳しくなく、なんとなく「未知の世界」と感じられて腰が引けてしまうのだろう。

月島はおばあちゃん子だったが、かわいがってくれた祖母は、月島が専門学校生のころに肺炎で入院し、あれよあれよというまに病院で亡くなった。当時、月島は東京で一人暮らしをしており、「週末にお見舞いにいこう」と考えていた矢先のことだった。母親から一報を受けても現実感がなく、「『風邪をこじらせて死ぬ』って本当にあるんだな」と、少々的はずれな思念が脳内にぼんやり浮遊するばかり。慌てて秩父の自宅に駆けつけ、座敷にのべた布団に寝かされている祖母の穏やかな死に顔を見ても、またむくりと起きあがって飴《あめ》やらせんべいやらをくれるのではとしか思えなかった。火葬場で骨を拾う段になってはじめて、「もう二度とおばあちゃんと会えない、テレビを一緒に見ることもできないんだ」と痛感され、涙があふれた。しかし一方、頭の片隅では、「骨太だな。さすがおばあちゃん」と場にそぐわぬ思念が浮遊していて、いったい人間の、というか私の脳はどうなってるんだ、いまさら骨の頑丈さを云々《うんぬん》してもしょうがないところにおばあちゃんは行ってしまったのに、と腹立たしくもあった。

とにかく、祖母がぽっくり亡くなったので、月島は三十代半ばのいまに至るまで、高齢者施設とはあまり接点がないままだった。よく知らないものに対しては身がまえてしまうのが人情というものだ。知らないと言えば、「老い」についてもそうで、順当に生き長らえればだれしも老人になるにもかかわらず、月島は現時点ではそこまで加齢の影響を感じていないこともあり、自身にとっては未知の領域に突入した先人たちの姿に、敬《うやま》いとかすかな恐れを覚える。高齢者施設を訪れるたびに緊張するのは、そのあたりに原因があるのだろう。

「花園にこにこ苑」は自動ドアを入ってすぐのところに受付兼事務スペースがあり、四十代半ばと思《おぼ》しき男性がすぐに月島に気づいて、パソコンのまえから立ちあがった。

白いポロシャツにベージュのスラックスを穿いたその男性が、施設長の玉田《たまだ》氏だった。名刺を交換し、ひとしきり頭を下げあった月島は、玉田氏の案内でエレベーターに乗り、二階の食堂兼談話室へ向かった。エレベーター内部の壁もパステルピンク、開閉ボタンはやわらかいゴム素材でできていて、寝ぼけた緑色だ。この色を見ると、なんか頬骨のあたりがワキワキしてくるんだよな、と月島は思った。つまりは、好みの色合いではなかった。

食堂兼談話室は日当たりのいい広々としたスペースで、大きな木製テーブルと椅子がいくつも並んでいる。玉田氏の説明によると、「花園にこにこ苑」は介護付き有料老人ホームに分類されるらしい。全室が個室で、入居者は六十一名。夫婦で暮らしているひともいるが、ほとんどは単身者だそうだ。寝たきりのひとを除いて、食事の時間には全員が食堂兼談話室に集まり、必要に応じて介助を受けながらご飯を食べる。「花園にこにこ苑」の売りは食事で、各人の嚥《えん》下《げ》能力に合わせてきめ細かに、おかずをペースト状などにするのはもちろんだが、食感や味わいを楽しんでもらえるよう、栄養士と調理師が知恵を出しあい腕を振るっているとのことだった。

月島が訪れたのは朝食が終わったタイミングだったが、厨房では早くも昼ご飯の準備が進められているのだろう。月島は鼻をひくつかせ、お昼はミートソースパスタかな、たしかにおいしそうなにおいだと思った。食堂兼談話室には十名弱の老人がいて、思い思いの椅子に座り、おしゃべりをしたりテレビを眺めたりしていた。

月島と玉田氏は、隅っこの椅子に向かいあって腰を下ろした。

「八百吉さんからお話をうかがいまして、『にこにこ苑』の夏祭りに来てもらえたら、ちょうどいいかなと思ったんですよ」

と玉田氏は言った。聞けば、「花園にこにこ苑」では毎月一回、お花見やら七夕《たなばた》やらといったレクリエーションを行っており、八月は夏祭りなのだそうだ。以前は表の駐車場に出店《でみせ》を設営していたのだが、昨今の酷暑は体に堪《こた》えるので、ここ数年、会場は冷房の利いた食堂兼談話室に変更された。輪投げや、ビニールプールを活用したヨーヨー釣りなど、職員ができる範囲でゲームコーナーを作る。その日は食事も、焼きそばだったりお好み焼きだったり、屋台っぽいものが供されるのだそうだ。お盆まえの週末に開催するので、面会がてら遊びにくる入居者の家族も多い。

月島はふむふむとうなずきながら、その実、話がほとんど頭に入ってこなかった。玉田氏は極めて真面目に説明してくれているのだが、左肩にコガネムシがとまっていたからだ。最初はポロシャツの飾りマークなのかと思い、しかし肩にマークがついているのは変ではないかと目を凝《こ》らしたところ、それはやっぱり生きたコガネムシで、大変おとなしく玉田氏にしがみついている。ペットなのかもと愉快な気持ちになり、注視しつづけていたら、コガネムシは視線を感じて居心地が悪くなったのか、少しずつ移動をはじめた。じりじりと肩から胸のほうへと下りていく。

「例年どおりのゲームコーナーだけでは面白味に欠けますし」

と玉田氏はつづけた。「ネイリストさんに来ていただければ、入居者のみなさまも喜ばれると思うのです。しかし、私は詳しくないのですが、やはりネイルというのは女性がすることが多いですよね？　男性の入居者のかたから、『不公平だ』とのお声が出ないかが心配でして」

「これまでボランティアにうかがった経験からすると」

月島はコガネムシの動向に注意を払いながら述べた。「男性も年齢を問わず、『せっかくだから、やってみてもいいかな』と興味を抱いてくださるかたが一定数いらっしゃいます。すぐにネイルを落とせるよう、使い切りのリムーバーもお渡ししますし、大丈夫ではないでしょうか。肝心なのは、『試してみたい』と男性でも名乗りを上げやすいような雰囲気づくりです」

「なるほど。男性職員も率先して塗ってもらうようにするなど、工夫します」

「こちらでも、男性にも気軽に選んでいただけるような色味のポリッシュ《マニキュア》も取りそろえるようにします。私のほうで気になっていたのは」

と月島は言った。「マニキュアのにおいが籠もってしまうのではないかという点です。最近はにおいが控えめなものが多いとはいえ、どうしても特有のシンナー臭はしますから、ご気分が悪くなるかたが出ては一大事です。こちらの食堂は広いので、大丈夫だとは思うのですが」

「常時、窓を細く開けるよう心がけましょう。その、リムーバーですか？　それを使うときも、『なるべく食堂でやってくださいね』と入居者のかたにお伝えします。お一人では無理そうなかたのぶんのリムーバーは、私どものほうでお預かりし、職員がちゃちゃっと落とすようにします」

コガネムシは移動を終えて、ポロシャツの胸ポケットのうえあたりに落ち着き、いよいよマークっぽくなった。噴きだしそうになるのをこらえ、月島がなおもちらちらと視線をやっていたら、玉田氏もようやく月島の注意力散漫ぶりに気づいたらしく、ふと胸もとを見下ろして「おや」と言った。

「いつからいたんだ、きみは」

玉田氏はコガネムシを優しく掌で包み、席を立って食堂の窓を開けた。パステルピンクの外壁に、コガネムシをとまらせてあげているようだ。

テーブルのそばに戻ってきた玉田氏は、

「では夏祭りに、ぜひお願いします」

と握手の手を差しだし、引っこめた。「あ、こっちはコガネムシを触ったほうだった」

それはべつにかまわなかったが、月島には握手の習慣がなかったので、立ちあがって、

「こちらこそ、よろしくお願いします」

と頭を下げるにとどめた。

入居者の入浴の時間がはじまるようで、職員の動きが慌ただしくなった。玉田氏も介助をするとのことだったので、当日の詳細はあとでメールで送ってもらうことにし、月島は一人でエレベーターに乗った。頬骨をワキワキさせながら緑色のボタンを押す。

外壁や細部の色づかいに理解に苦しむ点があること、真面目そうな玉田氏だが、さらっと握手を求めてくるあたり、案外押しが強いのかもしれないということがわかった。

とにもかくにも、スムーズに話が決まってよかった。気温はますます上昇中だったが、「花園にこにこ苑」から出た月島は意気揚々と坂道を上った。どのタイミングで星絵ちゃんに伝え

よう。喜んでくれるかな、などと考えると、またしても汗が噴出してきた顔に自然と笑みが浮かんだ。

「月と星」では、大沢が午前の客を施術中だった。店に戻った月島はエプロンとマスクを装着し、「おはようございます」と客と大沢に挨拶する。すぐに月島が担当する予約客も来店し、昼の休憩も大沢とは入れ替わりで取ったので、落ち着いて話す時間ができたのは午後六時をまわったころだった。

予約が入っていたぶんの施術はすべて終わり、フリの客が来たら対応する心づもりで、閉店の準備を進める。夕方といえど夏のこと、外はまだ明るい。大沢は店の裏手に干したタオルを取りこみにいった。星絵ちゃんが戻ってきたらボランティアの件を切りだそうと、月島はうきうきしながらレジのまえに立ち、ノートパソコンを開いてメールをチェックした。

「花園にこにこ苑」の玉田氏から早くもメールが届いており、無難な挨拶の文言につづき、「入居者の夏祭り参加者は、自室で寝たきりのかたを除くと、五十五名が見込まれます。ちなみに昨年、ご家族、ご友人でご来所されたかたは、一日通して百名ほどでした。では、当日よろしくお願いします！　楽しみにしております」とあった。

全部で百六十人弱も夏祭りに参加するの⁉　いきなり爆弾をぶちこんでくるじゃないか、玉田氏。さすが、人畜無害そうでいて押しが強い。月島は困惑のうなり声を上げた。玉田氏はネイルに詳しくなさそうなので、悪気なく言っているのだろうが、施術体験を希望するのが参加者の五分の一だとしても、三十人以上だ。月島と大沢の二人で受け持つとはいえ、てんてこ舞いになるのは必至だった。

こういう大事なことは、もっと早く言ってよ。月島はレジ台に突っ伏しそうになったが、考えてみれば、お年寄りのパワーというか人徳というかを甘く見ていたのは私である、という気もした。長く生きていれば、そのぶん訪ねてくる友だちだって多くなるだろう。いや、友だちのなかでも鬼籍に入るひとが出てきて、だんだん減るものなのかもしれないけど、と月島はやや不穏なことを考える。ともかく、いま高齢者である世代のひとたちは、結婚して子どもがいて、という生きかたをしてきたひとが多数派のはずで、となると、孫やひ孫がわんさかいるひとも多いだろう。畢竟《ひっきょう》、「家族の面会」も多人数になるわけで、そりゃ百人ぐらいが訪れることもありえるよなあ。ああ、どうしよう。

大沢がタオルを抱え、引き戸を開けて戻ってきた。月島は、「タイミングを見計らって切りだし、星絵ちゃんを喜ばせよう」などという考えをかなぐり捨て、

「助けて、星絵ちゃーん！」

と泣きついた。

「任せて、のび太くん！　あれ、まじ泣き？　どうしたんです、美佐さん」

二人ぶんのコーヒーをいれ、休憩スペースで腰を落ち着けた月島は、順を追って事情を説明した。

「お年寄りにも、ポリッシュを楽しんでもらえるんですか」

と大沢は目を輝かせた。「めっちゃいいじゃないですか。爪がきれいになると気分がアガる

し、二十歳ぐらい若返ってもらえるように、あたしがんばりますよ」

大沢にかぎって、「面倒な案件を持ちこんできましたね」などとは言わないだろうと思っていたが、あまりの喜びように、「私の話、星絵ちゃんはちゃんと聞いてたのかな」と月島は不安になった。

「ふだんはネイルをし慣れていないひとに施術する機会があったら、星絵ちゃんにとってもいい経験になるかなと思ったんだけど……。いま言ったとおり、予想以上に夏祭りの参加者が多いうえに、男性のハードルがなるべく低くなるように、なにか工夫しなきゃいけないの。大変なことになっちゃいそうで、ごめんね」

「えー、全然ですよー」

大沢はあっけらかんとしたものだ。「時短でできるネイルで、男のひとがやってみたくなるようなデザインにすればいいんですよね」

うーん、と首をかしげた三秒後には、「思いつきました」と言う。早いな、と月島が驚くうちに、大沢は店内のあちこちからポリッシュやら道具やらを持ってきた。

休憩スペースのテーブルに、数色のポリッシュのボトルと、ラップと、水の入ったコップが並べられる。

「たとえばなんですけど、ラップに青と茶色と……、黄色のポリッシュを垂らして」

と大沢は言い、箱から切り取ったラップをテーブルに広げた。言葉どおりに、ポリッシュのボトルを開け、三色を垂らす。

「トップコートの刷毛《はけ》で、マーブル状になるように色を混ぜます」

ラップのうえに、渋みのある色の渦ができあがる。

「乾くのを待って、マーブル部分を細かい欠片《かけら》になるようにハサミで切ると……」

大沢が縦横無尽にハサミを操るにつれ、テーブル上に螺鈿《らでん》のように複雑な色味と艶《つや》を宿した切片が散った。

「この小さな欠片を、パーツみたいに爪にちょんと載せて、うえから透明のトップコートでコーティングすれば、おしゃれで手軽なデザインのできあがりです。トップコートを糊《のり》がわりにもして、欠片の角が浮きあがらないように気をつけるのがコツかもです。いろんな色のマーブルの欠片を、あらかじめ作って持っていくようにすれば、お年寄りに『どれがいいかな』って選ぶ楽しみを味わってもらえますし、載せてひと塗りするだけなので、施術が簡単なわりに見映えもいいんじゃないかと」

「おおー！」

月島は感嘆した。たしかにこれなら、マーブルの色味次第で、男性でも試しやすい。爪に一箇所、色のついた小さなラップが載るだけだから、たとえば青一色で爪全面を塗るよりも断然控えめで、心理的なハードルも下がるだろう。

月島がピンセットで欠片をつまみ、自身の爪に載せて感じを試しているあいだに、大沢は今度は緑のポリッシュをコップの水に垂らした。ポリッシュは水の表面に緑色の膜を張る。あためた牛乳にできるものよりも、ずっと薄く透明感のある膜だ。きれいだが、まさか飲むつもりじゃあるまいなと月島が思っていると、大沢は膜を爪楊枝《つまようじ》でつつき、ちょいちょいと皺《しわ》を寄せた。

「こんなのもアリだと思うんですよね」

と言うやいなや、皺ができた部分の膜をめがけて、右手の人差し指を垂直にコップにつっこむ。大沢は指さきに膜をまとわりつかせたまま、水からそっと指を引きあげた。

「ほら、葉脈みたいになりました」

爪をぴたっと覆うように、緑の薄い膜が貼りついている。皺が寄った箇所は濃い色の筋になっているため、本当に葉脈のように見える。

「爪からはみだして指についちゃったぶんは、リムーバーを染みこませたコットンで拭けばいいんで、あとはトップコートを塗って、簡単に完成です」

「おおおー！」

月島は拍手した。「星絵ちゃん、天才じゃない？　どうしてこんなことを思いつけるの」

「いやあ、えへへ」

はみだしたところをコットンで拭いながら、大沢は照れている。「ネイルを好きすぎるあまり、鏡に口紅で『さよなら』って書くの、ポリッシュでもできないかなって試したりしてたから」

そんなこっぱずかしいことを……？　どれだけの愁嘆場《しゅうたんば》だったんだ、と月島はまじまじと大沢を見てしまった。大沢は慌てたように、

「こっそり自分ちの鏡でやってみただけですよ」

と言い添えた。「すぐ拭き取りました。あと、水彩絵の具みたいに使えないかなーと思って、ポリッシュを水で薄めてみたり。そのときに、『あ、膜が張る。これはおもしろいかも』って気づいたんです」

「なるほどねえ。いろいろ実験してみてるんだ」

大沢の自由な発想力を、ぜひ見習いたいものだと月島は思った。月島はネイルの道具やポリッシュなどを、どうしても本来の使用法に即して、四角四面に扱ってしまう。そうすると、端整でうつくしい教科書的な仕上がりにはなるが、几帳面《きちょうめん》すぎて面白味に欠ける施術しかできないとも言えた。

やっぱり星絵ちゃんは、もっと自分の才能を活かせる店で働いたほうがいいんじゃないか、という思いが湧いてくる。「月と星」は、どちらかといえばおとなしめなデザインを希望する客が多く、月島も定石どおりといった感のあるネイルアートしか思いつけない。大沢の大胆で斬新なセンスを思う存分発揮できる店のほうが、刺激があるだろうし、大沢自身もより成長するのではないか。たとえば、星野のもとで修業するとか……。

むくむくと湧きあがり浮遊しそうになった思念を、月島は強引に振り払う。いまは「花園にこにこ苑」での施術について検討すべきだ。関係ないことを考えている場合ではない。

月島もコップにポリッシュを垂らし、程よく固まった膜に爪楊枝で皺を寄せて、自分の指をつっこんでみた。

「爪のさきにだけ膜をくっつけるようにしても、ニュアンスが出て、いい感じだね」

「はい。色も、紫とか赤とかにすると、チューリップの花びらっぽくなるかなと思うんです。花びらをお日さまに透かしたときみたいに見えるかなって」

施術希望者それぞれが色を選び、自分でポリッシュをコップに垂らしてもらえば、色水遊びをしているような感覚も味わえるだろう。コップに指をつっこむというのも、子どもがいたずらで豆腐をつつくみたいな感じがし、「ネイルの施術」というイメージから遠いので、男性もあまり抵抗がないかもしれない。

「これ、楽しいよ」

「ですよねー」

ひとしきりきゃっきゃと試した結果、大沢が提案したとおり、ラップを使ったマーブルの欠片と、コップに張った膜で対応しようということになった。たとえ大人数が施術してほしいと申しでたとしても、この作戦を用いればなんとか対応できそうだ。

希望の光が見えて気持ちが軽くなった月島は、

「よし、決起集会しよう！」

と宣言した。

「二人なのにですか？」

決起しても二人。されど、二人以上いれば集会、だ。自由律俳句ふうに脳内で唱えた月島は、

「いいからいいから」

と大沢を急かして閉店し、表に出た。いつのまにか、商店街に夜が訪れていた。

集会の場は、もちろん決まっている。表に出たつぎの瞬間には隣の引き戸を開け、

「こんばんは」

「頼もーう！」

と、月島と大沢は居酒屋「あと一杯」に乱入した。カウンター内で鍋の灰汁《あく》を取っていた大将の松永は、

「またかよ、出てってくれ」

と網杓子《あみじゃくし》を振りあげた。

「そんなこと言って大将、うれしいくせにー」

大沢は先客に手刀を切りつつ、カウンターの空いた席に身をねじこませる。

「あんたらは来すぎなの。特に星絵ちゃん」

「今日のメニューもおいしそうですね」

月島も大沢の隣に腰かけた。「星絵ちゃん、なににする？」

「この商店街、店ならいくらでもあんだろ。ほか行きゃいいのに、まったくよう」

文句を言いながら、松永はカウンターにぽんぽんとおしぼりを置く。さわやかなレモンの香りがした。

「とりあえずビールで。美佐さんのぶんも」

と大沢が勝手に注文し、その夜も記憶喪失へと至る道のりがはじまった。

「花園にこにこ苑」で夏祭りが行われるまでの二週間弱、月島と大沢は仕事の合間を縫って準備を進めた。

月島の暗躍が実り、ボランティア活動ができることになったのはいいが、当日は「月と星」を閉める必要がある。すでに入っていた三件の予約は、顧客に謝罪の電話をして、前後の日程に振り替えさせてもらった。「この日は休みにしてしまおう」と調整しやすいのは、働いているのが二人だけで、客は常連が大半の、小さな店ならではの利点だ。ふだんは店の定休日は特になく、月島と大沢でシフトをやりくりし、なんとか休みを捻出している。

「やっぱりボランティアのこと、ちゃんと相談してから進めるべきだったたね」

と、月島は休憩スペースで大沢に言った。二人のあいだにあるテーブルには、色とりどりに染まったラップの切れ端が何枚も並んでいる。つぎの予約客が来店するまでの時間を活用し、ポリッシュを混ぜてはラップにマーブル模様を描き、乾かしているところだ。

「予約の変更で、八月は丸一日休める日が減っちゃうし。星絵ちゃん、なにか予定を入れてなかった？」

「全然ですよー」

大沢はせっせとラップを広げながら首を振る。「休みだったとしても、うちでスカルプの練習して、大将んとこに夕ご飯食べにいくぐらいしか、あたしやることないんで。『花園苑』に行けてうれしいです」

ちょっとチャラそうな口調に反して、やはり星絵ちゃんは真面目だ。月島は改めて感心し、少々心配にもなった。一人暮らしのうえに休日も仕事のことばかり考えて、息抜きはできているんだろうか。まあ、私もひとのことは言えないけど。あと、肝心な部分と思しき「にここ」が抜けて、「園」と「苑」が隣接してしまってるのも気になる。

「とにかく、私はサプライズを仕掛けるのに向いてないってことがよくわかった」

月島はため息をつき、ラップに垂らした薄ピンクとショッキングオレンジとホワイトのポリッシュを、トップコートの刷毛で混ぜた。

「狙ってたんですか、サプライズ」

大沢は勢いよく顔を上げ、ついで噴きだした。「たしかに、美佐さんがのび太みたいに泣きついてきたから驚きましたけど」

「そこじゃない」

「ですよねー。あ、ショッキングオレンジ、あたしにもください」

月島がラップにオレンジのポリッシュを垂らしてやると、大沢はそこに紫とシルバーを加え、生まれたての銀河のようなマーブル模様を出現させた。パンチが利いているのに、どこか静けさと奥深さも感じる色の取りあわせだ。さすが星絵ちゃん、と月島は小さな渦に見入る。

テーブルがマーブルのラップで埋めつくされたので、「このぐらいにしておくか」と二人は一息ついた。大沢が席を立ち、ペットボトルの水を給湯ポットに注いで、「沸騰」のボタンを押す。

「そのミネラルウォーター、あと何本ぐらいあるの？」

「あたしんちにあるのは、あと二箱です」

もちろん、俳優の村瀬《むらせ》成之《しげゆき》、通称ムラシゲがCMをしているミネラルウォーターだ。CMがテレビで流れるようになってすぐ、村瀬のかっこよさに改めてとろけた大沢は、当該商品を通販サイトで購入したらしい。五百ミリのペットボトルが二十四本入った箱をひとつ。

翌日の夜、仕事から帰った大沢がめずらしく自炊をして、野菜炒めを載せたインスタントラーメンをさあ食べようとしたとき、アパートの玄関のチャイムが鳴った。出てみると宅配便の男性で、ミネラルウォーターの箱をなぜか二つ抱えていた。男性は上がり框《かまち》によいしょと箱を置き、

「残りの八つもすぐ運びますんで」

と言った。

つまり大沢は、まちがえて十箱、計二百四十本もミネラルウォーターを注文してしまったのだ。「寝ぼけてスマホいじるの危険ですよねえ」とは大沢の談だ。

いまさら、キャンセルするので持ち帰ってほしいとは言いだしにくく、大沢も宅配便の男性を手伝って、残りの箱をバンの荷台からアパートの二階の部屋まで運びあげた。二十四本入りの箱は重く、大沢は腕を震わせながら一箱を休み休み運搬するのが精一杯だった。そのあいだに男性は外階段を軽快に往復して、すべての箱を上がり框とたたきに積んでくれた。ミネラルウォーターの箱に占拠された玄関先で、大沢は宅配業者の男性に礼を言い、さっそく開封した

箱から取りだした二本を進呈した。本当は一箱進呈したいぐらいだったが、また重いものを抱えさせるのは悪いと思い、自重した。

冷めてのびきってしまったインスタントラーメンをそもそも食べてから、箱をひとつずつ引きずるようにして、室内の壁際へ移動させた。部屋は六畳ほどと狭い。寝るときは小さなローテーブルを畳んで隅に寄せ、押し入れから布団を出して敷いている。必然的に、布団のすぐ隣に箱の山が形成されることになり、「地震が来たら、ムラシゲさんの水に押しつぶされて死んじゃうかも」と大沢は思った。一刻も早くミネラルウォーターの消費に励むしかない。

だが、大沢はこれまで水道水を飲んできた身だ。つい習慣どおり蛇口をひねってしまう。そもそも自宅で料理をほとんどしないので、ミネラルウォーターを使う機会があまりなかった。ほかに思いつく用途といえば風呂とトイレだが、ミネラルウォーターで入浴したり排泄物を流したりする贅沢は、人間としてさすがにいかがなものだろう。そこで大沢は腕をぶるぶる震わせ、「月と星」にミネラルウォーターの箱を順次搬入したのだった。

以来、「月と星」でお茶を飲むときにはミネラルウォーターを活用するようにしている。保育士の伊山は、喜んで一箱引き取ってくれた。しかし、水はなかなか減らない。「月と星」の休憩スペースにも、あと四箱残っている。

「まあ、非常用の備蓄ができたと思って、あせらず使わせてもらう」

大沢がいれたコーヒーを、月島は舌で転がしてみる。水道水でいれたコーヒーとのちがいは、正直なところよくわからなかった。

「たしかに、そうそう腐るもんじゃないですしね。じゃあ追加でまた注文しときます」

マグカップを手に再び向かいの椅子に腰を下ろした大沢が、張りきった様子で言う。「水源が枯渇するぐらい激しい、ムラシゲさんファンの愛を見せつけてやりますよ」

枯渇しては困るし、村瀬のCM契約がいつまでなのかもわからないので、購入はほどほどでいいのでは、と月島は思った。

CMはテレビでしょっちゅう流れているため、もちろん月島も目にしていた。ミネラルウォーターのペットボトルを手にした村瀬が、あいかわらず麗しくやや憂いを帯びた表情で清流のなかに立っている。まわりは緑の森で、衣装は案に相違せず上下とも白のコットン素材だ。村瀬は水滴のついたペットボトルの水を飲み、かすかに微笑むのであった。

セリフはなにもないが、「あ、おいしそう」と感じさせる演技はさすがの一言だ。しかしミネラルウォーターのCM全般に言えることかもしれないが、せっかく清流がそこにあるんだから、川の水を飲めばいいんじゃないか？　と思わなくもなかった。いや、どれだけ清らかに見えても、川の水にはどんな菌がひそんでいるかわからない。ちゃんと品質管理されたミネラルウォーターを飲むのが安全だろう。だがやはり、「わざわざ清流に入ってペットボトルの水を飲むひと」というのは、よく考えると滑稽なようにも思われ、「せめて河原に上がってからにすればいいのに」と月島はにやにやしてしまうのだった。

問題は、村瀬がもとから清流のなかに立っていることだ。つまり足もとが水中にあって見えない。月島はCMが流れるたび、急いでテレビ画面に顔を近づけて目を凝らした。裸足らしいことはかろうじてわかったが、施術した爪まではまるで視認できなかった。

「映らないんだったら、ネイルをオフすることなかったと思いません？」

と大沢も不満を露《あら》わにしていた。「せっかくかわいいイチゴのデザインだったのに」

たしかに。だが、現場でどんな変更が生じるかわからないのだから、万全の備えをして臨んだほうがいい。プロ意識の高そうな村瀬も、きっとそう考えて、撮影が入るつど、ぬかりなくフットネイルをオフしているのだと思われた。

CMの制作現場にも出入りしていた星野が、冒険心の欠如に文句を垂れながらも、真剣に仕事に取り組んでいたことを思い出す。いかに自然な艶と血色の爪に見せるか。ささくれなど論外で、どれだけうつくしい指さきに仕上げるか。完成したCMに一秒未満しか手もとが映りこまない結果となろうとも、星野は念入りにタレントたちの爪の形を整え、手をマッサージしているようだった。いざとなったら、ささくれはCGで消せるのかもしれないが、星野は妥協しなかった。剝がれてしまった皮を、ニッパーを使って根もとぎりぎりでそっとカットし、クリームを塗ったうえからラップを巻いて、なるべく即効で保湿されるよう心がけていたようだ。

「完成したCMで、指さきがCGできれいになってるのは、もちろんいいことだけど」

と星野は言った。「一番大事なのは、撮影してるときのタレントさんの気持ちだから。現場の施術で指が目に見えてきれいになったら、堂々と商品を持てるでしょ？　たとえ手もとがちゃんと映らなくても、タレントさんが晴れやかに撮影に臨んでくれれば、結果的にいいCMになる。CGじゃ、タレントさんの心の補正まではできないからね」

なるほどなあ、と月島は思ったものだ。スタイリストも、ヘアメイクも、CMの作品世界を具現化するのはもちろんだが、なによりも出演者に自信を持ってもらうために存在するのかもしれない。こんなに大勢のプロが総力を挙げ、細心の注意を払って、うつくしく仕上げてくれたんだから、大丈夫だ。絶対にいいCMになるし、私は絶対にいい演技ができる、と。

表舞台に立つひとたちのプレッシャーは、計り知れないものがあるだろう。そんなかれらを支え、鼓舞するために、プロの技を振るう。

それは実は、ふだん撮影の仕事にはかかわらず、お客さまも市井《しせい》の人々ばかりの、私のようなネイリストにも言えることだ、と月島は思う。どんなにささやかで平凡に見える日常にも、当然ながら、ひとそれぞれの悩みや苦しみがある。かれらの爪を、指さきを、うつくしく彩ることを通して、つかのまの息抜きを、明日もがんばろうという自信をもたらす魔法をかける。美は、見かけだおしの抜け殻ではない。ひとの心を支え励まし、日々の暮らしの潤いと希望になってこそ、本当の美だ。そういう美を出現させるために、私たちネイリストは存在する。

改めてやる気をみなぎらせた月島は、コーヒーを飲み終えたカップを小さなシンクで洗いながら、

「そういえば」

と言った。「村瀬さんが出演する連ドラの時代劇って、どうなったの?」

「ええー! 美佐さん見てないんですか」

マーブル模様が乾いたか確認していた大沢が、ラップを吹き散らす勢いで叫んだ。「もうは

じまっちゃってますよ。今夜で全八回の二回目です。初回のときに言えばよかった」

「そうなんだ。星絵ちゃん、ずいぶんまえから録画予約してなかった？」

「あれは、『クランクインしたよ』ってタイミングでの番宣だったみたいです。まぎらわしいですよね。おかげで全然べつの、ゆるーい刑事ドラマが毎週録れちゃってました。それもおもしろかったからいいんですけど」

大沢はラップを集め、半分を月島に差しだした。お互い、家でマーブル部分を細かく切ってくることになっている。

「とにかく、ムラシゲさんがこの世のものとは思われぬぐらいかっこいいですから、見てください。みなさまのＮＨＫです」

その夜、月島は言われたとおり、「月と星」の二階の自室でテレビを見た。ベッドを背にして床に座り、ローテーブルに向かって作業をしながらだったが。

ラップのマーブル模様を吟味し、よさそうな色合いの部分をハサミでちょきちょきと切りだしていく。テレビ画面のなかでは、村瀬演じる素浪人が、神社の境内で町娘となにやらいいムードになっている。まだ二話目なのに展開が早いなと思っていたら、町娘は盗賊集団から放たれたスパイだと判明した。主人公の素浪人を、実際は幕府の手のものなのではないかと疑って、探りを入れにきたのだ。

町娘の真意がわかってしょんぼりする村瀬を見て、「ちょっとおとぼけ要素のある村瀬さんも、いいものだな」と月島は思った。とぼけていてもにじみでる色気が、またたまらぬ味わいだ。星絵ちゃん、これを見て、よく先週黙っていられたなと不思議だったが、夏休みに入って客がますます増え、キッズスペースを設ける日も多くてバタバタしていたから、言いそびれたのだろう。

盗賊集団は江戸の町では義賊ともてはやされているらしく、素浪人が本当に単なる素浪人なのか、なにか背景事情があるのかも、まだわからない。少なくとも単純な勧善懲悪物ではないようで、おもしろいドラマだった。

だが月島は結局、マーブルの欠片を色味ごとに分類するのに夢中になってしまい、気づいたときにはみなさまのＮＨＫは、夜の報道番組の時間帯に粛々と突入していた。

5

準備はすべて整い、ボランティア当日を迎えた。マーブルの欠片《かけら》はだいたいの色で分け、ピルケースのように平べったい円柱形の容器に入れてある。花びらのようなポリッシュアートも何度も試し、紙コップと爪楊枝《つまようじ》も充分な数を用意した。

さまざまな色のポリッシュのボトル、個包装のリムーバー、二人ぶんの筆《ブラシ》やニッパーなどの道具もキャリーケースに収め、月島《つきしま》は店のまえに立った。待つほどもなく、

「おはようございます！」

と大沢《おおさわ》が脇の小道から小走りで現れ、月島のかたわらに置いてあったキャリーケースの取っ手をつかんだ。

「今日はよろしくおなしゃす」

大沢は緊張の面持ちでずんずん歩きだす。

「待って待って、曲がるのそこじゃない。もう一本さき」

月島は急いで追いかけ、並んで歩く。八月も半ば近くとあって日射しはいよいよ強く、蟬《せみ》はやかましい。あまりの暑さに表で遊ぶ子どももいないようで、ひとの気配はといえば、遠くか

らたまに聞こえてくる車のエンジン音ぐらいだ。もとは農家だったらしい門がまえが立派な家の敷地内では、大きなケヤキの木が枝を広げており、その木陰を通るときは、数十匹、いや百匹単位かもしれない蟬の声が降り注いで、会話もできないほどだった。

とはいえ月島と大沢は、最前から黙りこくって歩いていた。大沢は真剣を通り越し、めずらしく「深刻」と言っていい表情で、ごろごろとキャリーケースを引いている。初のボランティアで頭がいっぱいのようだ。だから月島も、なにも話しかけなかった。会話がなくても気詰まりではなかったし、いざお年寄りと接したら大沢の緊張も解け、いつもの距離短縮力を発揮するだろうとわかっていたからだ。

大沢は「花園《はなぞの》にこにこ苑《えん》」の建物をまえに、

「うわ、なんだか派手な色ですね」

と言って、隣に立つ月島のほうに顔を向けた。「うわわ、美佐《みさ》さん、メイク溶けちゃってますよ」

「うん……」

大沢自身は、額にうっすら汗をかいてはいるが、化粧崩れしている印象はない。ファンデーションが多少溶けて流れようとも、素肌がつやつやぴかぴかだから、びくともしないのだと見受けられた。これが若さというものかと、月島はハンカチで汗を押さえながら思った。

「さ、行こう。内装はピンクじゃないから安心して」

夏祭り開催中とはどこにも書かれていなかったが、朝食が終わる時間を見計らって訪れたのか、エントランスには入居者の家族らしきひとたちが何組かいて、受付を終えてはエレベーターに乗りこんでいく。月島と大沢も順番を待ち、受付で訪問者リストに氏名を記入した。応対にあたった職員の女性は、

「『月と星』さんですね」

とすぐに察してくれた。「今日はよろしくお願いします。玉田《たまだ》が二階にいるはずなので、そのままお上がりください」

私たちの名前から取った店名ではないのだがと、月島はちょっと気恥ずかしくなりながらエレベーターに乗った。ごろごろとキャリーケースを引いてついてきた大沢が、緑色の「閉」のボタンを押し、

「あたし、このぽこぽこした感触好きです」

と言った。色についての言及はなかった。

二階の食堂兼談話室は、月島が前回訪れたときとは様変わりしていた。テーブルのうちの何台かが中央に寄せられ、子ども用のビニールプールが載っている。なにごとだろうと近寄ってなかを見てみたら、水は入っておらず、カラフルなヨーヨーがたくさん転がっていた。椅子に座った状態でもヨーヨー釣りができるよう、工夫したものらしい。糸ゴム部分が水に浮かないから、プラスチック針で引っかけるのは至難の業《わざ》なのではと案じられたが、さっそく挑戦していたおばあさんが、プールに手をつっこんでむんずとヨーヨーをつかみあげた。「釣り」では全然なくなっているが、細かいことを気にするひとはいないようだ。

ほかにも、壁際には座ったままできる輪投げコーナーやスポンジ弾の射的コーナーなどがあった。「きんぎょ釣り」という赤いのぼりも立っていて、そばの小卓には電動の魚釣りのおもちゃが載っていた。口がぱくぱくするプラスチックの魚を、小さな竿で釣りあげる家庭用のおもちゃだ。金魚釣りでは全然ないが、やはり細かいことを気にするひとはいないようで、三人のお年寄りが熱心に取り組んでいた。

「あら、また落ちちゃった」

「タイミングが案外むずかしいですねえ」

「この子、さっきからちっとも口を開けやしない」

大沢は参加したそうにその様子を眺め、

「いいお祭りですね」

と月島に囁いた。

同感だった。車椅子でも、しゃがむのがむずかしくても、楽しめるように配慮されている。職員に手を添えてもらって、射的の的のぬいぐるみを狙うひと。窓辺に並べてある椅子に座って、孫らしき小さな女の子とおしゃべりしているひと。だれとも交わらず、一人でテレビのまえに陣取っているひともいたが、とにかく気の向くままに過ごせばいいのだという雰囲気だ。

ここなら、ネイルの施術を希望してくれる入居者も多いかもしれない。月島は張りきって、

「さて、私たちはどこに店を出せばいいんだろう」とあたりを見まわした。

するとと、月島に気づいた玉田氏が近づいてきた。

「どうもどうも、月島さん」

大沢を玉田氏に紹介し、ひとしきり挨拶を交わしつつ、月島の視線は玉田氏の白いポロシャツの胸もとに釘付けだった。玉田氏は、折紙でできた青いワッペンを胸ポケットにつけていた。それはどう見ても甲虫《こうちゅう》――たぶんコガネムシの形だった。思わず噴きだした月島に向かって、

「偶然ですよ。折紙の得意な入居者のかたが作ってくださったんです」

と玉田氏は笑った。「こちらへどうぞ」

窓際に向かう玉田氏についていきながら、

「なんかいいムードじゃありません？」

と大沢が小声で言った。

「ありません」

と月島も小声で答えた。実際、これがドラマや小説だったら恋のひとつもはじまるのかもしれないけど、現実の生活ではどうやって恋愛するんだったっけ？　と思っていた。慣れと瞬発力は、恋にかぎらず多くの局面で要求されるもののようで、「月と星」を開店して以来、いよいよ仕事にばかり邁進《まいしん》してきた月島の「ときめきセンサー」はすっかり鈍《なま》っている。玉田氏のコガネムシが本当に偶然なのか、なんらかのアピールなのか定かではなかったが、「なんか愉快なひとだなあ」と漠然と思うにとどまった。

大沢は、少なくとも過去には恋愛猛者《もさ》だった片鱗《へんりん》を垣間見《かいまみ》せているだけあって、「なんでそんなケンもホロロなんですか、んもー」とじれったそうだった。星絵《ほしえ》ちゃんだって煮付けに夢

中な身のくせに、と月島としては不本意である。

玉田氏が案内してくれた窓辺には、長机が一台置かれていた。

「素っ気ないもので恐縮ですが、これで大丈夫そうですか？」

「充分です」

月島と大沢は窓を背にする形で、パイプ椅子に並んで腰を下ろす。長机を挟んだ向かいには食堂の椅子を二脚用意し、施術を希望するひとに座ってもらうことにした。長机との高さの釣りあいを考えるとパイプ椅子のほうがしっくり来るが、座り心地のよさを重視した。車椅子のひとが来たら、食堂の椅子はどければいい。

キャリーケースから施術に使う道具を取りだし、長机にセッティングしていく。玉田氏がどこからか扇風機を運んできた。

「ちょっと日当たりがよすぎますかね。ブラインドを下げましょうか」

「いえ、換気のほうが大事ですから」

首筋だけ日焼けしそうではあるが、背後の窓を細く開け、扇風機を使ってポリッシュのにおいを外へ追いやることのほうを選ぶ。ラップの欠片が風で舞い散らないように、大沢と玉田氏が協力して、窓に向けた扇風機の首の角度をミリ単位で調整した。

「みなさーん」

と、玉田氏が食堂兼談話室に集《つど》う面々に向かって呼びかける。「こちらでネイルを塗ってもらえますよ。もちろん無料！　ご家族、ご来客のみなさまもどうぞー」

「パパッと塗りますんで、ご遠慮なくじゃんじゃんいらしてくださーい」

大沢も長机に身を乗りだすようにして、積極的にアピールした。咄嗟《とっさ》に宣伝活動ができるほどの器用さを持ちあわせていない月島は、せめてお年寄りたちを警戒させるまいと、ぎこちなく笑みを浮かべた。

最初に長机に近づいてきたのは、高校生らしき女の子だった。入居者である祖母の手を引き、

「やってみたいです。あ、おばあちゃんじゃなく、私が」

と言う。女の子は二種類のサンプルを見比べ、ラップの欠片のほうを希望した。付き添い役となったおばあさんも女の子の隣に座り、興味深そうに様子を見守っている。

大沢が施術を担当し、女の子が選んだラップの欠片を爪に載せた。

「ネイルすると、学校で先生になんか言われない？　あ、夏休みだから大丈夫かな」

「部活はありますけど、うちの学校ゆるいんで平気です」

「そっかあ、じゃあよかった。オレンジっぽい色が好きなんだね」

隣で繰り広げられる大沢と女の子の会話を聞きながら、月島はマスクの下で口をもごもごさせた。星絵ちゃん、お客さまを相手にタメ語になってる。でも今日はボランティアだから、厳密には「お客さま」ではないとも言えるし、女子高校生にリラックスして施術を受けてもらうためには、砕けた口調のほうがいいのだろうか。ここで大沢を注意したら、私が鬼教官みたいで、入居者や夏祭りの来客を怯えさせてしまうかもしれない。

どうしたものかと迷ううちに、二人の会話ははずんでいく。

「好きです、元気が出る気がするから。私、短距離やってるんですけど、オリンピックや世界陸上に出場するような選手で、ネイルしてるひとってけっこう多くて。かっこいいなーって、いつも思ってて」

「わかる。特に走り幅跳びの選手がネイルしてるイメージある」

「そうかも。陸上は競技によって、なんとなくのムードが分かれてるから。ハードルや走り幅跳びの選手は華やかですね」

「短距離は？」

「まあまあ。一番地味っていうか堅実っていうかなのは長距離な気がします。やっぱ根性いるんで」

「へええ」

大沢はおしゃべりに花を咲かせつつ、ラップの欠片を的確な位置に載せてはトップコートを塗る。さすがの距離短縮力だ、と月島は感心し、口調については本人の判断に任せようと決めた。そして大沢を見習い、向かいに座るおばあさんに慣れないながらもセールストークを試みる。女の子の施術を待つあいだ、手持ち無沙汰にさせてはいけないと思ったからだが、

「やってみますか？」

と、やっぱりぎこちなく持ちかけることしかできなかった。孫の指さきがきらきらと彩られていくのを見守っていたおばあさんは、

「ラップだとは思えないわねえ」

と乗り気になったようで、「だけど、私にはちょっと派手だから、もうひとつのほうをお願いします」

と言った。

ほい来た、お任せを！　月島はあくまでも優雅な所作を心がけつつ、持参したペットボトルから紙コップに水を注いだ。村瀬《むらせ》成之《しげゆき》がＣＭをしているミネラルウォーターのボトルだが、中身は「月と星」で入れてきた水道水だ。大沢と相談した結果、飲むわけでもないのにミネラルウォーターを使うのはもったいないよね、ということになったのである。この調子では、大沢が買った在庫を消費しつくすのはまだまださきになりそうだ。

おばあさんはスミレ色のポリッシュを選び、月島の指示どおり、紙コップの水に垂らした。

「あら、一瞬で膜が張った」

おばあさんが上げた驚きの声に反応し、女の子も隣から紙コップを覗きこむ。

「ほんとだ、おもしろいね」

月島は爪楊枝を使って膜に皺《しわ》を作りだし、おばあさんをうながして親指を紙コップにつっこんでもらう。手を添えて動きを誘導し、ポリッシュがきれいな角度と深さで爪に貼りつくように調節した。

爪からはみだしたポリッシュをリムーバーで拭き取り、

「いかがですか？」

と聞くと、おばあさんは表情を輝かせ、

「とってもきれい」

と立てた親指に見入った。今度は率先してポリッシュを水に垂らし、おばあさん自ら爪楊枝でちょいちょいと膜をつつきだした。

女の子はうらやましくなったらしく、

「私もおばあちゃんとおそろいにすればよかった」

と言う。

「一本だけ、花びらネイルにしてもかわいいと思う」

大沢が施術の手を止め、紙コップの準備をした。「何色にする？」

女の子は右手の薬指だけ、赤い花びらネイルをすることになった。オレンジ系のラップの欠片と色味も合っているし、異なるデザインが混在することでパンチの利いた大人っぽさも醸しだせている。おばあさんの左右の手も、指さきに可憐な薄紫の花が咲いたようだ。

おばあさんと女の子の反応がよかったこともあり、そのころには入居者が「なんだなんだ」と長机のまわりに集まりはじめていた。ネイルに興味があるのも、好奇心を素直に表明するのも、女性のほうが多いらしい。おばあさんが入居者仲間にスミレ色の爪を見せると、おばあさんズは感嘆し、口々に「私もやってほしい」と言いだした。

昼食は焼きそばで、来客にも振る舞われたが、食堂のテーブルがビニールプールでふさがっていて、一斉に食事をとはいかないようだ。そのため、食べ終えた端から、おばあさんズがとめどなく長机に襲来する。月島と大沢は、こういうこともあろうかと持ってきたコンビニのサンドイッチを口にする暇もなく、ひたすら施術するマシーンと化した。トップコートまで塗り終えたおばあさんズは、いつのまにか扇風機の向きを変え、風でネイルを乾かしながらおしゃべりしている。

月島が担当したうちの一人のおばあさんは、

「あたしは黒い花びらにしたいんだけど、どうかしらねえ」

と申しでた。「ほら、黒薔薇《くろばら》が似合う女だからさ」

「とてもいいと思います」

はたして黒のポリッシュでも皺が引き立つのか不安だったが、やってみたら案外うまくいった。黒薔薇というよりは、黒いチューリップの花びらみたいな質感になっていたが、おばあさんは満足そうだった。

大沢が担当したべつのおばあさんは、

「こんな細かいもんをちまっと貼ったって、あたしみたいな年寄りには見えやしない」

と異議を唱え、ラップの欠片を爪にびっしり、鱗《うろこ》のように敷きつめてほしいと所望した。大沢は箸で小豆《あずき》を拾う競争のごとく、必死になってピンセットで欠片を爪に載せまくった。鱗というよりギラギラしたモザイクみたいな爪ができあがったが、おばあさんは満足そうだった。

とにかくご老人たちは自由気ままというか、月島と大沢が想定していたのとは異なるリクエストを放ってくる。地味な色を好むのかと思いきや、ショッキングピンクや紫を希望するひとが多く、

「この延長線上に、虎がバーンと描かれたセーターとかがあるんですねえ」

と大沢が感心したように囁いた。

「星絵ちゃん、しぃっ」

とたしなめながら、月島も心では大きくうなずいた。

充分な量のラップの欠片を作ってきたつもりだったのだが、みんな「もっときらきらさせたい」と盛りに盛ったデザインを要求する傾向にあり、二十人ほどに施術した時点ですっからかんになってしまった。なんとなく予感がしていたのだろうか、月島は出がけに、何種類かのストーンやパーツをキャリーケースにつっこんでおり、「念のため持ってきてよかった」と胸を撫でおろした。残りの施術希望者には、花びらネイルと、ポリッシュの一色塗りにストーンかパーツを載せることで対応する。

来客も含めて四十人ほどに施術した時点で、時刻は三時をまわっていた。今回は多くのひとにネイルを楽しんでもらうことを重視し、甘皮処理や地爪を磨くことはせず、いきなりポリッシュを塗る方針を採った。だが、一番手間がかかるとも言える下準備を省略しているとはいえ、五時間近くひっきりなしに施術するのはさすがに疲れる。

玉田氏は入居者のお世話をしながら、月島たちの様子にも気を配ってくれていたようで、

「みなさん、そろそろおやつを召しあがってください」

と、おばあさんズに声をかけにきた。施術を終え、わざわざ食堂の椅子を運んできて扇風機のまわりでしゃべっていた入居者が、三々五々、腰を上げる。

さしもの月島も施術をこなすのに精一杯で気づけていなかったが、ふと見てみれば、部屋の中央にあったヨーヨー釣りのビニールプールは撤去され、何台かの木製テーブルと椅子が整然と並べなおされていた。壁際のゲームコーナーは維持しつつ、入居者におやつはのびのびと食べてもらえるようにということだろう。おやつのミカンゼリーも、厨房で手づくりしたものらしい。やはり入居者各人の嚥下《えんげ》能力に応じて、やわらかさにも段階があると見受けられ、介助が必要なひとには職員がついて、スプーンで少しずつ口に運んであげていた。

休むまもなく働くかれらを見て、月島は気合いを入れなおした。ずっと座って施術していただけなのだから、もうひとふんばりしないと。大沢も同じ思いのようで、施術中のおばあさんの手を軽く握り、爪からはみだした花びらネイルを優しく拭き取っている。ひとまず順番を待つひとがいなくなるまで、二人は集中力を切らさずに施術をつづけた。玉田氏が月島と大沢のぶんもミカンゼリーを持ってきて、邪魔にならぬよう長机の端に置いていった。

ようやく施術希望者が途切れたので、月島と大沢は長机に並んで座ったまま、持ちこんだサンドイッチと少々ぬるくなったミカンゼリーを食べた。ゼリーには缶詰のミカンがごろごろ入っており、地の部分は甘すぎずやわらかな舌触りで、施術で凝《こ》った肩も自然とほどけていくような味わいだった。

おばあさんズも木製テーブルのほうでミカンゼリーを食べながら、互いのネイルを笑顔で見せあいっこしている。来た甲斐《かい》があったなと月島は思うことができた。

ゼリーを食べ終えた大沢はプラスチックの皿を脇によけ、

「美佐さん、気づいてました？」

とやや表情を曇らせて言った。「今日、施術を希望した入居者のおじいさん、一人もいないんです」

そこはもちろん、月島も気になっていたところだった。これまでボランティアをした経験からすると、その場の雰囲気にもよるが、「無料だし、せっかくだからものは試しだ」と男性も施術を希望してくれるケースが多かった。ところが本日、施術を受けた男性は、来客のなかの一人のみだった。

その男性は五十代ぐらいで、「花園にこにこ苑」に入居する母親を見舞いがてら、夏祭りに参加していた。車椅子に乗った母親がネイルに関心を示すも、施術は初体験で尻ごみしているのを見て取って、男性は率先して、「大丈夫だよ、おふくろ。まずは俺がやってもらうから」と大沢のまえに座ったのである。

男性はポリッシュアートではなく、爪を磨くネイルケアを希望した。

「せっかくきれいに爪を塗ってもらっても、明日には仕事だから落とさなければならなくて、もったいないですから」

と男性は言った。大沢がファイル《やすり》で爪の先端の形を整えながら、距離短縮力を発揮して聞きだしたところによると、男性はロンドンに赴任していたことがあり、爪を磨いてもらうことに抵抗はないのだそうだ。たしかに月島も、イギリスの、特に上流階級の男性は、爪のケアのためにネイルサロンに通う伝統があると聞いたことがあった。

息子がリラックスして施術を受けているのを見て、車椅子のおばあさんも安心したらしい。月島がおばあさんを担当し、ラップの欠片を爪にちりばめた。おばあさんは桜貝のような色の欠片を気に入って、同じ風合いの薄い水色や黄色の欠片も選んだ。爪のうえで金平糖がリズミカルに転がっているみたいなデザインが仕上がり、おばあさんはうれしそうに息子に見せびらかした。爪がぴかぴかになった息子も、

「おふくろ、手だけ五十歳は若返ったなあ」

と笑い、月島と大沢に礼を言って、車椅子を押して射的コーナーのほうへ去っていった。

しかし、そのあとがつづかなかった。男性が施術を受ける姿を見て、警戒心や気恥ずかしさを振り払う入居者のおじいさんがいるのではと期待したのだが、あいかわらず長机に押し寄せるのはおばあさんズばかりだった。じゃあ、おばあさんズに広告塔になってもらおうとネイルケアを勧めても、彼女たちは頑としてうなずかず、ぎらんぎらんに盛ったデザインにしてくれなければ死んでも死にきれないと懇願する。またまたぁ、と受け流そうにも、少々説得力がある年齢のような気がして、月島も大沢も粛々《しゆくしゆく》とおばあさんズのリクエストに応えた。高齢女性の心で燃えたぎるおしゃれへの欲求を舐《な》めていたなと、月島はラップの欠片が底をついた容器を見て反省したのだった。

そういうわけで月島は、『花園にこにこ苑』の入居者の男性陣には、ネイルがいまいちピンと来なかったみたいだな。この機会にネイルの楽しさを体験してもらいたかったけど、まあ、こういう日もあるか。しょうがない」と割り切っていたのだが、大沢にはべつの考えがあった

らしい。月島がゼリーを食べ終えるのを待って、あいた皿を重ねながら、

「どうも裏で糸を引いてるひとがいる気がするんですよねえ」

と首をひねった。

「というと？」

「いくらなんでも、こんなに男のひとが寄りついてこないのは変です。だって、タダなんですよ？　おばあさんたちもネイルして、あんなに楽しそうにしてるんですよ？　『じゃあ俺もやってもらおっかな、タダだし』ってなるのが人情のはずじゃないですか」

「そうかな。『タダより高いものはない』とも言うし」

「いいえ。これは絶対に、『男たるもの、ネイルなんて軟弱なものをしてはならん』って、ちょっとまえまでの大将みたいな頑固じいさんがいるんですよ。そのひとが仲間の入居者に圧をかけてるにちがいありません」

「根拠は？」

「勘です」

大沢はパイプ椅子上でふんぞり返った。ちっちゃすぎる陰謀論にかかずらっている場合ではないので、月島は大沢を思う存分ふんぞり返らせておき、また施術希望者が現れたときに備えて、長机のうえの道具類を整頓しはじめた。

すると、入居者の男性が一人、月島たちのほうへやってきた。施設内での催し物ということもあって、入居者の大半はトレパンだったり、ムームーと紙一重のワンピースだったりと、部

屋着的な気楽な恰好をしている。だがその男性は、七十代後半ぐらいだろうか、麻の白い開襟シャツと紺色のスラックスを身につけ、白髪の多くなった髪もきっちり整えて、矍鑠《かくしゃく》とした様子だ。

やっと男性入居者が施術希望を、と月島は期待したが、表情を見て、そうではないことはすぐにわかった。長机のまえに立った男性は、地球の地軸がずれたと報告しにきたのかと思うほど深刻な顔つきで、

「このにおいは、なんとかなりませんか」

と言った。「食欲をすっかりなくしてしまって、ゼリーも喉を通らない」

「申し訳ありません……！」

月島は慌てて立ちあがり、頭を下げた。扇風機の向きが変わっていたことを忘れていた。大沢も急いで席を立って、窓を大きめに開け、扇風機の位置を調整している。

男性は長机のうえの水が入った紙コップと、色とりどりのポリッシュのボトルにちらと目をやり、

「そういう遊びは、どこかべつの場所でやってほしいものですね」

とあくまでも静かな口調で言って、部屋の中央、おやつを食べる老人たちのほうへ戻っていった。

「このあとは気をつけますので。本当にすみません」

月島は男性の背中に向かって、再び深く頭を下げる。

「なーんかインキン無礼な感じ」

と隣で大沢がつぶやいた。慇懃《いんぎん》無礼とインキンタムシがごっちゃになっている、と思いつつ、

「しぃっ、星絵ちゃん！」

と、月島はまたたしなめる。「私がうっかりしてたんだから、言ってもらえてよかったよ」

「美佐さんはひとがよすぎますよぅ」

大沢は口をとがらせ、パイプ椅子にどっかと座った。「まずまちがいなく、糸を引いてるのは、いまのじいさんです」

「根拠は？」

「勘です」

よし、星絵ちゃんのことは放っておこう。そう思った月島がパイプ椅子に腰を落ち着けたところで、男性入居者とのやりとりを見ていたらしい玉田氏が、さりげない早足で部屋を横切り、近づいてきた。

「月島さん、もしかして渡瀬《わたせ》さんになにか言われましたか」

「換気が不充分だと指摘をいただきました。私の不注意で、すみません」

あちゃー、というように玉田氏は自身の額を掌ではたいた。大沢が月島の腕を肘《ひじ》でつつく。

「こんなリアクションするひと、生ではじめて見ました」と言いたいのだろう。月島も肘でつつき返す。

「いや、窓もずっと開けてますし、問題ないですよ」

と玉田氏は言った。「渡瀬さんはその、ちょっと気むずかしくてですね。しかしなるほど、渡瀬さんのご機嫌を損ねてしまっていたのか……」

最後のほうは半ば独り言のようだった。玉田氏は長机の向かいの椅子に座ると、居ずまいを正した。

「このあと私が施術を受けて、男性の入居者さまにアピールしようと思っていたのですが、たぶん効果はなさそうです。といっても、月島さんたちに落ち度はなにもなく、私どもの根まわしがたりなかったのがいけませんでした。申し訳ない」

「やっぱ、あのじいさ……、渡瀬さんとかいうひとが、『花園苑』の入居者のボスなんですね？」

大沢が意気込んで尋ねるも、玉田氏は直接的な回答は差し控え、

「どんな集団にも、いくつになっても、派閥やマウントは生じ得ます」

と微笑んだ。「しかし誤解しないでください。渡瀬さんは当施設の秩序と平穏に気を配ってくださる、真面目でいいかたなんです」

その後も奔放なるおばあさんズがちらほらと長机に現れては施術を受けていき、午後五時をもって、ボランティア活動は無事に終了した。壁際のゲーム類も職員によって手早く片づけられ、食堂兼談話室はふだんの姿を取り戻す。

木製テーブルについて夕飯の配膳を待つおばあさんも、帰宅する家族をエレベーター付近で見送るおばあさんも、キャリーケースを引いて撤収する月島と大沢に気づくと、手の甲を向け

る形で、そろえた両手をびしりと顔のまえに掲げてみせるものだから、おかしかった。ネイルをよっぽど気に入ってくれたらしい。そのたびに月島と大沢は顔をほころばせ、会釈を返した。

エントランスまで送ってくれた玉田氏は、

「今日は本当にありがとうございました。いやあ、あんなにみなさんが生き生きされるとは思いませんでした」

と感服したように言った。「よろしかったら、またぜひいらしてください。でも、お店が忙しいのにボランティアをお願いするのは失礼かな」

「いえ、今後ともよろしくお願いします」

と答えた月島は、ちょっと考え、つけ加えた。「ネイルアートはハードルが高いと感じる入居者のかたもいらっしゃるでしょうけど、爪のケアは美容面はもちろん、健康面でもとても大事です。ボランティアではなく金銭が発生しますが、高齢者施設を定期的にまわって、爪の状態をチェックして手入れをする、福祉ネイリストというひとたちもいます。専門の認定制度があって、ちゃんと講習を受けたり実地研修したりするそうです」

「そういえば、風の噂で聞いたことがありますね」

玉田氏はうなずいた。「ちょっと調べてみます。ご自分では爪を切れない入居者のかたもいらっしゃいますし、プロに任せられれば安心ですから」

「もちろんあたしたちも、新しいデザインを考えときますんで、またお願いします」

福祉ネイリストにおくれをとってはならじと思ったのか、大沢がぺこりとお辞儀した。

「花園にこにこ苑」の敷地から道に出てすぐ、

「どうして裏で糸を引いてるってわかったの?」

と月島は大沢に尋ねた。「いや、答えはわかってる。『勘』でしょ」

「ですね」

キャリーケースをごろごろ引きながら、大沢はもっともらしくうなずく。夕方になってもまだ蒸し暑いが、蟬は夜へ向かう空気を感じ取っているのか、鳴き声は控えめだった。少しのあいだ黙ってなにか考えていた大沢は、

「あたし、美容院とショッピングモールのなかにあるネイルサロンで働いてたじゃないですか」

とつづけた。

「うん」

「どっちもわりと店員の人数多くて、なんでか体育会系のノリだったんですよ。そうすると、どの先輩にかわいがってもらうと仕事がやりやすいかとか、だれとだれが仲がいいのかとか、そんなこと気にするの疲れるんですけど、気になっちゃって。だからなんとなく、今日もピンと来たのかもしれないです」

「そっか。星絵ちゃんはやっぱりすごいね。人間観察もちゃんとしてる」

「いやいやいや、こんなのただの慣れっていうか悪い癖で、たいしたことじゃないです」

大沢は顔のまえでぶんぶん手を振った。謙遜ではなく心底から、どうでもいい能力だと思っているようだった。

だが月島は、自身の世界の狭さを痛感せずにはいられなかった。むろん月島も、学生時代はそれなりに教室内の力関係や空気を読んでいた気がする。はみださないように、あなどられないように。ただ、月島は地味でも派手でもない、極めて凡庸と言っていい生徒だったし、秩父で通学した小中高校はいずれも、のどかでおおらかな校風だったうえに、クラスメイトの大半は子どものころから代わり映えしない顔ぶれのためか、さしたるトラブルは勃発しなかったのだった。

さらに東京の専門学校では、志を同じくする友人たちに恵まれ、ネイルの知識と技術を習得するのに夢中で、周囲の人間模様を気にしている暇もなかった。就職したのは比較的小規模なネイルサロンだし、独立してからは星野《ほしの》と二人で必死に働き、「月と星」を開店して以降も、ネイリストの最大人数は二人だ。

自分ともう一人で、私はいつも手一杯ということか。これじゃ派閥やマウントに気づけるはずもない。どんだけぼんやり呑気《のんき》に生きてきたんだろうと、月島は己れにやや失望した。「月と星」の客のなかにも、職場や家族や親族、友人との人間関係に悩んでいるひとは必ずいるはずで、会話を通してそこを鋭敏に察し、少しでも気持ちが楽になるように努めるのがネイリストの役割のひとつだ。「ぼんやり」ではいけないのだと、月島は気を引き締めなおす。

しかし、職場には大沢とたまに伊山《いやま》しかいないうえに気が合うのか、特に不満や悩みはないし、結婚どころか交際相手すらいないから、密接につきあわなければならない家族親族も生じようがない。仕事にかまけて、友だちとも頻繁には会わない。気を引き締めても、どうにも派閥やマウントに対して実感が湧かない。

いわゆる世間一般で語られがちな人間関係の機微が、もしや私には存在しないのか。それは私が、孤高と言えば聞こえがいいが、もちろんそんなものではなく、実際は希薄な関係しか結べないものすごくさびしい人間で、けれどさびしさにすら気づけていない鈍感なバカだということではないのか。

そこに思い至り、月島は愕然を通り越して、なんだか痛快な気分になってきた。痛快さは心もとなさに裏打ちされていた。私の来し方や人間関係、もっと言えば存在自体が、小さな水槽のなかで満足して泳ぐ金魚みたいなものなのかもしれない、と。

はみだしようがないほど平凡だと思っていたのに、いつのまにかなにもかもから隔絶され、はみだしている。不思議で残酷なものだ。でもきっと、多くのひとがこういう気持ちを味わう瞬間があるのだろうとも推測された。たとえ大勢のなかで派閥の頂点に立ったひとであっても、なにかにつけてマウントを取らずにはいられないひとであっても、きっと。

キャリーケースを「月と星」の戸口から転がし入れた月島と大沢は、目と目を見交わしてうなずいた。言葉はなくとも、互いの脳内がいま、打ちあげへの渇望でいっぱいだと伝わりあったので、店内に足を踏み入れることもなく踵《きびす》を返し、隣の「あと一杯」の引き戸に手をかけた。

ちょうどそのとき、八百吉《やおよし》のほうから、おかみさんの照子《てるこ》が洗面器を抱えて歩いてきた。むろん、月島と大沢は照子を両サイドから挟むようにして、「あと一杯」に引っぱりこんだ。

「ちょっとなによ、あたしいま銭湯行くとこなんだけど」

「いいから、せめて一杯だけでもおごらせてください」

と月島は照子をカウンターへうながし、

「照子さんのおかげで、あたしたち無事に『花園苑』でボランティアしてきました」

と大沢はうれしそうに言った。「大将、おかみさんとあたしたちに生中を！」

「まったまた来やがった、帰れ！」

悪態をつきつつ、大将の松永《まつなが》はビールサーバーのまえに立つ。

「じゃあ、ほんとに一杯だけ。あたし今日は、ひとっ風呂浴びたら夕飯作んないといけないから」

カウンター席に浅く腰かけた照子と、月島と大沢はジョッキを打ちあわせる。一杯ぶんの時間しかないうえに、「労働後のビールはうまいっ」と照子はジョッキの中身をみるみる減らしていくので、主に大沢が早口でボランティアの様子を報告した。

「お風呂のまえにアルコール摂取して大丈夫でしょうか」

いまさらながら月島は案じたのだが、

「ビールなんて水だから」

と、照子は意にも介さない。ボランティアが概《おおむ》ねうまくいったことを喜んでくれた。

「けどさ、月島さんといい感じだったっていう、玉田さんだっけ？」

照子はジョッキを置き、腕組みする。

「それは星絵ちゃんの主観で、べつにいい感じじゃないです」

と月島が言い添えても、やっぱり照子は意にも介さず話をつづけた。

「あたしも野菜の納入時にしゃべるけど、たしか妻子いるはずだよ。『週末に子どもの運動会があって、家族そろって日焼けしてしまいました』とか言ってた気がするもん」

「えええー！」

と大沢が叫ぶ。「なのに美佐さんに粉かけたんですか。あの野郎ぅ」

「いや、かけられてないから」

「美佐さんは呑気すぎます」

大沢はごっごっとビールを飲み干し、「もう一杯！」と松永に言った。「あたしも」と照子が前言撤回して便乗する。

「あいつ、なんか馴れ馴れしかったし、確実に美佐さんをロックオンしてましたよ。なのに既婚だなんて、ふてぇやつだ。絶対にほかでもやらかしてますね」

「そう？　単にフレンドリーでいいひとなだけだと思うけど」

「甘い！　どう思います、照子さん」

この話題を照子さんに振るのは、と月島ははらはらしたのだが、照子は案の定、

「かぎりなく黒に近いね」

と断じた。判定の基準が曖昧《あいまい》なうえに厳しすぎる。それでいくと世の中の既婚者は、石のように黙りこくって、配偶者以外で親切にしていいのはペットの犬か猫だけ、ということになってしまうのではないかと思うも、照子に不倫肯定派だと誤解されて野菜を売ってもらえなくな

ったら困るので、月島はもちろん黙っていた。

照子は三十分ほどでジョッキ二杯のビールを飲み、「ごちそうさま」と銭湯へと向かった。顔色にも足取りにも、酒精の影響はなんらうかがえなかった。

月島と大沢は日本酒と料理を注文し、カウンター席で改めてお猪口《ちょこ》で小さく乾杯する。松永によると、今日はピンと来る魚を仕入れられなかったとのことで、メニューに魚の煮付けが載っておらず、大沢はショックを受けていた。しかし、ズッキーニやナスがたっぷり入ったラタトゥイユを、「これも煮付けっちゃあ煮付けだろ」と供されると、すぐに気を取りなおし、カリッと焼いたバゲットと一緒に機嫌よく食べはじめた。

「あと一杯」は和風居酒屋のはずだが、どんどん食の万国博覧会みたいになっている。焼鳥とラタトゥイユと日本酒という取りあわせははじめてだなと月島は思ったが、ラタトゥイユの酸味がさっぱりとしたアクセントになり、案外合う。松永に聞いてみたところ、「あと一杯」では、冬は出汁《だし》を使ったクリームシチューやカレーもメニューに並ぶのだそうだ。もちろん、おでんもちゃんとあるらしい。

「そう聞くと、冬が来るのも楽しみになりますねえ」

と言ったのは大沢だ。月島は一瞬、自身の心の声が漏れたのかと思ったのだが、そのわりには呂律《ろれつ》がまわっていないので、「さては」と隣を見たら、発言者の大沢がにこにこしながら上半身を揺らしていた。いつのまにか二合徳利《どっくり》が二本、からになっている。大沢が酔っ払うのを防ぐため、月島はお猪口に均等に酒を注ぎわけるふりをして、その実、ちょっと多く飲むよう心がけていた。しかし、敵もさるもの。大沢は月島の目を盗み、ちゃっかり自分のお猪口にだけ何度も酒を注いでいたらしい。結局、摂取量が上限の二合を上まわってしまったようで、

「美佐さーん。あらしのために、ボランティアできるようにしてくれたんれすよね。ほんろにありがとうございます」

と、ますます呂律のまわらない口調で言った。

「うんまあ、私もそろそろ行きたいなと思ってたし」

「いいんれす、いいんれす」

みなまで言うなとばかりに、大沢は右の掌を向けてくる。「あらし、今日おばあさんたちにネイル喜んでもらえて、うれしかったれす。もちろん、お店でお客さまに喜んでもらえるのもうれしいれすけど、喜んでもらえる方法っれ、いろいろあるんらなあってわかりました」

喜んでもらいまくりな内容だが、とにかく大沢がボランティアの経験を通し、気合いも新たにネイルに取り組もうと決意していることは伝わった。月島はお猪口に残った最後の一杯に視線を落とす。

報われたような気がした。月島の情報収集が至らず、ネイルのデザイン案はなんだかんだで大沢におんぶに抱っこだったし、根まわしと気配り不足で、渡瀬というおじいさんに嫌味を言われてしまった。つまり完璧とは言えないボランティアぶりだったが、それでも大沢は思いを汲み取ってくれたのだと感じられた。

月島は小さな満月のように照り映えるお猪口の中身を一息に飲み、

「そうだね、その調子でがんばって」

と再度隣を見た。大沢はカウンターに突っ伏していた。

ちょっとじーんと来たのに、寝てる。星絵ちゃんの成長に感激した、私の喜びの行き場がないじゃないか。月島はやや拍子抜けするも、まあしかたないかと気を取りなおした。

慣れないボランティアで一日じゅう気を張っていたところへ、二合の酒が入ったのだから、大沢だって撃沈もするだろう。突っ伏す大沢のことは放っておいて、月島は芋焼酎のロックと松永お手製のさつま揚げを注文した。ふわふわのすり身のなかに旬の枝豆が入っている。ほのかな甘みと塩味のバランスが抜群で、しょう油をかけなくてもおいしい。

ちびちびと芋焼酎のグラスを傾けながら、知らなかったなと月島は思う。「あと一杯」で冬にはシチューやカレーが出ることも、冬を楽しみにする気持ちも。

秩父で生まれ育った月島にとって、冬は祖母とこたつにもぐりこんでやり過ごすものだった。ぬくぬくあたたまって幸せだが、早く川遊びをしたいなと思う退屈な季節でもあった。働くようになってからも、季節のめぐりはネイルのデザインや色味にのみ表れるもので、月島本人は空調の利いた店内でひたすら仕事に専念するばかりだ。大沢が「月と星」に来るまえは、長く隣同士としてやってきた「あと一杯」に足を踏み入れたこともなかった。当然、冬のメニューも知らず、「あと一杯」に集う客や商店街の面々との接点もさほど生じず、だれにも頼らず、頼れないまま、「月と星」を経営してきた。

それがいまはどうだろう。商店街を歩けば顔見知りと行きあって世間話をし、八百吉の照子や松永の知恵と力を借りて、キッズスペースを開設したりボランティアをしたりするようになっている。店での接客においても、困ったことや迷うことがあれば大沢や伊山と相談して、互いに補いあって対応できる。こたつみたいに出入り自由な、ゆるやかな輪が形成され、月島の心をあたため鼓舞する。

星絵ちゃんはいろんな面で、私を新しい世界へ導いてくれた。じゃあ、私は？　私はネイリストの先輩として、星絵ちゃんになにかできることはあるだろうか。

ほとんど水になった芋焼酎のグラスを手に、月島がついつい物思いにふけっていると、

「またなんか考えすぎてんじゃねえのか？」

とカウンターのなかから松永が声をかけてきた。「星絵ちゃんを見習って、ちょっとは肩の力を抜いたほうがいいよ。なにごとも、なるようになるんだから」

そう言われて隣を見れば、大沢は両腕をだらんと下ろし、カウンターにぺったりつけた片頬だけで頭の重みを支えながら、顔を月島のほうへ向けて眠っていた。力を抜きすぎだし、頬がへしゃげて不細工になっているが、幸せそうではある。

開店とほとんど同時に飲み食いしはじめていたため、「あと一杯」はいまちょうど忙しさのピークを迎え、気づけば店内はほぼ満席だ。月島は急いで会計を頼み、大沢の肩を揺さぶって起こした。

「べつにゆっくりしてってかまわんけど。いま天ぷら揚げはじめちまったから、星絵ちゃんを運びだすのを手伝えないし」

「いえ、大丈夫です。ほら星絵ちゃん、立って。大将、ごちそうさま」

折良く財布が小銭長者になっていたので、きっかりの金額をカウンターに置き、むにゃむにゃ言いながら立ちあがった大沢に肩を貸す。「まいどー」の声に送られ、半ば大沢を引きずるようにして表に出た。途端に、蒸し暑い空気が圧力となって全身を包みこむ。

大沢は本日もなぜか、店を出たら多少は意識がはっきりしたらしく、

「美佐さん、ありがとでしたー」

と言い、五千円札を差しだしてきた。

「これだともらいすぎだから」

「らいじょーぶれす、らいじょーぶれす」

なにが大丈夫なのかわからないが、大沢は「じゃっ」と田中角栄のように右手を上げ、住宅街の暗い道を妙に姿勢よく歩き去っていった。

ため息をついて自室に戻った月島は、冷蔵庫のタッパーに五千円を収めた。大沢の旺盛な飲酒欲のおかげで、タッパーのなかのＨ資金は順調に貯まっており、このままだと忘年会の飲み代どころではなく、ジェルを硬化するための最高級のＬＥＤライトだって買えそうだ。店のライト、そろそろ新調していい頃合いなんだよな、と月島はよからぬことを考えたが、金品の着服は犯罪であると自分を戒《いまし》め、冷蔵庫のドアを閉めた。

シャワーを浴び、タオルで髪を拭きながら窓辺に座る。網戸越しのぬるい風に吹かれつつ、汗が引くのを待った。腰高窓の桟《さん》では、豆腐のパックを活用して、長ネギを水耕栽培している。

といっても、長ネギを食べ終えて余った根もと部分を水に浸けただけの、なんとも貧乏くさいものだ。ただ、二週間もすれば青々とした葉をのばすので、見ていて変化があって楽しくかわいいし、もちろん葉っぱを食べられるしで、月島は気に入っている。長ネギの根もとがちゃんと直立するよう、割り箸を適度な長さに切って格子状に組み、固定器具として豆腐パックのなかに設置するほど、手間をかけている。手先の器用さが、おしゃれな暮らしではなく節約生活的方向に発揮されているのはやや残念だが、月島は満足している。コップに汲んできた水を豆腐パックに注ぎ、順調に丈をのばすネギの葉っぱを眺めた。

あまり動きがないと思われがちな植物も、実際は日々、成長している。人間だって同じだろう。光をたくさん受けて、活発に葉を繁らせ、のばす時期は、特に。豆腐パックではなく、広い大地があることを知り、のびのびと自由に根を張ったほうが絶対にいいはずだ。

月島はローテーブルに置いてあったスマホを手に取り、しばしの逡巡ののち、星野にLINEを送った。

さて八月下旬の夜七時半、月島は万障繰りあわせて恵比寿に赴《おもむ》き、かつての相方、星野江利《えり》と会談した。星野が指定したのは、星野のネイルサロン「天体」の近くにあるバルで、照明を抑え気味にした店内は平日にもかかわらず多くの客でにぎわっていた。

月島は「月と星」の閉店作業を大沢に任せ、「今日は友だちと飲む約束があるから」と早めにシフトを上がって電車に乗ったのだが、弥生新町《やよいしんまち》から恵比寿までは乗り換えも含めて一時間弱かかり、しかも恵比寿ガーデンプレイスは広大で通り抜けるのに手間取った。以前、星野と一緒に開いていた店は、ガーデンプレイスとは駅を挟んで反対側の、昔ながらの商店街にある雑居ビルの一室だったため、星野から送られてきたバルの地図を見ても、月島には場所がいまいちピンと来なかった。星野のネイルサロンの近くだなとは察せられたが、そもそも月島は「天体」を訪ねたことがない。星野も、「月と星」に来たことはない。べつべつに店を出すようになってから、なんとなく、お互いの職場は不可侵のものであるように認識していた。

ようやくガーデンプレイスを抜け、小洒落《こじゃれ》た飲食店が並ぶ細い道のなかほどに、目指すバルを見つけた。月島は小走りしたせいで上がった息を整え、店内の喧噪に負けぬよう声を張って、出迎えた店員に待ちあわせである旨を伝えた。白いシャツに黒いスラックス、黒のカフェエプロンを腰に巻いた店員の男性は、万事心得たとばかりにうなずき、店の奥へと向かう。フロアに並ぶテーブル席でも、壁に沿って設《しつら》えられたバーカウンターでも、主に若い男女が揚げた芋やらなんやらを盛んに食べ、小ぶりの瓶ビールをラッパ飲みし、楽しそうに騒ぎしゃべっていた。いろんな国のビールを取りそろえている店らしい。

これだけ大勢の客がいるからには、待ちあわせをしているひとはほかにも存在するはずで、はたして私は正しい席へと案内してもらえるのだろうか。見ず知らずの若者たちが飲食するテーブルに導かれ、私も「うぇーい」とか言いながらビール瓶を顔の横に掲げてスマホで写真を撮らなきゃいけないことになるんじゃあるまいか。月島は不安を覚えたが、店員があまりにも確信に満ちた足取りなので、黙ってあとに従い、若者たちの口と胃袋が活発に稼働する狭間を縫って歩いた。

店員は店の一番奥で立ち止まり、庭に面した大きな窓ガラスを掌で指して、「こちらです」と言った。まごつく月島を見て取り、店員は窓の隅にあるガラス戸を押し開けて、再度「こちらです」と言った。あまりにも窓に溶けこみすぎていて、ドアの存在に気づけなかった。ドアのさきには小さな庭があり、隣のビルの壁をさりげなく隠すように、緑の木々がうまく植えられている。窓のすぐ外には、庭を眺められる形でテラス席がひとつだけ用意されていて、星野と下村百合奈《しもむらゆりな》が手を振っていた。

月島は星野と二人きりで会うことに謎の気おくれを感じ、LINEでやりとりしたときに、「そういえば、ゆりなも会いたがってた」と書き添えたのである。星野はまんまと誘導に乗り──あるいは星野も、下村もいてくれたほうが話しやすいと思ったのかもしれないが──、「いいね、誘ってみよう」ということになった。下村は下村で、単にひさしぶりに三人で飲みたかっただけか、「美佐と江利だけじゃ、いつまでも黙りこくってそうだし、私がいないとね」と気を利かせてくれたのかわからぬが、「行く行く!」と即決。「BLUE ROSE」の接客をスタッフに託し、娘と夫を留守番役に任じて、馳せ参じてくれた次第だ。

店員に礼を言い、月島はガラス戸から庭に出た。むわりと夏の夜の空気に包まれるが、ビルのあいだを風が通ると、案外心地いい。木々の根もとあたりでは、早くも涼やかに虫が鳴いている。

「呼びだしたのに、待たせてごめん」

月島はテラス席に腰を下ろす。窓を背にして庭に向かい、丸テーブルを月島、下村、星野とUの字に囲む布陣だ。テーブルの中央にはランタン形の灯りが置いてあった。頭上には生成《きな》りのパラソルが差しかけられている。たぶんランチタイムにもテラス席を使っているのだろう。

店内の喧噪とは隔絶されているうえに、おしゃれな雰囲気だが、テラス席の周囲に点々と蚊取り線香が置かれ、においは「昭和のおばあちゃんの家」みたいなのが、なんだかミスマッチでおかしかった。席から少し離れた庇《ひさし》の下には、青紫色の誘蛾灯《ゆうがとう》が設置されている。結界なみの虫対策で、こうまでしてテラス席を作ったのは、せっかくの庭を活かし、静かな空間も提供したいという店がわの意気込みゆえだと推測された。

「全然。さきにやってた」

と星野がドイツビールらしき瓶を揺らしてみせ、

「美佐はなににする？」

と下村がメニューを渡してくる。

月島はランタン形の光源にメニューをかざすようにして、なんとか文字を判読し、しかしビールに詳しくないのでなにがなんだかわからず、合図を受けて即座にテラス席へやってきた店員に、とりあえず一番うえに書いてあったビールを注文した。月島の到着まえにメニューを熟読していたらしい星野と下村が、ついでに食べ物も矢継ぎ早に頼む。

月島のぶんのビールが運ばれてきたところで、瓶を打ちあわせて乾杯し、料理が出そろうまでしばし互いの近況報告などする。しかし、なかなか出そろわなかった。いや、店員はバーニャカウダやらフライドポテトやら香草入りソーセージやらエビとマッシュルームのアヒージョやらを順次運んできたのだが、店員がテラス席に姿を現すたび、月島たちのうちのだれかがビールを飲み干しており、そのつど新たなビールの注文を入れたからだ。

「ちょっと落ち着こうよ」

と、下村が鉄板のうえのソーセージを切りわけてくれながら言った。「このままじゃ永遠に店員さんを往復させることになる」

「おいしいけど、小さいんだよね」

と、星野は自身の飲酒スピードではなく瓶のサイズに責任を負わせ、ちょうど鶏肉のレモンバターソテーを持ってきた店員に、「ピッチャーありますか」と尋ねた。ピッチャーはなかったので、小瓶のビールを三本と、白ワインをボトルで注文する。ビールをチェイサーがわりにワインに移行すれば、多少は間《ま》が保つので、店員を往復地獄から救出できるし、落ち着いて話をする態勢も築ける、という作戦のようだ。

店員が追加のアルコールを持ってきてくれるのを待つあいだ、月島たちは料理を各自の皿に取り、旺盛な食欲で胃に収めていった。なにしろ一日、それぞれの店で働いたあとだ。職業柄、ゆっくり昼食を摂るのがむずかしいので、夕飯に対しては飢えた狼なみの真剣さを発揮してしまう。

「ちょっと落ち着こうよ」

と下村がまた言った。「このままじゃ、今度は料理の追加注文で店員さんを往復させることになる」

それもそうだと月島はフォークを置き、ワインが来るまでの話題のひとつとして、最前から少し引っかかっていたことを切りだしてみた。

「さっき、この席まで案内してくれた店員さんに、私は江利の名前を伝えなかったの。『待ちあわせです』って言った時点で、店員さんがさくさく歩きだしちゃったから。どうして待ちあわせ相手がわかったんだろう」

「ほかに人数がそろってないテーブルがなかったんじゃない？」

と下村が言ったとたん、背後の窓越しに店内から手拍子が聞こえてきた。客のなかに誕生日のひとがいるようで、火花の散る細い棒が立ったケーキを店員がしずしずと運び、まわりのテーブルの客も拍手で祝意を伝えている。仲間内でケーキを囲んで写真を撮りあったりもしていて、フロア沸いております、店内入り乱れております、といった様子だ。

「これじゃ、そろってんだかそろってないんだか、だね」

下村は自説を引っこめた。

「ごめん。第一候補にしてたのは、もっと静かな店だったんだけど、個室が取れなくてさ」

と星野が苦笑いした。「テラス席ならまあ大丈夫かなと思って、このお店にしたけど、やっぱ騒がしかった」

「いやいや、大丈夫」

「お料理もおいしいし」

月島と下村はフォローする。実際、人気なのもうなずける料理の質と、リラックスできる雰囲気の店だった。

「待ちあわせの謎についてだけど」

と星野は言う。「たぶん、店員さんは美佐のネイルを見て、百合奈と私が待ちあわせ相手だと気づいたんだと思う。私はちょくちょくこの店を利用してて、近所でネイルサロンやってるって店員さんも知ってるし、ネイルアートしてる女性は最近多いけど、スカルプまでしてるひととなると少数派だろうから」

テーブルに置かれた各々の手を、月島は改めて眺めた。三人とも、アクリルスカルプで爪に長さを出したうえで、ネイルアートを施《ほどこ》している。星野は淡いカラーを水彩画のように何色も重ね、色と色のあわいをぼかした、繊細なアートだ。しかも十本の指それぞれ、まったくちがう色合いながら、全体として調和が取れていた。下村は、地の色は薄いパールベージュで、小さな金の鋲《スタッズ》を散らし、いぶしたようなゴールドのラメを使って、爪の先端に極細のフレンチラインを入れている。

いずれも見るひとが見れば、高度な技術を駆使し、風合いは異なるが、それぞれのセンスを追求したネイルアートだとわかるはずだ。スカルプの技法も完璧で、浮きやゆがみはまったくない。しかもこれらのネイルワークを、星野も下村も自分で自分の爪に施したはずで、筆などを持つのが利き手ではなくとも問題ないほど、技術がもはや体に染みこみ、叩きこまれているのだった。

月島も同様で、「月と星」の来月のデザインのひとつを、練習がわりに自分の爪に施していた。大沢が考案した、マグネットジェルを使ったデザインだ。まずは赤いマグネットジェルを爪の全体に塗る。細かいラメの粒子が入ったジェルで、磁石を近づけると粒子が動き、うねるような模様を作りだすことができる。模様のおかげで、光が当たる角度によって、ラメの輝きがよりいっそう奥行きのあるものになる。

この段階で一度ジェルを固め、マグネットジェルのまわりを黒のカラージェルで縁取《ふちど》る。マグネットジェルとの境界部分は、ぼやかすように黒で濃淡をつける。すると、真っ暗な宇宙空間にマグネットジェルの赤い星雲が浮いているような、うつくしくも激しいネイルアートができあがる。スカルプで長さを出しているから、なおさら迫力があった。

大沢がこのデザインを提出してきたとき、「さすがは星絵ちゃん。キレと美がある」と月島は感心した。しかし問題はスカルプだ。月島は大沢の練習台になっているので、アクリルスカルプだけは大沢にやってもらったのだが、爪のさきにかけて微妙に幅広になってしまっている。その点、星野や下村のネイルに比べると見劣りがするが、「末広がりとは縁起がいいね」と月島は自身に言い聞かせ、大沢に対しても、

「うん、ちょっと幅広になっちゃったけど、少しずつよくなってる」

と、なるべく褒めておいた。

大沢を見ていてつくづく思うのは、あたりまえだがひとには得手不得手があり、進歩の速度もひとそれぞれだということだ。

たとえば大沢は、月島では到底思いつかないような斬新なデザインをつぎつぎに考案することができるし、ラインを引いたり、ストーンなどを的確な位置に載せてしっかり硬化させたりすることも得意だ。だが、月島が比較的苦労せず体得できたような、ファイルやスカルプの扱いは苦手としており、熱心に練習しているにもかかわらず、アクリルスカルプの材料となるミクスチュアを未《いま》だに適切な固さで作れない。でろーんとしたミクスチュアを相手に悪戦苦闘している。

それでも、変に小器用になんでもこなしてしまうよりも、時間はかかっても少しずつ前進したほうが、結局は技術をしっかりと習得できるし、理屈を自分の頭で考える余裕も生まれるのではないか。才能のありようがデコボコしており、けれどたゆまず練習を重ねる大沢と接していると、どうもそう思えてならないのだった。

とにかく、案内してくれた店員が、ネイルで待ちあわせの相手を見抜いたのだとしたら、ものすごい観察力と推理力だ。言われてみれば、月島は店に足を踏み入れたとき、地図を見るためにスマホを手にしており、店員に話しかけながら、それをバッグにしまおうとごそごそしていた。店員が月島の手もとに注目した可能性は充分にある。さらに件《くだん》の店員は、店内がおおにぎわいなのにもかかわらず、さきほどからテラス席にもちゃんと意識を向けているらしく、月島たちが注文のために振り向いたり手を上げたりするのとほぼ同時に、すっとガラス戸から出てきてくれる。

「なるほどねえ。ネイルをヒントにしたのか」

なにごとにもプロフェッショナルはいるものだ。月島は感服し、接客業のはしくれとして、あの店員さんを見習わないとなと思った。

月島たちの話題に上っているとは知る由《よし》もなく、当該の店員はビールの小瓶三本とワイングラス三つと白ワインのボトルを差したワインクーラーを銀のトレイに載せ、

「お待たせして申し訳ありません」

とテラス席にやってきた。誕生日祝いもあって、フロアも厨房もフル稼働なのだろうと思われた。白ワインをグラスに注ぎわけた店員に、

「このあとは自分たちで適当にやります」

と星野が言うと、

「では、ご用の際はこちらを鳴らしてください」

と、店員は軒下の棚から呼びだし用のベルを取り、テーブルに置いた。それが牛の首につけるような巨大なものだったので、月島たちは笑った。

「店内が少々騒がしいので、思いきり振っていただければと」

店員はあくまでも真面目な表情で言い、フロアに戻っていった。

ようやく話ができる状態になった。だが月島は、本題をどう星野に伝えればいいのか、迷いもあってもじもじし、ポテトをつまみながら、下村の助言のおかげでキッズスペースがうまく行っていることなどを報告した。

「いい保育士さんが見つかってよかったね」

下村はワイングラス片手に優雅に微笑み、「一緒に働いてるスタッフの子は？」とつけ加えた。「ほら、センスのいいデザインをする子。子どもの相手に慣れてないひとも当然いるから、大丈夫だったかなと思って」

月島はひそかに舌を巻いた。たしかに今日、月島は大沢についての相談を星野に持ちかけようと思って、この会合を開いた。しかし星野にも下村にも、どんな用件があるのかは事前に一言も漏らしていない。にもかかわらず、星絵ちゃんの存在を話題に出してくるとは……。百合奈め、勘がいい。

「ああ、星絵ちゃんね」

動揺したため、ポテトの油分のせいだけでなく掌がぬめってきた。「まったく問題ないどころか、施術の合間に率先して子どもと遊んでくれてる。『コミュニケーション能力お化け』とでも申しましょうかね。とにかく老若男女、だれとでも仲良くなれるし、だれからも好かれる感じの子だから」

「へえ、そりゃあいい子じゃん」

星野がビールを飲み干し、アヒージョのエビの最後の一個に遠慮なくフォークを刺した。

「うまくいっててなにより。雇うかどうか、あんなに迷ってたくせに」

茶化すような口調だったが、「星野と袂《たもと》を分かったのは月島なのに、ほかのネイリストとはうまくいくのか」という含みがあるのではと、月島は少々どぎまぎしながら横目で星野をうかがった。星野は月島の仕事が順調なことを心底喜ぶふうで、にこにこしていた。

月島はややがっかりした。星野がまったく嫉妬する素振りを見せなかったからで、つまり月島は心のどこかで、「私が真に対等な相方だったと認めているのは江利だけであり、江利にも私のことをそう思っていてほしい」と思っているのだった。もちろん、そんな自分を未練がましく重苦しいと感じ、急いで邪念を振り払って、

「うん、まあね」

と答えた。「江利はどうなの？　一人でお店をまわすの大変じゃない？」

口にした直後、「だから、袂を分かったのは私なのに、こんなことを言ったら失礼だし余計なお世話だってば」とますます掌がぬめり、自分に焼きを入れたい気分になったが、

「平気平気。小さい店だし、こっちの都合で予約も調整させてもらってるから」

と星野は屈託《くったく》なく言う。「気が向いたら旅行したり、のんびりやってる」

「そっか」

とうなずきつつ、星野の充実した様子が垣間見えるたび月島は、「江利はやっぱり、私とのコンビを解消したほうが自由に羽ばたける才能の持ち主だったんだな」などと、少々切ない思いがしてしまうのだった。

勝手に気を揉み、勝手に落胆する月島が醸しだす緊張感に気づいているのかいないのか、下村はグラスを傾けつつ、あいかわらず優雅にやりとりを眺めている。

「百合奈が『センスいい』って言ううえに、コミュニケーション能力もあるってことは、接客もちゃんとしてるってことでしょ？」

星野が首をかしげた。「そのホシエちゃんってのは、どんな子なの。なにか死角はないの」

おお、期せずして江利のほうから本題に近づいてくれた。この機を逃してはならじと、月島は大沢の履歴書的なプロフィールをまえのめりに語った。

「そういうわけで、うちの店に来てくれたんだけど、素直だし熱心だしで、いい子だよ。なにより、自由な発想力がある。このデザインも、星絵ちゃんが考えたものなの」

星野と下村が月島の手を覗きこむ。

「うん、いいね」

星野は端的に評し、

「このスカルプは、美佐がやったものではないでしょう」

と下村が微笑んだ。「ホシエちゃんだっけ？　その子はまだ、技術的には修業中なのね」

「バレたか」

月島はワイングラスを取り、一口飲んで喉を湿らせた。「そう、スカルプはあと一歩ってところなんだけど、ちゃんと練習してるし、技術なんていつかは体得できるものだよ。でも、センスだけは持って生まれたものだから、だれかが教えこむことはできない」

「まあそうだね」

星野の同意を得て、月島は思いきって本題に切りこんだ。

「実は、今日集まってもらったのは、ほかでもない……」

「いや、急に『飲もうよ』って美佐が言ってきただけで、『ほか』はなにも知らないし」

「私も。『江利と飲むから、来ない？』って言われたから来た」

「枕詞みたいなもんなんだから、そこに引っかからないで。大事な話なのよ、真面目に聞いて」

「はいはい」

「どうぞ」

月島は咳払《せきばら》いし、出鼻をくじかれて乱れた心を整えた。

「あのね、実は星絵ちゃんを、江利のお店で預かってほしいの」

「私!? なんで！」

星野が驚きの声を上げる。下村は黙って推移を見守っていた。

「星絵ちゃんのセンスを、私ではうまくのばしてあげられない気がするから」

月島は静かに思いを述べた。「私が固っ苦しいデザインしかできないのは、江利も百合奈も知ってるでしょ」

「美佐のデザインや技術は、『固っ苦しい』んじゃなく『丁寧で正確』だよ」

星野の言葉を、

「ありがとう」

と月島は心の奥深くで受け止めた。「だけど、やっぱり星絵ちゃんには、もっとちがう世界、広い世界も体験してみてほしい。そうするにふさわしいセンスがある子だから。『月と星』では、どうしてもオーソドックスなデザインを希望するお客さまが多いし、たとえばＣＭや雑誌の撮影に携わるような、クリエイティブな経験も積めないでしょ」

「クリエイティブとはかぎらないけどね」

星野がため息をつく。「ＣＭだとたいがい、ネイルは『地味で目立たないものを』って注文されるよ」

「それでも江利が撮影の仕事を引き受けつづけてるのは、大勢でひとつのイメージを形にしていくのが楽しいからじゃない？　見たよ、あのＣＭ」

と、月島は高級ブランドの名前を挙げた。幻想的で物語性のあるうつくしいＣＭが、一週間ほどまえからテレビやネットでさかんに流れていた。人気の女優がバッグを持つ手には、透きとおるようにきらめく、ホワイトシルバーのネイルが施されていた。人魚姫の鱗を貼りつけたような麗しさだった。

「あれを手がけたの、江利だよね」

「よくわかったね。たしかにあのＣＭは、スタイリングチームともうまく意思の疎通ができて、自由にやらせてもらえて楽しかった」

「ね？　そういう世界をちょっとでも体験できて、江利の施術を間近で見られたら、星絵ちゃんの刺激になるし、いまよりももっとずっと、才能を開花させられると思う。だからお願い、星絵ちゃんを江利のところで修業させてあげて」

「うーん……」

「半年とか一年とかでいいの。もちろん、そのあいだのお給料は私が払う。詳しくは労務士さんや税理士さんに聞いてみるけど、出向みたいな形にしてさ」

「いや、お金の問題じゃなくて」

と星野がさえぎる。「私あんまり、ひとに教えるの向いてないんだよ。美佐のお墨付きだから、ホシエちゃんとやらのセンスも人柄もたしかなんだと思うし、スカルプ以外の施術を任せられるだけの技術もあるなら、そりゃ私は助かるよ？　けど、肝心のスカルプは、だれがホシエちゃんに教えんの。私、無理だよ。あんなめんどくさいこと、いちいち『こうして』なんて指導すんの」

「そこは心配ない。星絵ちゃんは黙ってても自分で練習してくる子だから。スカルプの手順や注意点は、もう何度も教えてるんで、あとは数をこなすだけ。実地の訓練台として、たまに手を提供してあげて。そのあいだ、江利は居眠りでもしててくれれば大丈夫」

「やだなあ、寝てるあいだに幅が広がったスカルプ装着されるの……」

星野は不安そうだ。「あのさ、うぬぼれてると思われたくないんだけど、もし、ホシエちゃんが私の店に本格的に移籍したいって言いだしたら、どうするの？　そうじゃなくても、撮影現場とか見たら、『自分も独立して店をかまえたい』って思うかもしれないじゃん」

その点も、月島は考え抜いて結論を出していた。

「覚悟してる」

いつになるかはわからないが、いつかは、大沢はネイリストとして独立してやっていくべきだと月島は思っている。やっていけるだけの技術や知識を教え、センスをのばすチャンスをあげて、一人前のネイリストに育てるのが自分の務めだと思っている。そう思わせるだけの将来性と、客に愛される魅力が大沢にはあると感じているからだ。

「うーん……」

星野はまたひとしきりうなり、とうとう「わかった」と言った。

「美佐がそこまで言うなら、ホシエちゃんを引き受ける。でも、そりが合わなかったり、てんで使いものにならないへなちょこだったりしたら、すぐ叩きだすからね」

「やった、ありがとう！」

月島はからになっていた星野のグラスにワインを注いだ。江利はなんだかんだで面倒見がいいし、星絵ちゃんは驚異の距離短縮力保持者だから、まずまちがいなくそりは合うだろう、と踏んでいた。

それまで黙っていた下村が、

「話がまとまったみたいだけど」

と穏やかな口調で会話に参加してくる。「肝心のホシエちゃんは、しばらく江利のお店で働くことを納得してるの？」

痛いところを衝《つ》かれた月島は、

「そこはまあ、うん……。実はまだなにも言ってない」

と答えた。

「やっぱりね」

と下村はため息をつき、

「なんで！」

と星野がフライドポテトを取り落とした。「じゃあいままで話しあったことはなんだったわけ。ちゃんと本人の承諾を得てからにしてよ」

「ほんとおっしゃるとおりなんですけども」

なんとなく大沢に切りだしにくかったので、まずは外堀を埋めようと思ったのである。

月島の観察によれば、大沢は才能にあふれているにもかかわらず、変なところで自信がない。だからこそコツコツと努力を重ねられるのだとも言えるが、「江利のお店で修業してみたら」などと月島が申し渡そうものなら、「えー！　美佐さん、あたしのこといらないんですか」と、迷子の子羊みたいにメエメエ言うにちがいない。それぐらいならいっそ、「もう決まったから」と伝えたほうが、大沢も余計なことをぐるぐる考えず、「じゃあしょうがない。いっちょ出稽古《でげいこ》に行ってくるか」という気分になれるのではと算段していたのだった。

「星絵ちゃんのことは説得してみせるんで」

と月島は胸を張った。「いざとなったら、『つべこべ言わず、行ってこい！』って厳命するから」

「それじゃパワハラだよ」

と下村が再びため息をつき、

「なんでうちの店が戦場みたいな扱いされなきゃなんないのさ」

と星野も異議を申し立てた。

旗色が悪くなった月島は特大のベルを思いきり振り、店員を呼んだ。星野と下村はすぐにメニューに気を取られ、やはり締めはご飯粒がいいということで「三種のチーズのリゾット」を注文する。友人が食欲旺盛なおかげで、話がうやむやになってよかった、と月島は胸を撫でおろし、白ワインをデキャンタで追加しようとしたのだが、

「デキャンタって、正気？」

「小さくまとまっちゃいけないと思う」

と星野と下村の反発に遭い、結局ボトルをもう一本頼むことになった。飲酒欲も旺盛な友人でなによりだ。

終電ぎりぎりまで、デザートも含めて大量に飲み食いし、流行《はや》りのネイルデザインや「ちょっと変わったお客さん」について盛んにおしゃべりして、おひらきとなった。会合の言いだしっぺである月島が会計を持つつもりだったのだが、これまた星野と下村の反発に遭い、月島が少し多めに支払うというラインで決着を見た。店員は宛名と各人の金額がきちんと入った領収書を三枚書き、「またお越しください」と折り目正しく見送ってくれた。

星野は「天体」近くのマンションに住んでいるので、細い道を出たところで「また連絡するね」と別れた。下村とは渋谷まで一緒で、そこからべつべつの路線だ。

渋谷駅周辺の工事はいつ終わるとも知れず、駅自体も刻々と姿を変える巨大な迷宮と化している。こんな通路あったっけと思いながら、月島は案内板に従って下村と駅構内を歩いた。

「今日はありがとう」

と月島が言うと、

「こちらこそ。ひさしぶりに学生時代なみにしゃべって食べたね」

と下村は微笑んだ。自身が月島と星野の緩衝材としての役目を果たしたことに自覚があるのか否か、下村の表情からはやはりうかがえなかった。

また現れた案内板を見あげ、

「あ、私こっちだ」

と下村は通路の分岐点で足を止めた。「美佐。おせっかいかもしれないけど言わせてもらうと、『隣の芝生は青い』理論じゃなく、『青い鳥』理論を導入したほうが楽になると思う」

「え？」

「江利も言ってたけど、私も、あなたの丁寧で正確な施術が好きってこと」

下村は照れたのか、「じゃあまたね」と素っ気ないほどあっさり背を向け、改札へ向かうひとの流れのなかに消えていった。

いよいよ終電の時間が迫っていたので、月島も案内板を頼りに小走りで、自分の路線の乗り場を目指して通路を進む。酔客で混みあう電車内で呼吸を落ち着け、改めて下村の言葉について考えてみた。

「青い鳥」理論を導入せよとは、ツイッターをはじめろという意味ではないだろう。下村が言わんとしていたのは、「自分にとっての幸せ、自分が真に欲するものは、案外身近にある」ということだと推測される。要約すれば、「ないものねだりはするな」だ。

たしかにそのとおりだ、と月島は思う。月島は大沢を、「変なところで自信がない子だなあ」と感じてきたが、端《はた》から見れば、その感想は月島自身にも当てはまるのかもしれない。月島は自分のデザインセンスや施術にはどうも面白味がないのではと認識し、星野へのコンプレックスをいつまでも拭いきれずにいる。だが、そうやって自信を持てずにいること自体が、星野や下村、「月と星」の客や大沢に対して失礼だとも言える。かれらは月島のデザインや施術を認め、信頼してくれているのだから。長年の友人の言葉を、わざわざ時間とお金をかけて店に足を運ぶ大勢の客を、先輩として慕ってくれる大沢の輝く目を信じず、「でも私には斬新なデザインセンスがないし」などとうじうじ悩むのは、まったくもって愚の骨頂だ。

ネイリストとしての才能のありかたはひとつではない。「パンがなければお菓子を食べればいい」ではないが、デザインセンスがないなら堅実さで勝負すればいいのである。月島もそう思って、施術の丁寧さと正確性に磨きをかけてきたつもりだ。大沢と一緒に働くようになってからは、お互いのたりない部分、不得手な部分を補いあえるっていいことだ、としみじみ嚙みしめるようにもなった。星野と店を開いていたころは、そんな感慨を覚える余裕もなく、彼我《ひが》の差に打ちひしがれ、ときにひそかに嫉妬してギリギリと奥歯をすり減らしていたが、月島も年齢と経験を重ね、自身の施術に少しは自負を抱けるようになったし、「どうがんばっても、私のなかで眠っている『斬新なデザインセンス』は目覚めない。それは眠っているのではなく、もともとないからだ。ないものは叩き起こしようがないもんな」と、諦めがつきつつあるからだろう。

下村が言ったとおり、いたずらに他人と自分を比べてうらやむのは疲弊する行いだから、できればやめたほうがいいのはもちろんだ。しかし、と月島は思う。だからといって「ないものねだりをするな」というのは、ひとに我慢と忍耐を強いて現状維持を優先させ、可能性や変革の芽を摘む、危うい言葉でもある。

いや、待てよ。電車が弥生新町駅に到着し、半ば無意識のうちにホームに降り立った月島は、あいかわらず考えをめぐらせながら自動改札を通過する。そもそも「青い鳥」の内容を、「ないものねだりをするな」と要約した私がまちがっていたんじゃないか。

あの童話の肝心な部分は、チルチルとミチルが冒険のすえに、自宅に青い鳥がいるのを発見する、ということだ。広い世界を見て、多くのひとと出会ってようやく、自分にとっての幸せ、自分が真に欲するもの、すなわち自分自身を、知ることができる。下村が言いたかったのも、きっとそういうことだろう。

月島はネイリストとして充分に経験を積み、自身の持ち味を活かすために研鑽《けんさん》を重ねてきたし、斬新なセンスを獲得せんと格闘しつくした。センスの獲得は無理そうだが、せめてもと思って、流行りのデザインをインスタグラムで欠かさずチェックし、時代遅れにならぬよう努めている。それはすべて、ネイルが好きだからだ。月島の施術を求めて来店してくれる客に、全力で応えたいと願っているからだ。

下村はそんな月島をわかっていて、「青い鳥」理論の導入を勧めたのだろう。「そろそろ、江利が持っていて自分にないものを探すのはやめて、美佐自身のよさを素直に受け入れてもいいんじゃない」と。星野と下村が、月島の施術とネイルへの思いをどれだけ認めてくれているかが改めて胸に迫ってきて、深夜の商店街を歩く月島はほとんどしゃくりあげそうになった。友の存在のありがたさに感極まり、「青い鳥」理論の導入を誓うとともに、危うくツイッターのアカウントも作成するところだったが、そこでちょうど「月と星」のまえに着いたのでことなきを得た。隣の「あと一杯」もすでに店じまいし、あたりは静まりかえっている。

なるべく足音を立てぬように建物の裏手にまわる。酔っ払ったせいで感情の振幅が激しくなっているらしいと気づいたのは、鞄のなかから自宅の鍵をなかなか探しだせなかったときだった。よろつきながら階段を上り、台所で水を飲んだところで力つきた月島は、ベッドまでたどりつけず畳に転がった。

「青い鳥」理論でいくと、やっぱり星絵ちゃんは江利の店で修業したほうがいい。だって星絵ちゃんは、現状維持にはまだ早い。広い世界を見て、多くのひとと出会って、星絵ちゃんにとっての幸せを見つけてほしい。

それはそれとして、お化粧落とさなきゃ……。というのが、その晩の月島の最後の思考だった。

翌日の月島は、マスクをしていても酒くさいのではないかと不安を抱えながら、「月と星」での接客にあたった。

「あれー、美佐さん、めずらしい。二日酔いですか？」

大沢は朝一番で顔を合わせた瞬間に月島の不調を見抜き、まえかがみにならなければいけないフットネイルの施術を買って出たり、胃に負担がかからぬようコーヒーではなくハーブティーをいれたりと気づかってくれた。

星絵ちゃん、なんて優しいの。この子がいなくなったら、私は一人で店をまわせるんだろうか。月島は早くも涙ぐんだが、それは体内にしぶとく残る酒精のせいで、夕方になってやっと胃のむかつきがなくなると、「もちろん、まわせるな。いままでも一人でやってきた期間が長いわけだし」と冷静な判断力が戻った。

予約客の施術をすべて終え、急ぎの客が来るかもしれないから、念のためあと少しだけ店を開けておくかという、夜に差しかかる時間帯のまったりしたムードが流れた。大沢は鼻歌を歌いながらパーツを収めた引き出しを開け閉めし、在庫の残量をチェックしている。月島は本日の売り上げを集計し、レジ内の金を花柄のポーチに移した。まだまだ蒸し暑さはつづくのに、日が落ちるのは確実に早くなっていた。薄闇に包まれた商店街の通りを、影絵のように人々が行き交っている。

月島は店の表の明かりを消した。

「星絵ちゃん。このあと、ちょっと時間大丈夫？」

「はい」

収納ケースのまえでしゃがんでいた大沢は、すぐに立ちあがった。「あたし、夜はいっつも暇なんで。美佐さん、二日酔い治りました？」

「あと一杯」へのお誘いかなと思ったのだろう。期待のこもった目で尋ねられたが、飲みながらしゃべったのでは、話の内容を大沢が忘れてしまう。

「ううん、さくっと済むから」

と、月島は休憩スペースに向かった。それで大沢も、なにか大事な用件があるのだと察したようだ。はじめて連れてこられた家のなかを見てまわる猫みたいに、そろそろと月島のあとについてきた。

星野が営む「天体」でしばらくのあいだ働き、星野のデザインや撮影関連の仕事を間近で見てみてはどうか、と月島が持ちかけると、大沢は案の定、母親とはぐれた子羊のように不安そうな表情になった。月島は急いで意図を説明した。星野のもとで修業すれば、大沢の才能をのばし、ネイリストとしてより成長するにあたって、いい刺激になるのではないかと考えたこと。星野の同意も得ているし、きっと気が合うはずだから、なにも心配せず、とりあえず新しい世界を垣間見てきてほしいということ。

「もちろん、もし人間関係がうまくいかなかったり、『天体』での仕事がなんかピンと来ないなってときは、すぐ戻ってきていいから」

そう言い添えても、大沢の表情は曇ったままだ。場の空気をなごませたかったし、話しあいが長引いたときに備えて、月島は冷蔵庫からミネラルウォーターのペットボトルを取ってきた。客からもらったチョコレートの箱とともに、お供え物のようにしずしずとテーブル上を大沢のほうへ押しやる。

大沢は箱の蓋を開け、宝石みたいなチョコレートを三個、つづけざまに口に放りこんだ。血糖値が上がって脳がまわりだしたのか、水を飲んで一息つくと、

「しばらくって、どれぐらいですか」

とようやく言葉を発した。

「半年とか、一年ぐらいはどうかな」

「長いです！」

迷子の子羊、もとい、大沢の目が潤みだす。「もしかして美佐さん、遠まわしにあたしに退職勧告を？」

「ちがうって」

出た、星絵ちゃんの謎の自信のなさ。天を仰ぎたい気分になりつつも、月島は説得をつづける。

「さっきも言ったとおり、『天体』をやってるのは、私の元相方の星野江利っていって、星絵ちゃんならきっと、彼女のセンスから学ぶところが多いと思うの。いろんな経験を積んで『月と星』に持ち帰ってくれれば、うちの店としても助かるし、私もうれしい」

「あたしは美佐さんからいっぱい学ばせてもらってるって思ってます」

「私が教えられることなんて、かぎられてるよ」

大沢が不服そうなので、月島は苦笑した。星野の店が気に入ったら移籍してもいいし、修業を終えてそのまま独立したっていいと思っているが、大沢の気持ちをかき乱さぬよう、それは

言わずにおくことにした。

「だってだって、あたしがいないあいだ、『月と星』はどうするんですか？　来月も予約いっぱい入ってるのに」

「うん。だから徐々に予約を調整して、星絵ちゃんに『天体』に行ってもらうのは再来月、十月からでどう？　星絵ちゃんが不在の半年か一年、私はもとのペースで店を切り盛りしとくから」

「長いですよぅ。お店は恵比寿なんですよね？　あたしのアパートから通うとしたら、帰ってくるころには『あと一杯』もラストオーダー過ぎてると思うし。半年も大将の煮付けを食べらんなかったら、あたしパサパサの干物になっちゃいます。干物じゃ煮付けにはなれないんですよ？」

　なにを言っているのか意味がわからない。錯乱気味の大沢を、

「この商店街より恵比寿のほうが断然栄えてるから。探せばおいしい煮付けを出すお店も、『天体』の近くにあるって」

　と月島はなだめた。なだめつつ、「星絵ちゃんがこんなに頑固に修業に出ることを拒むのは、環境の変化への不安とかじゃなく、煮付けとの別れがつらいからなのか」と、やや悔しい思いがした。大沢にずいぶん慕われている自覚はあったので、「美佐さんと離れて修業なんていやです」ぐらい言うかと思っていたのだが、あっさり煮付けに負けた。

　その後も大沢は、

「せめて一カ月じゃダメですか。あたし、それ以上耐えきれるかどうか……」

とごねたが、

「そんな短期間じゃ、センスも技術も体得できないでしょ」

と粘り強く交渉を重ね、結局、とりあえず三カ月は「天体」で働くということで両者折りあった。月島としては大幅な譲歩で、大沢の将来を思うと不満の残る結論だったが、大沢は大沢で、煮付け欠乏期間を思ってか、しょげかえっていた。

「『天体』では、お客さまが希望されるデザインの傾向もちがうと思うし、絶対に楽しくて刺激になるはずだよ」

だから三カ月ではたりなかったら、半年でも一年でも遠慮なく延長していいからね。と言おうとして、月島はまたも言葉を飲みこんだ。大沢が四個目のチョコレートを口に入れ、載っていたナッツをばりばり嚙み砕いたためだ。

「わかりました」

ものすごく苦いチョコを食べたかのように、大沢は声を絞りだした。「あたし、『天体』でお世話になって、腕を磨いてきます。でも、美佐さんはわかってないです」

大沢の背後に燃え立つ炎が見えた気がして、月島は思わずひるみ、

「わかってないって、なにが?」

と尋ねたのだが、大沢は拗《す》ねた猫のようにじっとりうつむいているばかりだった。猫なのか羊なのかはっきりしてほしい、と月島は思った。

翌日には、大沢はいつもの快活さを取り戻していた。ものは試しで修業に出るのも悪くはないと割り切ったのかもしれないし、ずっとじっとりしていることができない性格だからかもしれない。

月島は九月の一カ月をかけて、一人でも対応できるように次回の予約日時を振りわけていった。予約表はすぐに埋まり、働きづめになりそうだ。どうしても希望する日に予約を入れられないケースも出てきて、しびれを切らした客がほかの店に行ってしまいそうだが、そこはもう諦めるほかない。過労で体を壊しては元も子もないので、できる範囲で粛々と施術にあたりつつ、星絵ちゃんの成長を祈念しよう、と月島は覚悟を決めた。

大沢はといえば、形ばかりではあるが面接を受けるため、「天体」へ赴いた。星野との対面を果たした大沢は、「月と星」に戻ってくるやいなや、

「江利さんって、超素敵なひとですね」

と興奮気味で月島に言った。「サンプルも見せてもらったんですけど、色づかいがほんとに複雑で、なのに透明感があって、『まじであたしが使ってるジェルとおんなじもの!?』ってびっくりしました」

面接は順調だろうかと、仕事をしながら気を揉んでいた月島は一安心し、

「そうでしょう。江利は一人で店をやってるから、店内派閥なんて皆無だし、星絵ちゃんも集中して施術に取り組める環境だと思うよ」

と請けあった。内心では、「早くも下の名前で呼んでる! さすがの距離短縮力」と大沢の

朗らかさと社交性の高さに若干《じゃっかん》おののいてもいた。

その晩、星野からもスマホに電話があり、

「星絵ちゃん、いい子だね」

と好印象を抱いた様子だった。「試しに私の爪を塗ってもらったんだけど、ラインもぱきっときれいだし、色の選びかたもいいセンスしてる」

「じゃあ、採用ってことでいい？」

「もちろん。ま、うちに就職するわけじゃないから、『採用』ってのは変だけど。三カ月だけでも星絵ちゃんみたいな子に来てもらえるなら、私としては助かる。でも、美佐のほうは大丈夫なの。急に一人になって、ほんとに店をまわせそう？」

「来月以降、欲張りすぎずに予約入れるようにしたから問題ない。このあいだも言ったけど、江利と星絵ちゃんが望むなら、三カ月だけじゃなく、本格的に『天体』に移籍してもらってもいいと思ってるから」

大沢には言えなかった本心を、月島は決死の思いで改めて表明したのだが、「それはどうかな」と星野は笑って受け流した。

「星絵ちゃんのブラシの使いかた、美佐にそっくりで懐かしかった」

「そう？」

「うん。穂先を爪に当てる角度とか、『ちょっちょん』ってリズムつけてジェルをブラシになじませてから、容器の縁《へり》で余分をこそぎ落とす流れとか、瓜《うり》二つ」

「気づかなかった。私の癖が移っちゃったのかな」

「美佐はちゃんと、星絵ちゃんをいいネイリストに育ててるんだなと思ったよ」

星野の声がさざ波のように、月島の鼓膜から胸へと優しく打ち寄せた。


「天体」での修業が正式に決まった大沢は、あまりみすぼらしい道具を新天地に持ちこむのはよくないと思ったのか、スポンジバッファーを新品に買い替えた。「月と星」の常連客や保育士の伊山に、しばしの別れを告げもした。みな一様に、

「それはさびしくなるわねえ」

と嘆いたが、

「三カ月なんてあっというまですよぅ」

と大沢は明るく言った。「バージョンアップして戻ってきますんで、そしたらまたよろしくおなしゃす」

「あと一杯」の松永は、

「へえ、星絵ちゃんが修業ねえ。まあがんばってこいや」

とナスの煮びたしをサービスしてくれた。大沢は、「煮付けがよかったなあ」とずうずうしい不満を漏らしたわりには、月島の隣でおいしそうにつるりとナスを吸いこんでいる。

「煮付けも煮びたしも同じようなもんだろ」

「汁気の量が全然ちがいますよぅ。大将は修業時代、どんなふうに過ごしてましたか？」

「ちょっとしくじると、先輩格の板前に下駄《げた》で頭かち割られてた」

「嘘でしょ!?」

「嘘なもんか。昭和の修業なんてそんな調子だったよ」

大沢が絶望した視線を寄越してきたので、

「江利は昭和の荒くれ者じゃないし、そもそも下駄履いてないから大丈夫」

と月島は励ました。

そんなこんなで時間は慌ただしく過ぎていき、残暑も落ち着いた十月、大沢は「天体」へと旅立っていった。

月島は「月と星」の開店作業を黙々とこなし、その日最初の客を迎え入れた。施術しながら客と楽しくしゃべればしゃべるほど、隣のブースがからっぽなことが気になり、店内の静けさがかえって際立つように感じられた。

もとの生活に戻っただけだ。すぐ慣れる。客が選んだターコイズブルーのジェルを二度塗りしながら、月島は自分に言い聞かせた。ふと、「これは星絵ちゃんがはじめて私の爪に施術してくれたときの色だな」と思った。

6

大沢《おおさわ》がいなくなって一週間も経たないうちに、月島《つきしま》は一人で店をまわす勘を取り戻した。少しでも空いた時間ができたら、パーツの入った引き出しなどを整理整頓し、施術の際にすぐに目当ての品を探せるように備えておくこと。無理をして予約を詰めこみすぎないよう心がけること。

とはいえ、一日にある程度の人数を施術しなければ、店の経営が成り立たないし、顧客の爪もどんどん無法地帯になってしまう。営業時間を延長し、月島は午前中から夜八時過ぎまで店で施術しつづけるマシーンと化した。あまり苦ではなかった。たとえば見本のなかから、たてつづけに同じデザインを希望されることもある。だが、客の爪の形や大きさは、当然ながらそれぞれ異なる。「お客さまにとって、このデザインが一番映えるバランスは……」と考えながら施術していると、楽しくて時間はあっというまに過ぎていく。

人間が対面で施術するのもネイルの醍醐味《だいごみ》のひとつなので、筆《ブラシ》を扱う手はマシーンと化しつつ、客との会話もむろん怠《おこた》らない。大沢の距離短縮力を見習い、月島も以前よりもいっそう、客の心を解きほぐすべく努めている。おかげで、商店街をはじめとする町の情報のみならず、客の家庭内事情までもが、いよいよ集まってくるようになった。月島は客の話にふんふんと耳を傾けながら、「裏稼業として探偵事務所も開けるかもしれないな」などと思った。

寄せられた情報のひとつに、商店街のキッズスペースの件があった。「月と星」がある富士《ふじ》見《み》商店街と、駅を挟んで反対側にのびるライバルの弥生《やよい》商店街。両商店街のなかほどに一カ所ずつ、九月にめでたくキッズスペースが開設したのだが、これが思いのほか評判で、「子どもをちょっと預けておけるなら、その隙に駅の向こうがわの商店街にも足をのばしてみよう」というひとが増えたらしい。つまり、これまでなんとなく、駅を境にして物理的にも心理的にも分断されていた両商店街だったが、ひとの行き来がスムーズかつ活発になったのである。

「八百吉《やおよし》のおかみさんも、すっかり気を良くしたみたいで」

と、常連客の篠原《しのはら》は月島に報告した。「さっき小松菜を買いにいったら、『この調子なら、来年の夏祭りを弥生商店街さんと合同で開催するのもいいかもしれませんねえ』なんて言ってたわよ」

篠原は、「月と星」にキッズスペースを作るにあたって知恵を絞ったこともあり、商店街の動向も注視してくれていたのだろう。キッズスペースが二つの商店街の仲を取りもつなんて、「子はかすがい」とはこのことかと月島は感銘を受け、「いや、なんかちょっとニュアンスちがうか」と直後に脳内で訂正を入れた。

「商店街のキッズスペースが大盛況らしいんです」

と月島もさっそく、シフトに入った保育士の伊山《いやま》に伝えた。「これも、もとをたどれば星絵《ほしえ》ちゃんの置き土産だと思うと感慨深いんですけど、ちょっと気になるのは、みんな商店街のほうにお子さんを預けて、うちのキッズスペースが閑古鳥《かんこどり》鳴いたらどうしようってことで」

ただでさえ予約数を抑えているため、店のキッズスペース利用率も下がっている。伊山の活躍の場と収入が減ってしまうと気を揉んでいたのだが、当の伊山はといえば、

「よかったですねえ。預けられる場所の選択肢が増えるのは、いいことです」

と、ヨガマットを拭く手を止めた。「それはさておき私が気になるのは、べつの部分ですよ」

「どこです」

「店長ったら、『置き土産』だなんて。星絵ちゃんは、年明け早々には戻ってくるんですよね？」

「ええ、まあ」

たぶん、と心のなかで月島は言い添える。伊山は仕上げとばかりにヨガマットにエタノールを噴きかけながら、

「施術に使うジェルやらキラキラした石やらを準備するぐらい、せめて私が店長をお手伝いできればと思うんですけど」

とため息をついた。「似たようなものが引き出しにいっぱいあって、しかもラベルの表示が小さいもんだから、老眼でよく見えなくて」

「いいんです、いいんです。伊山さんには充分助けていただいてます。パーツを探してるあいだ、お子さんから目を離してしまうほうが問題ですから、どうぞキッズスペースに専念してく

ださい」

「それもそうね」

エタノールが乾いたのを確認し、伊山がヨガマットを巻きはじめる。月島も協力して、丸めたマットをマジックテープのついたベルトで留める。

「ネイリストさんていうのは、やっぱり大変なお仕事なんだと思いました」

太巻きの寿司みたいになったヨガマットを休憩スペースに運び、伊山はしみじみ述べた。

「いろんなお店で修業しなきゃならないなんて、吉岡一門に『頼もーう!』って言う宮本武蔵みたいじゃないですか」

それは修業というより、もはや道場破りなのではあるまいか、と月島は思った。

「複数の店で修業しろという決まりは、特にないんです」

「あら、そうなんですか。なのに店長は、星絵ちゃんをお友だちのお店に? いえ、わかってます。かわいい子には旅をさせよ。獅子は崖の下に子どもを突き落とすといいますものね」

うむうむ、と伊山は一人で納得したようにうなずき、大根の葉さきが覗くエコバッグを手にする。「だけど、やっぱりさびしいですね。修業を終えて、ひとまわり大きくなった星絵ちゃんが戻ってきてくれるのが待ち遠しい」

帰宅する伊山とすれちがう形で来店した客を迎え入れ、月島はまた施術に取りかかる。客は静かな店内を見まわし、

「もう一人のネイリストさんは、今日はお休みですか」

と尋ねた。修業に出ていると言うと、

「それじゃしばらく、月島さんもさびしいわね」

とのことで、大沢が客と談笑する声が、いつもどれだけ店に明るさをもたらしていたか、改めて思い知らされる気がした。

大沢の不在を残念がるのは、伊山や常連客たちばかりではない。「あと一杯」の大将、松永《まつなが》も同様だ。

仕事に忙殺される月島は、ふだんに輪をかけて自炊への意欲を失い、「月と星」を閉めたその足で、週に三日は隣の「あと一杯」に吸いこまれるようになった。大沢は「天体」での勤務を終えて帰宅する途中、煮付けに惹かれて「あと一杯」に立ち寄る目算が高く、ここで遅めの夕飯を食べていれば、ばったり会えるのではないかという思いもあった。

しかし十月の下旬になっても、大沢と接近遭遇することは一度もなかった。松永に聞いても、

「修業に出て以来、影すら見てねえな」

と、なんだか肩を落としている。「まさか、俺以外のやつが作った煮付けに目移りしたってことはないと思うが」

「どこからその自信が……」

と思わず言いかけた言葉を、月島は急いでジョッキを傾けることでビールとともに飲みくだしたのだが、松永はエビのフリットをこしらえながらも、ちゃんと聞き取ったようだ。

「そもそも、月島さんが自信を持って星絵ちゃんを店に置いとかねえから、こんなことになる。

あちっ」

「こんなこと、とは？」

「うまそうな子持ち鮎《あゆ》があったんで、星絵ちゃんに食わせようと思って甘露煮を作ったんだよ。だけどちっとも来やしないから、鮎も甘露部分もカッチカチになっちまった」

「煮付けと甘露煮は微妙にちがうような」

「どこが」

「そう言われると、たしかに……。汁気部分が照り照りしてるかどうかでしょうか」

「同じようなもんだろ。はい、お待ち」

松永はカウンター越しに、月島の隣に座っていた常連客のハマさんへと、フリットの載った皿を差しだした。

ふわふわの衣に包まれた湯気の立つフリットをつまみに、ハマさんはうれしそうに焼酎を飲んでいる。エビだけでなく、シシトウやしいたけも混在しているようだ。フリットと天ぷらのちがいはなんなんだろう。よくわからないが、おいしそうだ、と月島が横目で皿を眺めているのに気づいたのか、

「最近見かけないと思ったら、星絵ちゃんは修業に行ってるんですねえ」

と、ハマさんが話しかけてきた。

「はい」

「爪を摩擦されなくて助かるけど、なんだか張りあいがないな」

そうか、と月島は思った。これは「張りあいがない」と表現するのが、一番ぴったりくる状態なんだなと。店は一人でもうまくまわせているし、「月と星」の客とも、週に何度か入ってくれる伊山とも、楽しくしゃべって充実した日々だ。ふとした瞬間、「星絵ちゃんにアイディアを出してもらえればなあ」とか、「星絵ちゃんなら、どういう反応をするだろう」などと思ったりはするが、修業期間は大沢にとって必要なことだし、もし、修業がきっかけで大沢が二度と「月と星」に帰ってこなくなったとしても、それはそれでしかたがないことだと納得しているので、月島としては、「さびしい」というほど湿っぽい感情は湧かない。

ただ、冷蔵庫を開けたらぺしゃんこにつぶれたマヨネーズの容器しか入っていなかったときのような、いや、それどころか、あったはずの冷蔵庫自体が台所から消えていて、露《あら》わになった床に綿埃《わたぼこり》がいくつも転がっているのを目撃したかのような、つまりはなんとも「張りあいがない」心持ちがするのも事実なのだった。

物思いに沈む月島が、うつむきかげんでフリットの皿を凝視していたからだろう。ハマさんがおずおずと、

「あの、食べます？　それとも、月島さんもフリット頼みますか」

と勧めてくれた。

月島は我に返った。すっかりフリットの口になっていたが、いまは使命がある。

「ありがとうございます。でも、フリットは今度にします。大将、子持ち鮎の甘露煮を。あと日本酒もお願いします」

「はいよ」

どんなにカッチカチでパッサパサの甘露煮が供されようと、星絵ちゃんを修業に出してしまった責任を取って、たいらげねばなるまい。月島はそう覚悟を決めていたのだが、実際に目のまえに置かれた子持ち鮎は、箸を軽く当てただけでほろほろとやわらかく身がほどけ、みっしり詰まった卵にまでほのかな甘さが染みこんでいて、ぷちぷちしゃくしゃくした食感も堪能できる逸品だった。さすが大将、と感心するうちに日本酒も進み、夜遅いからご飯粒はやめておこうと思っていたのに、勢いで梅干し茶漬けまでしっかり食べて、月島は満腹になって帰宅した。

シャワーを浴び、窓辺の植物の手入れをしたのち、ネイルアートのデザイン見本を作った。髪の毛がある程度自然乾燥するまでの時間を有効活用しようと思ってのことだったが、季節は秋へと移ろい、パジャマのうえにカーディガンを羽織っていても少々肌寒いぐらいだ。髪はなかなか乾かず、そうこうするうちに極細の筆でネイルチップに小花模様を描くことに夢中になって、気づいたら日付が変わっていた。

さすがに寝ないと、と道具類を片づけたところで、ベッドに放っておいたスマホがLINEの着信を告げた。見れば大沢からで、「今日、江利《えり》さんとCMの撮影現場に行きました！ スタッフさんがいっぱいいてびっくりです」と、文面から興奮が伝わってきた。

「天体」で修業をはじめて以降、大沢は一日おきぐらいに近況を知らせるLINEを送ってくる。スカルプの練習報告として、星野《ほしの》の手をアップで写した写真が添えられていることもあった。「これまでのなかで一番うまくいってる」と月島が感想を返信すると、「やった、ありがとうございます！　江利さんスパルタで、『ほらほら、ちゃっちゃとやんないと』って、すごく急かすんですよ。でもそのおかげで、ミクスチュアが固まりきるまえに塗れました」と返ってきた。

星野からも週に一度は電話で連絡があり、「たしかに星絵ちゃん、見どころあるね」などとクールに述べている。だが、ネイルに関しては職人気質でやや気むずかしいところがある星野にしてはめずらしく、「今日はお客さまを一人、星絵ちゃんに全面的に任せてみたんだけど、仕上がりもよかったし、デザインも気に入ってもらえたみたいだった」と声をはずませてもいたので、どうやら大沢の弟子入りは成功、二人は楽しくやっているらしかった。

いま、大沢は、メッセージにすぐに既読がついたことに気づいたのだろう。月島が眺めるＬＩＮＥの画面に、「ちょっとお電話していいですか」と、新たな吹き出しがぽこりと浮かんだ。月島が受話器のマークを押すと、呼び出し音が一度も鳴らないうちに、

「美佐《みさ》さん、夜遅くにすみません」

と大沢が電話に出た。お日さまみたいに明るい声だ。

「ううん、元気そうだね」

「はい。毎日、江利さんにしごかれてます」

大沢は笑う。「それで今日、あ、もう昨日か。ＣＭの現場に連れてってもらったんです」

「なんのＣＭ？」

「まだ内緒らしいんですけど、オークションサイト系でした。あたし、佐村《さむら》ユカリさんの手をマッサージしたんですよ」

芸能人に疎《うと》い月島は、脳内の「テレビで見かけるひとアルバム」を必死でめくり、

「ああ、バラエティ番組によく出てるタレントさん」

と言った。

「そうですそうです。ムラシゲさんのときも思ったんですけど、なんで芸能人って、あんなに顔がちっちゃいんでしょう。ユカリさんの顔なんて、梅干しの種ぐらいのサイズしかなかったです」

月島は脳内アルバムを脇にどけ、今度は最前食べたお茶漬けを思い浮かべた。

「だとすると、小さすぎて顔がよく見えないぐらいだね」

「いやまじで、すぐ目のまえに座ってるのに、遠くにいるように思えました。なんか遠近感がおかしくなるというか」

大沢は佐村ユカリのうつくしさを反芻《はんすう》しているのか、うっとりした調子である。「手とか全身の骨格とかは、まあ華奢《きゃしゃ》ではあるんですけど、一般的と言っていいサイズ感なのに、ほんと謎です。ものすごくスタイルというかバランスがいいってことなんでしょうかね。あと、とってもいいにおいがしました！」

それはたぶん香水だろう。うっとりと興奮がブレンドされて話がさきに進まないので、

「どんなネイルをしたの？」

と月島はそれとなく軌道修正した。

「あたしがマッサージしたあと、江利さんがむちゃくちゃ丁寧に、でも素早く、甘皮のケアしました。艶出し《シャイナー》もかけて、爪の表面が澄んだ氷みたいになめらかになったんですよ。けど、朝が早かったからか、ユカリさんの手も氷みたいに冷たかったし、どうもテンション上がらないみたいで……」

ＣＭなどの現場で、出演者の気分が乗らないときがあると、月島もかつて星野から聞いたことがあった。多忙なスケジュールで疲労が蓄積しているためか、ちやほやされて「機嫌を取ってもらってあたりまえ」と勘違いしているためか、芸能人のなかにはろくに挨拶もせず、スタッフを使いっ走りのように扱うひとも、ごく少数だが存在するらしい。だが、なんとか前向きに仕事に取り組んでもらわないと、いいＣＭにはならないわけで、星野は下手に出ることなく、ネイルを通してうまく相手のやる気を引きだそうと試行錯誤しているようだった。

今回も似たようなケースだったらしい。

「監督は透明《クリア》なポリッシュを希望してたみたいなんですけど、江利さんはユカリさんの様子を見て、スタイリストさんやヘアメイクさんとなにやら相談しはじめて。最終的に監督さんとも掛けあって、『星絵ちゃん、ホログラム載せよう』ってことになったんです」

ホログラムとは、アルミホイルをさらに薄くしたような質感の、きらきらした二ミリほどの破片のことだ。色は金、銀、赤、水色などさまざまあって、どれも爪に載せると、小さいながらも光を複雑に反射して輝きを放ち、華やかさを演出してくれる。

突然の予定変更に、大沢はスタジオの楽屋に持ちこんだキャリーケースを慌てて引っかきまわしたらしい。前日、星野に言われて、ネイルケアの道具類はきちんと準備したし、ポリッシュも念のため、透明のものだけでなく各色をキャリーケースに入れておいた。だが、アートの要素が加わるとは想定しておらず、ストーンやパーツまでは持ってこなかった。店を出発するときになんとなく不安になり、ラメやホログラム、シールなどを、棚からいくつか適当に選び、キャリーケースにつっこんだ覚えはあるが……。

「超あせったんですけど、あったんです。金と銀のホロを、偶然持ってきてたんですよ。あたし、グッジョブでした」

自画自賛する大沢が語ったところによると、星野は銀のホロを選び、クリアのポリッシュを塗った佐村ユカリの爪のさきに、ピンセットで小さな破片を慎重に載せたのだそうだ。

「両手の中指の爪のさきにだけ、ホロを二つか三つ、ちょっと重なりあうような感じで配置したんです。それだけで、ちっちゃな銀色のお花が咲いたみたいになりました」

さらに透明のトップコートを塗り、ネイルが完成するころには、佐村ユカリの表情が生き生きとしたものになっていた。

「仕上げに、またあたしがマッサージしたら、ユカリさんの手は指さきまであったかくなってました。『すごくかわいい』って、マッサージされてないほうの手をかざして、銀色のお花をじっと見てるんです。江利さんはあとでこっそり、『でも画面には、爪まではっきり映らないと思う』って言ってましたけど、あたしはなんかすごくうれしかったたし、泣きそうでした」

佐村ユカリは疲れていたのかもしれないし、なにかいやなこと、つらいことがあったのかもしれない。だが、爪のさきに咲いた小さな銀の花の輝きが、彼女の心をほんの少し軽くしたのだ。ひとが本来持っている活力と美を呼び起こすネイルの魔法を目の当たりにして、大沢はいたく感激したようだった。

「よかった、いい経験ができたんだね」

月島としても感慨深い。大沢が着実に研鑽《けんさん》を積んでいることを知れば、伊山や「月と星」の常連客も喜んでくれるだろう。そう思った月島は、ふと気づいて尋ねた。

「そういえば、『あと一杯』の松永さんが、星絵ちゃんが全然来ないって嘆いてたよ。毎日、帰りが遅いの？　もしかして、いまもまだ『天体』にいるとか？」

それはいくらなんでも働かせすぎなので、江利に抗議しなければ、と月島は意気込んだのだが、

「ああー、言い忘れてました。いま、実家にいるんです」

と大沢はのんびりした口調だ。「勤務時間は『月と星』のときとそんなに変わらないんですけど、弥生新町《しんまち》から『天体』に通うの、けっこうきつくて。なにしろアパートから徒歩十分で職場っていう暮らしに慣れちゃってたもんで、満員電車に一時間弱揺られるの、一週間でギブアップしました」

なるほど。たしか星絵ちゃんのおうち、池袋でお蕎麦屋《そばや》さんをやってると言ってたな。月島は記憶を引っぱりだした。池袋と恵比寿なら、電車一本で十五分ほどだから便利だ。

「それなら体力も温存できるし、安心だね」

「精神力はすり減りますよぅ。父親は『出戻ってきやがったのか』とか言うし、お母さんも、『はいはい、ゴロゴロしてないで』って、せっかくの休みの日なのに叩き起こして店を手伝わせるし」

「ふふ。なんだかんだで楽しそうじゃない」

「そんなことないです。兄が修業先の蕎麦屋で、お客さんといい感じになったみたいで、『家に帰るの、一年さきのばしにする』って言いだしたもんだから、両親は殺気立ってるんですよ」

大沢家の兄妹は、そろって修業中ということらしい。一カ月ぶりに元気そうな大沢の声を聞き、万事順調なことも確認できて、

「おやすみ。なにかあったら、いつでも連絡してきて」

「はい。おやすみなさい」

と言い交わし通話を切った月島は、安堵の思いとともにベッドに入った。

だが、暗い天井を見あげるうち、胸のなかに灰色の雲が湧いてくる。

星絵ちゃんはやっぱり、「天体」で働くほうが向いていそうだ。それをとどめることはできないけれど、実際にその可能性を突きつけられてみると、「張りあいがない」どころじゃない。明確に「さびしい」し、選ばれるのはいつも江利だと悔しくもある。でももちろん、こんなちっちゃいことを考えるなんて、自分はバカなんじゃないかとも思うし、あーもうやめだやめだ、寝る！　……地の利は「月と星」にあるんじゃないかな。なにしろ徒歩十分だし。だけど星絵

ちゃん、アパートを引き払っちゃうかも。そしたら実家から「天体」まで電車で十五分。ほかに「月と星」のアピールポイントって……。

灰色の雲にくるまれたまま、いつしか月島は眠っていたのだった。

その後もふとした拍子に、自身のアピールポイントについて思いめぐらしてはうじうじすることもある月島だったが、うじうじしつづけていては生活が成り立たない。つぎつぎに訪れる客にネイルアートを施《ほどこ》し、季節に合ったデザインを考案し、備品の在庫管理に明け暮れと、なんだかんだで充実した日々が慌ただしく過ぎていった。

「星絵ちゃんがいれば、見本の半分は考えてくれたし、備品の残量チェックもしなくて済んで、楽だったなあ」と思うこともしばしばだが、代わりに伊山が手の空いたときに備品の入った引き出しを覗き、残り少ないジェルやパーツの容器を選りわけておいてくれた。月島は接客に追われてなかなかそこまで手がまわらないので、ありがたい。閉店後、明かりを落とした店内でノートパソコンに向かい、問屋のサイトを開いてぽちぽちと発注をかける。

お礼に、つぎにキッズスペースが設置された日、子どもの相手を終えて帰ろうとする伊山を捕まえて、接客の合間を縫って足の爪をカットし、形を整えた。地球ふうのフットネイルをサービスでオフして以降、伊山の爪のケアはしておらず、少し気になっていたためもある。

「あらまあ、そんなつもりじゃなかったのに」

と伊山は恐縮した。

「フットネイルをしたときも思ったんですが、伊山さん、ちょっと巻き爪気味ですね。足の爪は角を落とさず、スクエアになるように切るのがコツです」

「そうなんですか。爪が食いこんで痛いから、角を丸く切っちゃってました」

「そういうかたが多いんですけど、逆効果なんです。角は残して、爪のさきをなるべく一直線にと心がけてください」

「あと一杯」の大将、松永の巻き爪処置をしたときのことを思い出す。あれ以来、松永は痛みを訴えてこないので、自分でうまく足の爪を切れているのだろう。ちょっとしたコツで爪まわりの健康と快適さは保たれる。そのコツを伝授するのも、ネイリストの大切な使命だ。

星絵ちゃんが大将を連れてきたところから、すべてがはじまったんだ、と月島は思う。松永をはじめとする商店街の面々と人間関係を築けたし、「月と星」を訪れる客のみならず、より多くのひとたちに、どうすればネイルを通して楽しさや安らぎを感じてもらえるのか、深く考えるきっかけを与えられた。巻き爪防止とはちがい、これらに万全に対応するコツを体得するのは容易ではない。「コツ」などはなく、ひたすら実践と思考の繰り返しをするしかないのかもしれない。

それでも月島にとって、大沢は「窓」だった。黙々とネイルの技術を磨き、どちらかといえば単調に仕事に打ちこんできた月島のもとに、清涼な風と光を運んできてくれる、外界へと大きく開かれた窓だ。その窓から眺める風景、新たな出会いは、なんと胸躍るものだっただろう。ネイリストとしては、月島は大沢を教え導く立場だが、大沢の存在によって月島自身も、多くを学び、まだまだ成長の余地があるのだと気づかされた。

自分が永遠に完成しきらぬ「生き物」なのだと知ることは、月島に絶望ではなく希望をもたらした。もうちょっと若かったら、「至らぬところばかりだ」と自身にがっかりもするだろうが、ネイル一筋で三十代半ばを迎え、店までかまえていてもなお、接客においてもセンスや技術においても追求すべきことがあるのだと思うと、ネイルの奥深さに改めて魅了され、この道をますます邁進《まいしん》しようと俄然やる気が出てくる。マンネリに陥《おちい》らず、情熱をもって探究できるネイリストという職業に就けて、私は幸運だったんだなあと月島はしみじみ感じ入った。こういう感慨を抱けたのも、刺激的な風をもたらしてくれた大沢という窓のおかげである。

その窓はといえば、あいかわらず「天体」での修業に励んでいるようだ。

「あと一杯」の松永は、大沢が通勤のために実家に戻ったと知り、どことなく気が抜けてしまった様子だ。魚の煮付けを作るのをぱったりやめ、当てつけなのかなんなのか、煮物といえば豚の角煮ばかりメニューに載るようになった。しかし角煮もとてもおいしく、肉は味が染みてしっとりほろほろ、脂身部分は液体寸前といった具合にやわらかくトゥルントゥルンになっており、半熟の煮卵までつくものだから、月島としてはなんら不満はない。松永の角煮づくりの腕前も、日を追うに従いますますアップしていると感じられ、「やはり料理の道においても、『完成』はないんだな。情熱無尽蔵で日々精進する大将を見習わないと」と、月島は改めて感慨とともにジューシーな角煮を嚙みしめる。

「この角煮、星絵ちゃんにも食べさせてあげたいです」

「そうは言っても、こっちにはちっとも帰ってこねえんだろ？　どうせ恵比寿のきらめく居酒屋に入りびたってんだ」

松永が拗《す》ねているようなので、月島は慌ててフォローした。

「入りびたる暇もなく、仕事してるみたいですよ。今度会う機会があるから、角煮を食べにくるように伝えておきます」

大沢からのＬＩＮＥでの報告はつづいており、それによると星野は「ネイルエキスポ」にゲストとして出演するようで、大沢もアシスタントとしてついていくとのこと。せっかくなので月島もネイルエキスポに行き、星野と大沢の勇姿を見てこようと思っている。

ネイルエキスポは年に一度、有明の東京ビッグサイトで行われるネイル業界最大の祭典だ。日本ネイリスト協会が主催していて、月島も会員である。といっても、協会の運営にはまるでタッチしていない。会員になると会報やネイルエキスポの無料入場券が送られてくるので、特典に惹かれて入会したクチだ。

なにしろネイリストは、腕一本で商いをする独立独歩のものばかりだ。特典の恩恵にあずかるも、協会運営にはまるで興味がないという、月島のような会員が大半のはずだが、そこは事務局も織り込みずみらしい。なんらかの当番がまわってくるなどの義務は、会員にまったく課していない。「まあネイリストとしてまっとうにやってくれれば、あとはご自由に。今年もネイルエキスポあるから、よかったら遊びにきて」といった感じで、おおらかな姿勢なのだった。

ネイルエキスポには、ネイル用品を開発、販売する企業が八十社ほど参加し、それぞれ華やかなブースを出して自社製品をずらりと陳列する。会員は割引価格で購入できるし、新商品のお披露目などもあるので、ネイル好きの一般客も多数やってくる。おかげで毎回、大変な盛況ぶりで、二日間にわたって開催されるネイルエキスポの来場者数は二万人に達するほどだ。出展する企業も、商品を買いつけに来るネイリストも、日本国内のみならずアジア圏を中心に多彩な顔ぶれで、ネイル愛は地球規模で燃えたぎっているのである。

加えて、ネイリストの技術とセンスを競う「世界ネイリスト選手権」と「全日本ネイリスト選手権」も行われるため、会場内は熱気と緊張感と人出でいよいよ大変なことになる。

あの人波に揉まれて、生きて帰れるだろうか。体力の低下を徐々に感じつつある月島は、やや不安ではあった。ここ数年、店の切り盛りで忙しく、ネイルエキスポにはとんとご無沙汰だ。だが、最新の商品や流行のデザインに触れるいい機会だし、星野と大沢を応援しがてら、ひさしぶりに行ってみようと決めた。

下村《しもむら》にも声をかけてみたところ、もともと「BLUE　ROSE」のスタッフと行くつもりだったとのこと。じゃあ会場で合流しようと約束し、月島は十一月下旬の月曜日、「月と星」を休みにして有明へと向かった。

ネイルエキスポに行くからにはと気合いを入れて、むろん、前夜に自室で爪を塗り直した。自分でスカルプを装着し、あれこれデザインを考えたすえ、青い瑪瑙《めのう》のように淡く輝く模様にする。無心で筆を操るうち、思いのほか夜更かしをしてしまい、危うく寝過ごすところだった。ベッドから飛び起きて十五分で身仕度を済ませ、弥生新町駅まで月島なりの全速力で走る。

なんとか昼にはビッグサイトにたどり着き、入口で下村と無事に落ちあえた。

「ごめん、待たせた！」

息を切らした月島に、

「私もいま来たとこ」

と下村はおっとりと答えた。

「お店のスタッフのひとたちは？」

「一緒に来たけど、会場内では自由行動。みんなそれぞれ、買いたい商品がちがうしね。それはともかく美佐、あなた眉毛がないみたい」

「うそでしょ!?」

「いいえ、残念ながら。アイメイクはばっちりだし、見ようによっては『パンクなひとなのかな』って感じもするから大丈夫かもだけど」

「大丈夫じゃないよ」

月島はトイレへすっ飛んでいき、眉毛を描いた。気を利かせた下村が、そのあいだにビッグサイト内のコンビニでサンドイッチとペットボトルのミルクティーを買っておいてくれたので、ありがたく腹に収める。食事抜きの身で乗りきれるほど、ネイルエキスポの人混みは甘くない。

「さあ突入！」

眉毛がない顔をさらしたまま、弥生新町から有明までの一時間ちょっとを過ごしてしまった事実は、あえて記憶の奥底に封印し、カロリーを摂った月島は元気よく号令をかけた。

「江利が出演するのは、A－103ブースだからね。迷子になったら、そこで集合しましょう」

しっかりものの下村は、月島のあとにつづきながら念押しする。

東京ビッグサイトは、だだっぴろいホールをいくつも内包した施設だ。ホールといっても、コンサートが開かれるような座席のあるものではなく、床が平坦な倉庫状の空間だ。自動車や医療機器から園芸関連、ハンドメイド作品まで、さまざまな物品の展示会が行われるため、どんな分野のイベントにも対応できるよう天井高もある。

ビッグサイトのなかでも大きめのホールを二つも借りて、ネイルエキスポはにぎにぎしく開催されていた。看板を掲げたり飾りつけを施したりした、ネイル関連企業の華やかなブースがいくつも並び、あいだの通路は行き交うのも苦労するほどのひとでごった返している。下村が迷子になったときの心配をするのももっともな、大変な混雑だった。

「ちょっと待って、このお店のパーツ買いたい」

「私も」

月島と下村は、砂金のようなラメや、まろやかな天然石のストーンを売っているブースに突進した。バーゲンセールのように人々が群がり、パーツのケースを小さな買い物籠に入れていく。来場者はネイリストがほとんどだからか、並んだ商品にのばされる手はほぼ百パーセント、うつくしいネイルアートで彩られている。昨今ではネイル人口が増えたとはいえ、これだけの大人数が全員ネイルをしている場はほかにはないと思われ、壮観と言うしかなかった。パーツがあれば狩人のように爛々《らんらん》と輝く目で物色してしまうのもまた、ネイリストならではの習性で、爪も瞳もきらめくものだから、あたり一帯は照明のためだけでなくまばゆいほどだった。

ブースで熱心に商品の説明をしたり、顔見知りらしいネイリストと談笑したりする、スーツ姿の男性陣もかなりいる。企業の開発や営業担当者だろう。ネイルアートこそしていないものの、彼らも総じて指さきの手入れが行き届いており、短く切りそろえた爪はなめらかでつやつやだ。本当にここにはネイルを愛するひとばかりが集《つど》っているんだなと、月島としては目頭が熱くなる思いだ。

長蛇の列をなすレジに並んでパーツを買った月島と下村は、今度は足用のパックを売っているブースに惹き寄せられた。ネイルエキスポでは、ジェルやパーツだけでなく、爪の根もとに垂らす美容液のようなネイルオイルや、顔用のみならず手や足に使うパック、美顔器などなど、美容系全般の商品を扱う企業も複数参加している。かかとをつるりとした状態に保つためには、保湿と美容液を浸透させることが肝心で、月島は各種成分を吟味し、これぞと見定めた足用パックを大量購入した。

すると背後のブースで、人気の男性ネイリストが施術の実演をはじめた。机にカメラが設置されていて、施術を受ける女性モデルの手と、ネイリストの筆づかいがスクリーンに大写しになる。そのブースは、ジェルを販売している企業のものだった。

有名なネイリストが企業に請われ、ジェルやパーツなどの企画と開発に協力することは多々ある。現場で実際に製品を使って仕事をするネイリストの意見は貴重だし、有名ネイリストには、客だけでなく同業者のファンも多くついているので、「あのひとがプロデュースしたジェルなら、私も使ってみたい」となって、広告効果も高い。そのため、各企業は人気のネイリストをネイルエキスポに呼び、自社のブースでデモンストレーションをしてもらうのだった。

男性ネイリストは訥々《とつとつ》とした、しかし親しみの持てる口調で、開発したジェルの特徴や質感《テクスチャー》を説明しつつ、モデルの爪に施術する。彼の手技を見ようと詰めかけたひとで、通路はあっというまに押しあいへしあいの状況になった。

たしかに発色がいいし、のびと艶《つや》も申しぶんのなさそうなジェルだ。それに、さすが人気と実力のあるネイリストだけあって、ブラシさばきも見事なものじゃないか。手早く、さりげなく塗っているようでいて、機械みたいに正確でむらもブレもない。

月島は感心し、施術に見とれていたのだが、熱狂的なファンの圧に負け、そのうち通路から壁際へとはじきだされてしまった。「百合奈《ゆりな》とはぐれちゃったな」と思っていたら、ちょうど下村も群衆の狭間からまろびでてきた。

「おお！　この人混みで再びめぐり会えるなんて、運命かしら」

「なにバカなこと言ってるの。美佐、急いで江利が登場するブースに行きましょう」

「え、もう？」

「この様子を見てよ」

と、下村はスクリーンのまえに集う人々を掌で示した。「名前が知られたネイリストの人気を、私たちちょっと甘く見てたわ。通路の動線はちゃんと確保されてるし、人口密度的には危険はないレベルだけど、とにかくファンの熱意がすごい。通りすがりに漫然と見物するなんて、到底許されない雰囲気じゃない？」

「そっか、そうだね。早めにブースへ行って、場所取りしとかないと」

というわけで、二人は急いでA－103ブースへ移動した。そこも主にジェルを開発、販売する企業で、星野の出演時間まではまだ十五分ほどあったが、すでに来場客が集まりはじめていた。

棚の一番目立つところに、水彩絵の具のようにやわらかな色合いをしたジェルの見本チップと容器が並べられている。新商品として発表されるのは三色らしく、湖に薄く張った氷みたいな水色、夜になる寸前の空みたいに淡くくすんだ紫色、鳥が喜んでつつきにきそうな透きとおった熟柿色《じゅくしいろ》だった。三色とも、星野が企画に携わった商品だとうかがわれた。星野がふだん、何種類ものジェルを混ぜて生みだしている色味を、ひとつのジェルで手軽に再現できる仕様だ。ジェルはどちらかといえばパキッとした色が多く、たとえ淡い色味であっても、どうしても平板な印象が拭いきれない。だが、棚に並んだ三色は、それぞれ複雑でうつくしい奥行きを宿していた。

「ちょっとほかで見たことない色ね」

「さすがは江利だよ。このジェルは人気出そう」

月島と下村はさっそく三色とも籠に入れ、またもレジに並んで無事に購入したのだが、そうこうするうちにブースのまえにはひとだかりができていた。

「しまった。物欲に負けて、本来の目的を見失った」

「でも実演後だと、売り切れになっちゃったかもしれないし」

しかたがないので、集まった人々の後方に陣取り、背伸びして群衆の頭越しに実演を眺めることにした。さきほどのブースと同様、手もとを映しだすスクリーンが下ろされる。

時間どおりに星野が登場し、観客から拍手が起こった。星野と手のモデルが一礼し、机を挟んで席につくと、アシスタント役の大沢が目立たぬように現れ、星野のかたわらに立った。

「あの子がホシエちゃん？」

「うん」

下村の囁きに答えつつ、月島は大沢から目を離さなかった。約二カ月ぶりに見る大沢は、少し緊張気味のようだが、星野の実演に意識を集中させている。星野が施術しやすいように、机のライトの角度をさりげなく調整したり、つぎに使うであろうジェルの容器を手に取りやすい位置に動かしたりと、的確なフォローぶりだ。顔つきもやや大人びたように感じられ、修業期間が着実な成長をもたらしたことがうかがえた。

「なるほど、いい子みたいね」

と下村も感心したようだ。「真剣だし、ネイルのこともちゃんとわかってるみたいだし」

「うん、そうなの」

月島の気分はもう、授業参観で我が子を見守る保護者である。星野がうっかり机の下に取り落としそうになった筆を、大沢がものすごい反射神経で膝で空中にはじきあげ、見事キャッチしたときなど、思わず小さくガッツポーズしてしまった。ちなみに観客および施術されていたモデルの女性も、「おおー」とどよめき、パチパチと拍手を送った。

大沢は照れくさそうに笑い、筆の毛先をペーパーで拭ってから星野に返した。膝に接触したとき、服の繊維が毛先に付着したかもしれないからだ。万全の心くばりよ、星絵ちゃん。月島は内心で称賛を送る。星野の唇が「ありがと」と動き、大沢と笑みを交わしていた。二人が師弟としてうまくいっているらしいことが見て取れて、月島は内心で「ぐぬぬ」と思い、そんなふうに思う自身の了見の狭さに嫌気が差しもした。

「このように単色で、ポテッと塗ってもかわいいですが」

と、ヘッドマイクを通して星野が解説する。スクリーンには、モデルの右手が大写しになっている。人差し指の爪に水色、中指に紫色、薬指に熟柿色という配置だ。一見、無造作に塗ったようでいて、わざと濃淡のむらが出るように計算しつくして筆を使ったのだとわかる。

「三色を一部重ね塗りしたうえに、さらにほかの色を載せてもいいと思います」

星野は地の色にちょんちょんと残りの二色を載せ、筆でぼかしたり溶けあわせたりして、ライトで短時間だけ硬化させた。氷は夏の縁日で釣った色鮮やかなヨーヨーに、夜へと差しかかるかに思われた空は朝焼けに、鳥の好物は何十億光年も離れた宇宙で誕生したばかりの星雲に、姿を変えた。仕上げに白やゴールドやシルバーのジェルを使い、さっと筆を振るって、雷光や薄靄《うすもや》や星々のきらめきを爪のうえに発生させる。そのつどこまめにライトで固め、トップジェルでいよいよ艶を増したネイルアートは、妙《たえ》なる音楽のように幽玄な美を湛《たた》えていた。

観客のあいだから感嘆のため息が漏れ、ひときわ大きな拍手が湧き起こった。モデルも、大沢も、うっとりとネイルアートに見入っている。月島と下村も、スクリーンに映しだされた魔法をただ呆然と眺めるほかなかった。

「ぜひ、みなさまの自由な発想で、いろんな色を楽しく組みあわせてみてください」

星野だけは冷静で、さりげなく宣伝するのを忘れずに締めの言葉を述べると、立ちあがって一礼する。今度は棚の商品のまえで、販売を手伝う段取りらしい。観客は棚からジェルを取り、星野に矢継ぎ早に質問したり、モデルに施されたネイルアートをしげしげと観察したりと、ブースの熱気は最高潮に達した。大沢も社員と一緒になって商品を補充したり、愛想よく接客したりと、おおわらわな様子だ。

月島と下村は、二人には声をかけずにその場を離れ、ネイルエキスポのゲートまで戻った。

「ジェルを買ったはいいけど」

と、下村がようやく言葉を発した。「江利みたいなアートができると思う?」

「思わない」

月島は打ちひしがれるのを通り越して、なんだかさっぱりした気分だった。ひさびさに星野が施術するさまを目の当たりにしたが、月島の記憶にあるよりもさらに一段と、技術とセンスが磨き抜かれ、凄みを増していた。そこに至るまでに、星野はどれほどの試行錯誤と研鑽を重ねたのだろう。しかし、努力を努力と思いもせず、他者にも努力の痕跡を微塵も感じさせずに、軽やかにネイルアートの自由さと楽しさを具現化してみせるのが、星野の才能が唯一無二のものである証だった。

かつて月島は、星野の才能に惹かれ、憧れた。星野もたぶん、月島のネイルアートが生みだす緻密さ、正確さに敬意を払ってくれていたはずだ。星同士が互いの重力によって引き寄せられるように、二人はひととき、ともに過ごし、相手の存在を自身が生きて仕事をするうえでの糧《かて》とした。それはとても幸福な時間だった。性格的にも気が合ったからなおさらだ。

だが、接近した星はやがては衝突する運命だ。ぶつかった結果、ひしゃげて溶けあい新たな一個の星になることもあれば、はじきあってべつべつの方向へ吹き飛んでいくこともある。月島と星野の場合は後者だった。喧嘩をしたわけではないが、惹かれたがゆえに両者の軌道はどんどん離れていった。

でも、それでよかったんだと月島は思った。ゆがんだ形でひとつに溶けあってしまうよりも、ずっとずっとよかったんだと。だって、どれだけ距離が隔てられても、別個の道を行くからこそ、私はいまこうして、江利の才能が放つ輝きを見ることができる。瞬く小さな光を、いつまでだって遠くから眺めて、「ああ、あいかわらずまばゆいな」と憧れつづけることができる。きっと星野も、月島のネイルアートを見て、同じように感じることがあるのだろう。

かつて月島は、星野になりたかった。けれどもう二度と戻れぬ軌道を、それぞれ進むしかないのだ。宇宙のように広大な、ネイルアートの沃野《よくや》を。そこでは人気のネイリストが星のように続々と誕生し、流行のデザインも新たな商品も光のように速く走り抜けていく。豊かな可能性を秘めた、探索しがいのある無限の沃野だ。

月島はいまようやく、心から認めることができた。

美に明確な基準も規定もないように、目指すべきネイリスト像もネイルアートもひとつではない。距離と年月を置いた状態で、星野の卓越したセンスを実感したからこそ、かえって月島は腑《ふ》に落ちるものがあり、なんだか長年の物思いから解放された気がしたのだった。

「でもま、せっかく買ったし、きれいな色だし、私なりに活用してみる」

そう言った月島の表情を見て、下村も察するところがあったのだろう。

「私もそうする」

と笑顔になった。「ネイルエキスポに来ると、いろんな刺激があって、デザインを考える意欲が湧いてくるね」

下村は「BLUE　ROSE」のスタッフと落ちあって、どこかで早めの夕飯を食べて帰る予定だという。月島は誘いを断り、夕方には「月と星」に戻って店を開けた。下村が言ったとおり、仕事へのやる気がますます高まったからだ。

星野がプロデュースしたジェルをネイルチップに塗って、デザインをあれこれ試していたら、

「すみません、スカルプの先端が欠けてしまって。いま修復《リペア》できますか？」

と飛びこみの客が訪れた。

「はい、大丈夫ですよ。どうぞ」

月島は作業台のまえから立ちあがり、丁重に客を迎え入れる。

「月と星」もさすがに年末年始は休業の予定だ。しかしそのまえに、ネイルサロンにとっての

繁忙期を乗り越えなければならない。クリスマスや正月をきれいな爪で過ごしたいという客は多いので、年末が近くなると特に予約が混みあうし、凝《こ》ったデザインの要望も多い。

十二月に入ってからの月島は、休憩もほとんど取らずに施術をこなし、うんうんうなりながら予約を調整した。急加速して年越しラインを踏み越えようとする時間の流れを、必死につかみ止めているような目まぐるしい日々だ。

「天体」での大沢の修業期間は、予定どおりだとすれば年末までで終わる。しかし月島は忙しさを半ば言い訳に、いまもって大沢の意向をきちんと確認し損ねていた。一月になったら「月と星」に帰ってくるのか、それとも「天体」に本格的に移籍したいという思いがあるのか。移籍まではいかなくとも、もうちょっと修業をつづけたいとか、ちょうどいい折りだしと独立を考えているとか、いろんなケースが考えられる。そこを明らかにしないことには、新年からの「月と星」の営業体制や人員確保の心づもりにも影響が出るわけだが、どうもズバリと聞きにくい。ネイルエキスポで星野の才能と努力に改めて感服もしたので、「もう、星絵ちゃんがうちに戻ってこなくても、それはそれでしょうがないよな」と心から納得するというか、諦めの境地に至ってしまった感もあった。

もちろん月島も当初、大沢の本意を聞きだそうと試みはした。

ネイルエキスポがあった日の夜、大沢から電話がかかってきた。店を閉めて自室でくつろいでいた月島が受話器マークをタップするやいなや、

「美佐さん、今日ブースに来てくれてましたよね」

と大沢の元気な声がスマホからあふれた。電話に関して、月島はどちらかといえば旧人類的な感性の持ち主で、通話がつながった瞬間に話しはじめることに気おくれする。だからそのときも、「もしもし」などともごもご言おうとしていたのだが、大沢に合わせて挨拶はすっ飛ばすことにし、急いでテンションを会話モードに切り替えた。

「うん、キッズスペースのときにアドバイスもらった友だちと。星絵ちゃん、大活躍だったじゃない」

ちょうどヤカンのお湯が沸いたので、コンロの火を止める。スマホはスピーカー状態にし、マグカップに湯を注いで、棚に並んだ缶から適当に選んだティーバッグをちゃぷちゃぷさせた。大沢はそのあいだ、「えー、江利さんはやっぱりすごかったですけど、あたしは活躍なんてなにも。えへへ」と照れていた。大沢が見かけによらず、わりと謙虚なのはいつものことなので、

「いやいや、ちゃんとしてたよ」

と、月島はティーバッグ選びと同様の適当さで相槌を打ちつつ居間に移動し、ベッドを背にして座った。スマホは畳に置き、色のついたお湯を「さて」とする。そのとたん大沢が、

「ちがーう、あたしが言いたかったのはそうじゃないんです！」

と声を張ったため、月島のマグカップを持つ手がぶれ、予想外に一気にお湯が口内に流れこんだ。月島が「あちっ」と短く叫ぶとともに、ダバーッと口から湯がこぼれ、「あちあちあち」とティッシュで部屋着の胸もとを拭うはめになる。

「ん？　美佐さん、なんか暴れてます？」

「ううん、大丈夫。星絵ちゃんこそ、鈴木雅之の歌みたいなこと言ってたけど、なに？」

「そうでした。あのですね、活躍してたって美佐さんに言ってもらえるのはうれしいんですけど、あたしが言いたかったのは、なんでなにも言わずに帰っちゃうんですかってことです」

言うとか言わないとかが多すぎて、大沢の言わんとするところを吞みこむまでに一拍を要した。

「ああ、だってすごい人出だったし、忙しそうだったから」

「水くさいですよぉ」

大沢がスマホの向こうでくねっているのが見えるかのようだった。「あたしが美佐さんに気づかなかったら、ずっと黙ってるつもりだったんですか？　そんな、『物陰から黙って見守る武士』みたいなの、かっこよすぎるじゃないですか」

あとでＬＩＮＥで「がんばってたね」と送ろうと思っていたのだが、そう打ち明けるのはかっこ悪いのか？　と月島が迷ううちに、大沢はどんどん話を進める。

「デモンストレーションが終わったあと、『美佐さんが来てくれてます』って江利さんに言ったら、『あら、そう。あとでみんなで焼肉でも食べにいこうか』って喜んでたんで、あたしジェルの販売後に、ブース周辺を探したんですよ。なのに美佐さん、もうどこにもいないんですもん」

「じゃあ星絵ちゃん、焼肉食べられなかったの？」

「食べました。江利さんのおごりで」

だったらいいじゃないかと思わなくもなかったが、

「ごめん」

と月島は謝った。「見物して、すぐに電車に乗っちゃったの。ジェルは事前に買ってたし、夕方から予約が入ってたから」

それは嘘だが、結果として急な客が来店して施術はしたので、まあ許されるだろう。大沢は、

「とにかく、あたしは隙あらば美佐さんに会いたいんで、もし『天体』の近くに来ることがあったりしたら、無言で立ち去るのはやめてくださいよ。武士厳禁ですよ」

と言った。「あ、でも、お店忙しくて、あんまり出歩けない感じですか?」

「まあ、ぼちぼちかな。星絵ちゃんこそ、アパートにも帰らず、ずっと実家?」

「ですね。問題はやっぱ、お休みの日も、蕎麦屋の店員として親に酷使されてることですよ。このままだと永遠に蕎麦地獄から抜けだせません。ピンチです」

話題はその後、星野がプロデュースしたジェルに移り、どういうデザインにしたらあの繊細な色味を活かせるか熱心に語りあううち、あっというまに一時間弱が過ぎた。マグカップの中身も色つきの水になっている。

互いのあいだで、そろそろ通話を終わらせたほうがいいなという雰囲気が漂いだしたのを察し、月島はさりげなく切りだした。

「『天体』は年末年始、どうするの? うちは三十日から休みで、新年の営業は四日からにするつもりだけど」

「四日ですね。了解です」

大沢は軽やかな口調で答えた。『「天体』はまだ予約の調整をしきれてないみたいですけど、江利さんはちょっと長めに休みを取りたいって言ってました。美佐さんはお正月、帰省するんですか？　筑波でしたっけ」

「秩父ね。たぶん帰る」

「わっかりましたー。じゃあ、おやすみなさい」

「おやすみ」

筑波と秩父は全然ちがう。東京もんの余裕というか、「都心以外の地図は空白」的な傲慢さをかましやがってと腹立たしく、しかし「星絵ちゃんらしいな」とざっくり加減が愉快にもなって、月島は沈黙を取り戻したスマホの黒い画面をしばし眺めた。大将の情念でトゥルントゥルンになった角煮を食べにいってあげてと伝えそびれたが、それはまあいい。月島が気になるのは、「了解です」って、なにが了解なんだろうということだ。四日には「月と星」に帰ってくるという意味なのか、単に「承《うけたまわ》りー」というだけのことなのか。肝心な点にはなにも踏みこめないまま会話は終わったのだった。

そうこうするうち、施術を終えて客を見送るときに、「よいお年を」と言い交わすようになり、富士見商店街も年越しの準備をする買い物客でにぎわっている。一方通行の狭い通りのあちこちで歳末セールの赤い値札が翻り、スーパーや八百吉や雑貨店の店頭には、種々の正月飾りが売り物としてずらりと並んでいた。冷たい冬の空気は埃っぽいが、人々が醸しだす活気も影響して、どこか晴れやかで胸躍る感じがする。

商店街の各店舗もクリスマスカラーをさっさと払拭し、門松を設置したり、正月飾りを店頭や柱につけたりするようになった。「月と星」は、クリスマスには毎年使いまわしのリースを引き戸にぶらさげ、店内の装飾はといえば、観葉植物にオーナメントを吊るすぐらいだ。南国ふうの葉っぱとサンタクロースやトナカイのオーナメントは、少々ちぐはぐな印象を受けるが、南半球でもクリスマスを祝う地域はあるんだから、まあいいだろうと月島は思っている。

クリスマスに対してもこの程度の情熱しかないため、「月と星」の正月飾りはといえば、これまた使いまわしの真空パックのミニ鏡餅《かがみもち》を棚に置くぐらいだ。伊山に手伝ってもらってオーナメントとリースを回収し、代わりに、「買ってから三年ぐらい経つけど、内部の餅はどんな状態になってるんだろう」と思いながら鏡餅を備品棚から取りだした月島は、「これではいけないのではないか」と反省した。隣の「あと一杯」は、小ぶりの門松をちゃんと店頭に設置している。張りあうわけではないが、多忙な日々であっても正月ムードを醸しだすよう努めるのが、客への礼儀というものだろう。

そこで月島は休憩時間を丸ごと返上し、商店街をさまよい歩いて、松飾りを探すことにした。雑貨店で洋風に仕立てたおしゃれな松飾りを発見し、大変心惹かれるものがあったが、「待てよ」と思い直して八百吉にも足を運んでみる。案の定、松の枝に南天をぶっ刺して紅白の水引で留めただけの、無骨な松飾りが二本セットで売られていた。悩んだすえ、商店街でのつきあいの深さを勘案し、八百吉での購入を選ぶ。

おかみさんの照子《てるこ》は、大根やら水菜やらを買い求める客をちゃっちゃとさばきつつ、

「気が早いかもだけど、よいお年を」

と新聞紙でくるんだ白菜をサービスしてくれた。礼を言った月島は、白菜はそのまま自室の冷蔵庫に押しこみ、松飾りは引き戸の縦枠に釘を打って、糸でくくりつけた。これでよし。店頭が一気にお正月らしくなり、月島は満足した。

だが、白菜が思わぬ罠《わな》となった。

年内の予約をすべてこなし、疲労困憊してベッドに倒れ伏した月島は、十二月三十日の昼まえにようやく目を覚ました。コンビニのサンドイッチで腹ごしらえし、まずは「月と星」の大掃除に取りかかる。店内のみならず引き戸のガラスもぴかぴかに磨きあげ、仕上げに「年末年始休業のお知らせ」を貼った。店の戸締まりを確認したのち、今度は帰省のための手土産を買いにいく。もちろん、富士見商店街の名物といえば、選択肢はひとつ。成田屋《なりたや》の手焼きせんべいだ。これは月島の母親のリクエストだった。東京土産はほかにもいろいろあるのではと月島は思うのだが、母親によると、適度な歯ごたえといい、しょう油の香ばしさといい、成田屋のせんべいは定期的に体が欲するようにできているのだそうだ。

すでに顔見知りとなった成田屋のおじいさんは、店頭でリズミカルにせんべいをひっくり返しながら、

「おう、爪屋さん」

と言った。「地元はどこだっけ。こっちで年越しかい」

「いえ、明日帰ります。実家の母が、『成田屋さんのおせんべいはやみつきになる』と言ってるので、お土産にしようと思って」

「そりゃうれしいねえ。よいお年を」

成田屋のおじいさんは、焼きたてのしょう油せんべいを一枚、小さな白い紙袋に入れておまけしてくれた。月島は熱々のせんべいをかじりつつ、無事に入手した詰めあわせの箱を抱えて、商店街の自室に戻った。

数日ぶんの着替えとともに、せんべいの箱もボストンバッグに収め、帰省の準備はだいたい完了だ。あとは明日の朝、化粧ポーチとスマホの充電器を忘れずにバッグに入れること。脳内にメモした月島は、部屋にざっと掃除機をかけた。窓辺にぶらさがっていた洗濯物を畳むついでに、植物にも多めに水をやる。

さて、食材もなるべく消費しておこう。確認のため冷蔵庫のドアを開けた月島は、ドーンと鎮座する新聞紙の包みを見て、「そうだった」とうなだれた。忙しくて自炊する時間を取れず、ずっとコンビニご飯か「あと一杯」で食事を済ませていたので、白菜の存在をすっかり失念していた。本日の夕飯だけで、白菜を一玉食べきることは到底不可能。とりあえず、冷凍してある豚肉も使って鍋にでもし、余ったぶんはざくざく切って冷凍しておくか。

白菜の包みを取りだした月島は、冷蔵庫の奥にあるタッパーに気づき、「そうだった」とさらにうなだれた。タッパーの中身はH資金、すなわち、大沢が酔っ払うつど律儀に差しだしてきた飲み代をプールしたものである。

忘年会のときに星絵ちゃんに還元しようと思ってたけど、と月島はため息をつく。結局、「天体」の年末年始の休みはいつからになったんだろう。忘年会はお預け、星絵ちゃんの姿を見ないまま年を越すことになってしまいそうだ。

しかし、もしかしたら今日あたり、大沢は「天体」での仕事を納め、弥生新町のアパートに戻ってきているかもしれない。「あと一杯」の年内の営業は今日までのはずだから、それならば急遽忘年会を開催することも可能だ。月島は一縷《いちる》の望みをかけ、

「帰れそうだったら連絡ちょうだい」

とLINEした。

既読はなかなかつかなかった。やはり「天体」は思うように予約の調整がつかず、大沢はまだ働いているのだと思われた。夕方になり、おなかもすいてきたので、月島は白菜を切りはじめた。四分の一は鍋用に取りわけ、残りを入れるためのジッパーつき保存袋を戸棚から出したところで、スマホがLINEの着信を知らせた。大沢からの返事は、

「すみません、かえれまへん」

だった。なんで気が抜けたような言いまわしになってるんだと思ったが、「へん」はまあ誤字だろう。

「わかった、がんばってね。どうぞよいお年を」

と返し、まな板のうえの白菜を袋に入れていく。

ふと、「帰れない」とはどういう意味だろうと思った。今日あるいは年内は帰れない、では

なく、「月と星」にはもう帰ってこない、ということだったら？

いやいや、星絵ちゃんにかぎって、と月島は首を振る。もし「月と星」を辞めるのだとしても、ＬＩＮＥで、しかも「かえれまへん」の一言で済ませるはずがない。ちゃんと挨拶に来て、月島の顔を見て、事情や思いを伝えようとするにちがいない。

気がついたら、ジッパーつき保存袋二つに、白菜一玉ぶんの乱切りがぎゅうぎゅうに詰まっていた。月島は包丁とまな板を洗い、白菜入りの二袋をぐいぐいと冷凍庫に押しこんだのち、つっかけサンダルを履いて自室から飛びだした。

向かったさきは「あと一杯」だ。

「大将！」

と引き戸を開けて叫ぶ。早めの時間だったので、カウンター席に年内の飲み納めをする常連客のおじさん二人連れがいるだけだったが、大将の松永のみならず二人ともが、月島の勢いに驚いたように戸口を振り返った。月島はかまわずにおじさん二人の隣に座り、

「ビールお願いします。あと角煮定食」

と言った。

「なんだってんだ、いったい」

と松永はサーバーからビールをジョッキに注ぎながら首を振った。「階段を下りる足音、店にまで響きわたってたぞ。この長屋が崩壊したらどうすんだ」

おじさん客二人は、

「たしかに、一瞬地震かと……」

「しぃっ、黙ってろ」

などと怯えた様子で囁きを交わしている。ビールを一気に半分ほど飲んだ月島は、店内の治安をかき乱したことを反省し、少し心を落ち着かせるよう努めた。

「お騒がせしてすみません。さっき星絵ちゃんから、『帰れない』と連絡があって、それが『年内は』ってことなのか『もう「月と星」には』ってことなのか定かでなく、ちょっと動揺して白菜を全部冷凍にまわしてしまったので、ここで夕飯を食べることにしました」

「白菜?」

「さっぱりわかんねえ」

とおじさん客二人は首をかしげ、

「星絵ちゃんが、あんたの店を辞めるわけねえだろ」

と松永がカウンター越しに、ほかほかの角煮が載った定食の膳を月島のまえに置いた。

「そうでしょうかね」

「おう。年末はいろいろ忙しいんだろ」

「そういえば」

と、おじさん客の一人が膝を打った。「あの『妖怪爪磨き』の子、実家は蕎麦屋だって言ってなかったか?」

「言ってた言ってた」

もう一人のおじさん客がうなずく。『爪に火を灯す』って、もしかしてこのことか？　っちゅう熱にさらされて、気を紛らわすためにいろいろしゃべったとき、そう聞いたよ。お蕎麦屋さんはかきいれどきだからなあ。実家の手伝いで帰れないんじゃないですか」

月島は霧が晴れたような思いがした。そうだ、星絵ちゃんのご両親がお蕎麦屋さんを営んでること、頭からすっぽ抜けていた。また自信のなさという悪い癖が発動し、視野狭窄《きょうさく》に陥ってしまっていた。

おじさん客二人のまえに、出汁《だし》がよく染みていそうなおでんの皿が置かれていること、店内にかすかにカレーのにおいが漂っていることに、月島はようやく気づいた。しかし大沢がいないあいだ、松永の情念の角煮を代わりに味わうのが月島の責務だ。

「そうでした。きっと年越し蕎麦の準備やらなんやらで、忙しくて帰れないってことですね」

角煮定食を猛然と食べはじめた月島を、おじさん客二人がにこにこ眺めている。

「『月と星』は今日から休みみたいだけど」

と松永が言った。「月島さんは帰省したりしないの」

「明日から三日まで帰る予定です。大将は？」

「俺は独り身だし、両親とも死んじまったから、帰るっつってもなあ。ここの二階でのんびり寝正月だ」

さびしい……、という月島とおじさん客二人からの視線を感じたのか、

「うるせえな、ほっとけ」

と松永は食器を洗いはじめた。

「まあまあ大将。俺たち、お正月にも飲みにくるよ」

「来んな。せっかくの休暇なのに」

角煮定食に添えられていたお新香をつまみに、追加の熱燗《あつかん》一合も堪能した月島は、店内が混みあってきたのを機に席を立った。

「ごちそうさまでした。星絵ちゃんと新年会をしにきますね」

「またあの酔っ払いが復活か。まあ、来年もよろしく。あんたが留守のあいだ、空き巣が入らねえように気をつけとく」

おじさん二人客をはじめ、店内の面々と「どうぞよいお年を」と挨拶を交わして、月島はなるべく足音を立てぬようにして階段を上り、自室に戻った。

昨年までは、こんなに「よいお年を」が頻発することはなかった。気にかかることがあっても、愚痴を言う場もなく一人で黙々と働くばかりだった。

星絵ちゃんが「月と星」に来て、やっぱり私の世界は広がった。この小さな商店街に、宇宙と同じぐらいの奥深さがあること、散らばり輝く星みたいにいろんなひとたちが生きて生活していることを、実感できるようになった。

新しい年から、また星絵ちゃんと一緒に働ける。月島は期待と希望に満ちて、スマホのアラームを午前八時にセットした。ついでに確認したＬＩＮＥには、既読がついていなかった。

西武秩父駅から徒歩二十分の住宅街に、月島の実家はある。本当の最寄り駅は秩父鉄道の御花畑駅なのだが、この二つの駅は歩いて十分ほどしか離れておらず、東京から実家へ行くには西武線を使うルートが一番早いため、月島は西武秩父駅に降り立つのが常だ。

池袋で西武線に乗り換えるとき、「星絵ちゃんのうちはどのへんだと言ってたっけ」とちらと思ったが、大晦日《おおみそか》の蕎麦屋はてんてこ舞いだろうからと、顔を出すのはやめておいた。星野に連絡してみようかと思わなくもなかったが、なんの報告もないということは、大沢の修業期間は予定どおりに終了したと考えてよさそうだ。星野はいまごろ、年内の仕事を終えて爆睡しているかもしれないし、長めの休暇を取って旅行でもしているかもしれない。邪魔をしては悪いしと、結局は遠慮がさきに立った。つまり月島は、「十中八九、星絵ちゃんは『月と星』に戻ってくるだろう」と踏みつつも、万が一の可能性にひるみ、またしても曖昧《あいまい》な現状維持を選んだのである。

どこまで行っても意気地のない、とため息をつきながら電車に揺られるうち、車窓を雪がちらつきはじめ、西武秩父駅に着くとあたりはすっかり雪景色だった。

あらま、十五センチは積もってるうえに、まだまだ降ってるじゃない。父親には、車で迎えにいくから駅に着いたら電話しろと言われていたが、高齢の父親に雪道で運転させるのは危険だと月島は判断し、ボストンバッグ片手に二十分の道のりを歩きはじめた。吐く息は雪よりも白く、スニーカーはすぐに冷たく濡れ、マフラーからはみでた耳が痛くなった。

雪だるまみたいになって現れた娘を、月島の両親は即座に風呂に叩きこみ、無事に解凍された月島は、まずは仏壇の祖母の遺影に手を合わせた。その後の大晦日と三が日は、雪かきと親子三人でこたつにあたりながらぼんやりテレビを見ることと近所の神社へ初詣をすることに費やされた。

特筆すべきは紅白歌合戦で、夕飯のすき焼きを食べ終え、母親と成田屋のせんべいをかじっていた月島は、こたつから飛びだしてテレビのまえににじり寄った。審査員席にいる村瀬成之《むらせしげゆき》が画面に映しだされていた。黒紋付《くろもんつき》の羽織袴《はおりはかま》姿で、両手の爪に黒いジェルネイルをしている。マイクを持ってコメントする手もとを凝視すると、ネイルは黒一色ではなく、先端に細く赤いラインがスクエアに入ったフレンチだと判明した。

「ムラシゲさん……！」

紅白歌合戦で、和装で、ネイルを。男性がネイルなんて、とまだまだ思われがちな風潮をものともせず、村瀬は堂々と自分の好きなスタイルを表明することにしたのだ。なんてかっこいいの、と月島が胸打たれていたら、

「ムラシゲってかっこいいわよねえ」

と母親が新たなせんべいに手をのばしつつ、月島の内心の声をなぞるように言った。かたわらに寝転んでいびきをかく夫へ目をやり、

「それに比べて……。うーん、比べるのも憚《はばか》られるわね」

と、こたつ布団を引っぱりあげてやっている。

「見て、お母さん。ネイルアート」

と月島がテレビを指すも、画面はすでに歌い踊る女性アイドルグループに切り替わっていた。しかも母親は自身が嚙み砕くせんべいの音で月島の声がよく聞こえなかったらしく、

「今度ムラシゲ、大河で主演するんでしょ」

と一方的に話をつづける。「なんかほら、ひこにゃんの。お母さん、絶対見る」

ひこにゃん？　月島はしばし考え、井伊家のだれかが主人公なのかなと見当をつけた。となると、赤いスクエアフレンチにも納得がいく。たぶん、井伊の赤備えをイメージしたデザインなのだろう。

やるなあ、ムラシゲさん。月島はひきつづきテレビのまえに陣取り、村瀬が画面に映るたび、スマホをかざして写真を撮ろうと試みたが、人間はしゃべる際に案外手を動かすもので、どうもうまくいかなかった。ブレまくった村瀬の手もとの写真を、それでも大沢に送ろうとＬＩＮＥを開く。あいかわらず既読はついていない。高まっていた気持ちが一瞬で平熱に戻り、「心霊写真みたいになっちゃったし」と自分に言い訳して、ＬＩＮＥするのはやめにした。

一月三日の夕方、月島は富士見商店街に戻った。西武秩父駅まで車で送るという父親の申し出は、シャーベット状となった雪が道路に残っていたので固辞した。

数日ぶりの自室は冷えきっていたが、空気が少し埃っぽかったので、月島は通りに面した窓を開けた。ちょうど「あと一杯」の大将、松永が、隣の窓辺に吊るしたタオルを取りこんでいるところだった。

「あけましておめでとうございます。いま帰りました」

「お、今年もよろしく」

「ちょうどよかった。大将、ちょっと待っててください」

月島はボストンバッグから土産を取りだし、隣の窓に向かって腕をのばした。「これ、留守番のお礼に。秩父名産のコンニャクです」

「危ない、危ない！　その手すり、腐ってたらどうすんだ」

と慌てつつ、松永も腕をのばしてコンニャクを受け取った。「こりゃどうも。煮物にするかな」

なんで昭和のご近所づきあいみたいになってるんだろうと思い、我がことながら月島はおかしくてならなかった。窓を細く開けたまま、湿ったスニーカーを古雑誌に載せてエアコンの温風に当てていると、松永の部屋のほうから甘辛い香りが漂ってきた。夕飯のおかずに、さっそく煮物を作っているらしい。「月と星」も「あと一杯」も、営業は翌日からだ。月島もレトルトのご飯をチンし、母親がタッパーに詰めてくれたおせちの残りを食べて、休暇の最後の晩をのんびり過ごした。ひさしぶりに両親と過ごした時間は、いろいろ鬱陶《うっとう》しくも安心できるものだったが、やっぱり一人暮らしの自分の部屋が一番くつろげるなあと思った。

翌四日、身づくろいを終えた月島は、緊張により少々ぎこちない足取りで階段を下り、「月と星」のまえに立った。店の引き戸はすでに開いていて、月島に気づいた大沢が掃除機のスイッチを切り、

「美佐さん、あけましておめでとうございます」

と笑顔を見せた。「今年もよろしくお願いします」

「星絵ちゃん……」

月島は急に力が抜け、よろつきながら大沢に近づいた。「帰ってきたんだね」

「あ、やっぱり美佐さん、わかってなかった」

大沢は唇をとがらせる。ちょっと照れたようにも、不満そうにも見えた。

「そりゃ帰ってきますよぅ。あたしは美佐さんと、このお店が好きなんです」

ふいに、青い鳥、と月島は思った。冒険に出たのは、チルチルとミチルだけではない。青い鳥もまた、広い世界を味わったのち、家へ帰ったのだ。自分にとっての幸せがある場所、自分の存在に幸せを感じてくれるひとが待つ場所へ。

大沢はてきぱきと開店準備をしながら、「天体」での修業がいかに有意義だったか、年末年始、実家での労働がいかに大変だったかを語った。やはり「かえれまへん」の原因は家業の蕎麦屋にあったのかと思いつつ、月島は大沢のあとを犬のようについてまわった。本当はうれしくて飛びつきたいところだったが、そこは店長としての面子《めんつ》があるのでぐっとこらえた。

「そういうわけで、元日は力つきてずっと寝てたんですけど、うちの親、体力と欲がすごくて、『初詣帰りのお客さまがいらっしゃるだろ』って、二日にもう店を開けるんですよ。そんでまた働かされて、お年玉に一万円もらったけど、どう計算しても最低賃金に達してない！　おかしくないですか。やっぱ毎年、除夜の鐘を聞かずに店やってるから、両親の煩悩、八万個ぐらい溜まっちゃってるんですかね。って、なんで美佐さん、さっきからあたしの背中に貼りついてるんですか？　こわいです」

間断なきおしゃべりに心地よく耳を傾けていた月島は、

「ごめん、『星絵ちゃんだぁ』って嚙みしめてた」

と、やっといつもの距離を取って、エプロンとマスクを装着した。「すっかりたくましくなって……」

「そうですか？　むしろやつれた気がするんですけど」

大沢は蕎麦と両親への恨みを募らせていたが、月島がスマホのカメラロールを見せ、紅白歌合戦での村瀬のネイルについて報告すると、再び笑顔になった。

「ムラシゲさん、やりましたね！　この写真だと、ちょっと細部がわかんないけど、かっこよかったことは伝わってきます。ああー、蕎麦を運んでる場合じゃなかった。あたしも紅白見たかった」

ムラシゲさん効果で、今年は男性のお客さまも増えるかもしれないね、などと話しあううちに、新年最初の予約客が来店した。「いらっしゃいませ。あけましておめでとうございます」と期せずして声がそろい、月島と大沢は顔を見あわせて笑った。

星絵ちゃんを鍛えてくれたお礼を江利に伝えなきゃ。あと、H資金を活用し、星絵ちゃんと「あと一杯」で新年会をしてカレーを食べよう。そうだ、この春には星絵ちゃんもネイリスト検定一級に挑戦したほうがいいから、アクリルスカルプの練習をつづけないと。月島はあれこれ算段しながら、すがすがしい思いで施術に取りかかった。

だが、一月も半ばを過ぎると、世の中の様子が少しずつ変わってきた。未知の感染症がじわじわと、しかし確実に世界中に広がりつつあったからだ。店内で客と交わす会話も、インフルエンザに似た症状を引き起こすという、そのウイルスについてばかりになった。

閉店後、練習台になった月島の爪にスカルプを装着しながら、

「どうなるんでしょう」

と大沢は不安そうに言った。「海外では亡くなってるかたも多いみたいですし、いくら島国っていっても、日本だけ流行《はや》らないなんてことありえないですよね」

「そうだね。早くワクチンとか特効薬が開発されるといいけど、すぐにはむずかしいだろうってテレビで言ってた」

「死んじゃうかもしれない病気が、このまま世界規模で蔓延したら、ネイルしにきてくれるお客さまもいなくなりますよね。あたしたち、おまんまの食い上げに……」

大沢がうなだれると同時に、月島の爪に塗りかけたミクスチュアも横へはみだして垂れそうになった。

「星絵ちゃん、私の爪がまた幅広になっちゃう。ミクスチュアを扱うときは手早く」

「すみません！」

真剣にブラシを動かしはじめた大沢を眺め、月島は穏やかに言った。

「これからどうなるかはわからないけど、たぶんお店にいらっしゃるお客さまは、ゼロにはな

らないから大丈夫」

「どうしてそう思うんですか？」

「だって私、お棺に入るときもネイルしてほしいと思ってるもん。それぐらいネイルが好きってひとは、ほかにも絶対いるよ」

「えー。美佐さんのそのネイル愛は、特殊な域まで行ってますって」

と笑った大沢は、ちょっと考え、

「そういやあたしも、死化粧のついでにネイルもしてほしいですね」

とつけ加えた。

「でしょ？　私が死んだときには、星絵ちゃん、お願いね」

「もちろんです。でもそうなると、あたしのネイルはだれに頼めばいいんだろ」

「星絵ちゃんもいずれ独立して、後輩のネイリストを育てればいいじゃない」

「いやですよー。あたしは美佐さんと『月と星』で働くつもりなんで」

ういやつめ。月島は目を細めた。

「さきの話だよ。星絵ちゃんが独立するのも、私や星絵ちゃんが死ぬのも、ずっとずっとさきの話」

片手を大沢に預けたまま、月島はもう片方の手で、作業台に載っていたジェル硬化用のLEDライトのボタンをなんとなく押してみる。明かりを抑え気味にした店内で、月島と大沢のまわりだけ、淡く薄青い光に包まれる。宇宙船のなかにいるみたいだ。

「それまでは、求めてくださるお客さまがいるかぎり施術しつづけよう。つらかったり悲しかったりするときこそ、せめて指さきだけでもうつくしく華やかにしていたいと願うひとも、きっといるはずだと思うから」

ネイルアートは、ネイリストの自己表現を追求する芸術ではない。だが、客の要望に適度に応えつつ、ぽこぽこと数だけこなす技術があればいいというものでもない。客の生活や心身の健康に気を配り、寄り添って、工芸品や美術品のようにうつくしいネイルアートを、正確かつ的確な技術で実現しなければならない。後世に残ることは決してない、三週間ほどで消える魔法。その魔法を施すのも、施されるのも、人間だ。

もし、このまま感染症が猛威を振るい、多くのひとが家に籠もることになっても、爪に施された華やぎを見れば、少しは心がなごむだろうし、一人ではないと感じられるだろう。そして隙を見て、またネイルサロンのドアを開けるはずだ。

ネイリストと楽しくしゃべる時間を過ごし、指さきに再び小さな魔法をかけてもらうために。月島は何度でも客の手を取り、体温を直接感じながら、爪をうつくしく彩るつもりだ。たとえ世の中がどんなに変わろうとも、いかなる苦境に陥ろうとも、「月と星」を廃業することは考えられない。ネイルアートには、月島が考えうるかぎりの身近な美と善が詰まっている。ネイリストと客だけではなく、ジェルやパーツを開発したり販売したりするすべてのひとの思いを載せて、それは爪のうえで、ひとの心と生活を支える輝きを放つ。小さくとも貴い輝きを。

ネイルフォームごと月島の爪の両脇を押し、スカルプの形を整えながら、

「そうですね」

と大沢が明るさを取り戻した声で言った。「いざとなったら、あたしたちが宇宙服みたいなものを着て、お客さまにうつさないようにして施術しましょう」

「うまくブラシを使えるかなあ」

「美佐さん、左手でもスカルプできるし、お米に絵も描けたって言ってたじゃないですか。宇宙服ぐらい楽勝ですよ。あたしも器用さに磨きをかけます」

月島はネイルフォームがはずされた自身の指を眺め、スカルプの仕上がりを確認した。

「よし、いい出来だよ星絵ちゃん。今日はここまでにしよう」

「はい。このさきどうなるかわからないし、飲めるうちに飲んどきます?」

「そうしよっか」

「おでん頼んで、締めはシチュー?　でもでも、カレーも捨てがたい気がして迷いますねえ」

「月と星」の表の明かりが消え、隣の「あと一杯」に今夜も突撃する二人の笑い声が一方通行の道に響いて、すぐに富士見商店街の冬の空へ溶けていった。

謝辞

本書執筆に際し、ここにはお名前を挙げていないかたも含め、多くのお力を拝借した。

ご協力いただいたみなさまに心より御礼申しあげる。

作中で事実と異なる部分があるのは、意図したものも意図せざるものも、作者の責任による。

出羽愛さん
森令依さん
三田村沙央里さん（ネイル監修）
ＬｏｖｅＮａｉｌ　祖師ヶ谷大蔵
ＬｏｖｅＮａｉｌ　ＨＩＲＯＳＨＩＭＡ
松島由香さん
ｍｏｊｏ
関根祥子さん
内田美奈子さん
株式会社ＴＡＴのみなさん
高野恒樹さん
古味忍さん
日本ネイリスト協会のみなさん
仲宗根幸子さん

主要参考文献

『ネイルテクノロジー』株式会社アップフロントブックス編（ワニブックス）

『JNAテクニカルシステム』シリーズ（日本ネイリスト協会）

『ネイルサロンにおける衛生管理自主基準』（日本ネイリスト協会）

『ネイルサロン衛生管理マニュアル』（日本ネイリスト協会）

『ネイル白書　2020』（日本ネイリスト協会）

「Natiful」各号（日本ネイリスト協会）

『TATネイルカタログ』（株式会社TAT）

初出

月刊「文藝春秋」　二〇二一年八月号～二三年七月号

装丁　大久保明子

ネイル　山本美樹（クチュリエール）

ネイル用品　株式会社TAT

撮影　深野未季

三浦しをん（みうら・しをん）

一九七六年東京都生まれ。二〇〇〇年に長篇小説『格闘する者に○《まる》』でデビュー。〇六年『まほろ駅前多田便利軒』で直木賞、一二年『舟を編む』で本屋大賞。他の小説に『あの家に暮らす四人の女』（織田作之助賞）、『ののはな通信』（島清恋愛文学賞、河合隼雄物語賞）、『愛なき世界』（日本植物学会賞特別賞）、『墨のゆらめき』等、エッセイに『マナーはいらない　小説の書きかた講座』『好きになってしまいました。』『しんがりで寝ています』等、著作多数。

ゆびさきに魔《ま》法《ほう》

二〇二四年十一月三〇日　第一刷発行

著　者　三《み》浦《うら》しをん

発行者　花田朋子

発行所　株式会社　文藝春秋

〒一〇二－八〇〇八
東京都千代田区紀尾井町三番二十三号
電話　〇三－三二六五－一二一一

印刷・組版　TOPPANクロレ

製本　大口製本

万一、落丁・乱丁の場合は送料当方負担でお取替えいたします。小社製作部宛にお送りください。定価はカバーに表示してあります。本書の無断複写は著作権法上での例外を除き禁じられています。また、私的使用以外のいかなる電子的複製行為も一切認められておりません。

©Shion Miura 2024
Printed in Japan

ISBN978-4-16-391919-5